歸航之再見北京城

梁鳳儀 著

獻辭

為甚麼英國曾有過這麼多殖民地，只有香港，能由一個荒蕪的小島，發展而為今日世界聞名的財經都會？

為甚麼香港會如此的獨一無二？如此的出類拔萃？

最主要之作用是香港的人口有百分之九十多是中國人。

中國人一向都克苦耐勞，堅毅勤奮，有吸收知識的敏銳和能量，有勇於創業的才華和精神，有適應環境的聰明和矯捷，有承受壓力的忍耐和韌力。

謹以《歸航》獻給

在香港興家創業的中國人

並祝願

香港順利回歸祖國

持續繁榮穩定

序

一九九七年七月一日，中國政府對香港恢復行使主權。

香港要回歸祖國了。

一百五十年前，清政府簽訂不平等條約，使香港成為英國統治的殖民地。

今日，世界各國各地，不論持何種政見，屬何個政黨，為何種民族，是何個國家，都不能、最低限度不好意思認為一個國家以輸入鴉片被禁為藉口、以武力侵略為手段，達成佔據別國領土的目的是一項公平的行動。

香港成為殖民地是國恥。

國恥必須昭雪。

還我公平在望之際，我有幸成為這一代的香港人，能夠如何表達我的驕傲、安慰、喜悅、喝采和歡呼呢？

最具體的方式就是以我的筆寫下我的感受。

於是，我決定寫一個跨度一百五十年的小說，從一八三八年，廣州發動萬人大示威，抗議外國勢力干預中國政府處決中國煙販，繼而林則徐大舉禁煙，而至鴉片戰爭開始，一直至中國國旗在一九九七年七月一日凌晨在香港升起飄揚為止。

以我極有限的才華天分，加上今時今日，我仍營營役役地在商場上幹活，沒有時間鑽研學問和鍛鍊文學修養，能為慶賀與紀念回歸趕寫《歸航》，無疑是我創作上一個極大考驗，吃力得幾乎不勝負荷。

可是，無論如何艱苦，我都會竭心盡力完成它。

雖多年寫作，卻從不奢望作品能在文學領域內佔一席，也從不擔心輿論的毀譽，更從沒有想過歿後之名。我認為從心所欲，把故事寫出來就是我最高的成就，就是我盡責的行為，就是我至大的快慰。

寫不出來，甚麼志願、甚麼理想、甚麼責任、甚麼成績，都屬空談。

《歸航》以顯淺簡易的文字寫成，盼能讓我的廣大讀者們，通過有趣奇情而又貼近歷史和現實的故事，對香港這一百五十年來的概況有一點認識，尤其能對我感受最深刻的近十五年，在香港發生的種種過渡期社會人心狀態行為，有所感應、共鳴。

《歸航》的第一卷《再見北京城》大約用了半個月時間寫成。之前不斷抽空閱讀參考書，其中《昨天》一書給我的幫助至大。《昨天》是一本關於鴉片戰爭的報告文學，作者麥天樞和王先明做了極精細的資料搜集，議論獨特，文字超逸，內容豐富，沒有此書的啟示和借助它的材料，《歸航》的《再見北京城》不可能如此順利完成，於此謹致謝意，並對如此有成就的報告文學致崇高敬意。

我也要多謝丈夫黃宜弘。這一年來，我為了專心安排拙作演繹成電影及電視劇，終日離港奔波，最近決心完成《歸航》更要獨自在加拿大閉門苦寫，因而沒有盡妻子的責任好好照顧丈夫，讓宜弘連月承受寂寞，宜弘非但從沒有怨言，還不斷的予我鼓勵，真是太令我感激了。

最後最緊要是多謝我的讀者們，真的，沒有你們這些年的支持鼓勵，我不可能有今日，更不可能有膽識和勇氣嘗試寫《歸航》。

梁鳳儀

一九九六年七月八日凌晨

清宣宗道光皇帝

清朝負責禁煙的
欽差大臣林則徐

關天培

義律

The Straits Times

THE LARGEST AND MOST INFLUENTIAL NEWSPAPER IN MALAYA.

Brand's Essence of Chicken

HAS BEEN INSTRUMENTAL
IN SAVING
MANY LIVES IN MALAYA.

concentration in strength, provides a stimulant which cannot possibly be equalled by home cooked broths or stews. assimilated by the weakest stomach produces a quick reaction — stimulating and vitalising. In cases acute danger, in convalescence or in ordinary enfeebled health "Brand's Essence" is indicated.

it is delicate and appetising, so much so, that many ship-passengers have found it invaluable in sickness, or in cases where "they just dont feel well". Brand's Essence (set) into jelly form and a dry makes a sustaining meal without bulk.

Essence contains neither added gelatine, colouring matter or seasoning of any kind. It is the pure extracted by our own patented process from young English Chickens.

HERBERT CANTLIE stated in a report on Hongkong Plague Epidemic read before The British Medical Association,

"I found Brand's Essence to be of immense help (in treating patients) and second only to Brandy in its stimulating effects."

higher eulogy we feel sure could be obtained from this Eminent Medical Authority.

everywhere in Malaya, in the humblest village shop or in the most palatial European Establishment. Packed in tins or Bottles.

MADE ONLY BY

BRAND & COMPANY LTD., LONDON.

Far Eastern Representative: H. M. HODGES, 37, ROBINSON ROAD, SINGAPORE.

以前的白蘭氏鷄精包裝

一

道光十八年，即公元一八三八年，十二月十二日，廣州的清晨是冷冰冰的。

在商館區外的廣場，尤其是一片蕭條寂靜。

偶然掃過地面的一陣寒風，捲起了幾片枯葉，發出了沙沙的聲響，更加重了一種透心滲骨的蒼涼氣氛。廣場周圍如果不是巍峨的商館用建築物，而是一排排的石碑，就像足了鬼域。

沒有人走過廣場。

每天一早，商館區的各個商館門前，必有升旗儀式。

這天，也顯得特別。

不知甚麼時候，英國與美國使館前的國旗給扯上了，卻只升到一半。

那印有幾十顆星的花旗與米字旗各自在旗桿的腰部撐起來，迎着時勁時緩的寒風，飄揚着。

英國與美國國家出了甚麼大事，連在中國國土上的商館門前都要下半旗？有值得舉國悲痛的事發生了，要以國禮致哀嗎？

沒有人知道，沒有人理會，也沒有人關心。

廣場在旭日初升之後，依然沒有熱鬧起來，這無異跟平日的情況並不一樣。反常的沉寂肅靜持續了近一個時辰，突然石破天驚地鑼鼓喧天，人聲鼎沸，自遠而近的叫囂吵鬧歡呼夾道而至，終於把整個廣場的空間都霸住了、佔據了、填補了、塞滿了。

湧現的是一羣接着一羣興高采烈、喜形於色的廣州市民。他們拖男帶女，扶老攜幼而來，聚集在廣場上。

未知真相的人，一定會猜測他們是為了一個特殊的節日趕來參加一個難得的墟期。

人羣之中有一對年輕兄妹也在眉舒眼笑地伸長了脖子，等待甚麼會更令他們興奮的消息似。

「怎麼還沒有來呢？」做妹妹的叫顧貞，有點急不及待，輕聲問她的哥哥顧力。

顧貞的一張臉細白潔淨，眉是眉，目是目，清清楚楚，絕不含糊。她，無可否認，是美麗的。

顧貞抬眼望着她的哥哥，顧力五官相當俊秀，他的眉毛濃密，尤其顯出性格。

顧力非常肯定地回答說：

「就快來了。」

顧貞私心常想，是要像顧力這樣子的男人才能嫁。哥哥的好處實在多。最最最令她心儀的好處，還是在於顧力常常挺起胸膛來保護她。這讓顧貞覺得只要哥哥在身邊，天塌下來也是等閒事。

只這一點，顧琛，他們的父親就辦不到。

不只辦不到，而且還……

顧貞不願意朝這個方向想下去了，一念及父親的不長進，她就生氣。腦海裏只要浮起顧琛躺在牀上，嘟起他那張薄薄的，已然污黃的嘴唇，拚命的往那根煙桿子吮吸的模樣，顧貞就五臟六腑都絞動起來，不舒服到想吐。

一家四口，只有善良得近乎愚鈍的母親朱菁，才心甘情願容忍父親那副德性與那番行為。

完全沒有理由支持顧琛吸食毒品的。

偏就是母親，一邊流着苦淚，一邊雙手奉送自己與兒女的血汗錢給顧琛，滿足他邪惡的慾望，讓他在吞雲吐霧之中享受他的殘生。

顧力兄妹曾經極力反對過母親對父親的這種縱容。

可是，無效。

當顧力嘗試勸服母親收起一兩個子兒傍身而被父親發覺之際，一個吸食鴉片的煙精，舉起他乾瘦如柴的手，抽盡他體內的能量，揮動着那根煙桿子照頭照腦的就打他的妻子，叫朱菁的眼角立時爆裂，流了滿臉艷紅得發亮的鮮血來。

直至顧琛自覺手臂有點發麻了，才稍稍停住。回轉頭來，顧琛瞇起他本來已經細小得幾乎見不到眼珠的眼睛，瞪着教唆妻子造反的顧力，悠悠然道：

「你很愛你的娘是不是？她十月懷胎，眠乾睡濕地把你撫養成人是不是？你打算以甚麼方式報答她的養育之恩了？沒有想過嗎？讓我告訴你，你不能不離開這屋子，整天整夜的看守着她，對不對？如果你一走出去幹活的話，就有人打她個半死，她也是挺淒涼的。」

「爹！」顧貞驚叫。

她下意識地衝前去，要跟父親理論。

顧力把她攔住了，示意妹妹只應站在他身後，別跟一頭沒有人性的瘋狗當面對質。

顧琛知道顧力心上想甚麼，他冷笑道：

「你們兄妹倆是同根生的呀，來吧！團結起來對付我吧！告訴你，你娘給我揍死了，她還是姓顧的冤死鬼，她這一輩子跟定了我了，肉在砧板上，她能怎麼樣？外頭世界，海闊天空，你倆要走得遠遠的，儘管去吧！你娘是決不會走的。」

顧琛並非胡扯，他看準了妻子的心。他更死捏着中國傳統道德變成的金剛圈，緊緊的往朱菁頭上扣，叫她這輩子有再大的本事，也要像齊天大聖臣服於如來佛的手下般任由他顧琛擺布。

朱菁的確語重心長地對一雙兒女勸說：

「你爹知道我，說甚麼我也不會離開他。」

顧力道：

「娘，他會打死你。」

顧貞緊緊抱住她母親的腰，把頭伏在她的腿上，哭道：

「娘，娘，你決不能枉死。」

「就算死，我也是顧家的鬼，你爹不是說了嗎？我這一生就是這個樣子了，我認了命，不悔不怨。當年是我爹我娘給我訂的一頭親事，如果我抱怨，如果我反悔，就是對他們不起了。」

朱菁輕輕用手撫着女兒那頭不受營養不良的影響，依舊烏光水滑的秀髮，再抬眼看着自己那英偉而馴善的兒子，說：

「我決不會為你們的婚事作主，你們自己慢慢的挑。挑到好的才嫁、才娶，我盼望你們在擇偶上有你們的福分。我們的那個指婚的時代就到我為止，真要結束了。可是，我既然嫁了你們的父親，今生今世，決不會離開他了。以後，他的事，你們別管吧！辛辛苦苦能積到半個子兒的話，你們收藏到甚麼隱秘地方去，就別讓我知道好了。就算你們有了長遠打算，要離鄉背井，闖新天下，做娘的，也明白，決不會怪你們。」

「不！」

隨着顧貞一聲悽惶愧悔的驚叫，兄妹倆齊齊跪倒在母親跟前去，哭着道：

「娘啊，我們決不離開你。」

生生死死，都是一家人。

五千年文化累積成的思想，根深蒂固地種植在人心，誰能否定了百行應以孝為先，再有不是的父母，還是親爹與親娘。

於是，母子三人抱頭痛哭，哭過了，還是照以往般活下去。

兄妹的委屈只有全傾注在父親吸食鴉片的行為之上。

因而把販賣鴉片的英國洋鬼子以及那些跑在煙商屁股後頭乞討生意，洋洋得意地做起鴉片買賣來的煙販，恨之刺骨。

廣州城內真是人同此心，心同此理。

英國煙商販毒罪該萬死，但他們不會死，因為有他們的國家為他們撐腰。

可是，身為炎黃子孫，大清皇帝的子民，竟然幫着洋人，當個毒品分包銷當得額首稱慶，那就真個罪無可赦了。

所以，顧力兄妹一聽到羣情洶湧，民心所趨，以致廣州官府也作出了史前無例的裁決，把個廣州城內名字響噹噹的中國煙販許金水處決，真是歡喜得連做夢都會笑出來。

處決許金水的決定作出了之後，認真是滿城傳誦，官民同慶。最奇怪的是一向有行賄受賄陋習的官場，竟然沒有在這場官司之上鬧過一個半個笑話。連許金水的妻許楊氏，四出奔走，拜託親友為她找路子營救丈夫時，也遭到意想不到的困難。人們沒有敢插手去管這宗事，實實在在是眾怒難犯。在鴉片煙瀰漫着，薰得烏煙瘴氣的廣州城內，羣眾所受的壓力已經到了極限，像活火山內的溶岩沸騰到不能不往外噴發似，終而一瀉千里，銳不可擋。誰膽敢阻擋去路，怕不被立時三刻燙焦才怪。

今日正是許金水行刑的日子，商館外才湧進上萬的人民，爭看這場大快人心的熱鬧。

故此，當天真純直的顧貞在廣場上等得有點不耐煩而引起擔憂時，她哥哥顧力就安慰她，重複說了兩遍：

「放心，不會有變。」

顧貞實在還有點放心不下，於是昂起她美麗而帶迷惘的一張臉，繼續追問她哥哥：

「為甚麼你有信心不會變呢？這許金水平日無惡不作，勢力大得很。」

顧力不屑地扯動嘴角，笑出聲來，道：

「惡人終歸有惡報，若然未報，只為時辰未到。可是，這批為圖私利而販賣鴉片給自己同胞的中國人，滅亡的時辰到了。別說是一個許金水，你看，這陣子廣州城內的大窰小窰，逐個逐個給官府查封起來，為甚麼呢？告訴你吧！……」

顧力像對一個小孩子般，興奮地用手輕拍妹妹的頭，再說：

「是大勢所趨，皇上禁煙的決心下定了。」

顧力這個說法是有根據的。

二

罌粟其實是大自然生物中，一種異常美麗的草本植物。

當罌粟在原生土地上，迎着微風，輕輕擺動着她那翠綠的枝幹，使帶着鋸齒的深綠葉片與顏色鮮艷的或紅或白或橙的花朵時，更似一個含苞欲滴的美少女，當她偶一回首，瞥見了心儀的一位俏郎君時，不禁有點忸怩不安，也有點手足無措。是應該再借勢回頭多望對方一眼，抑或趕快垂下粉臉，朝地上望去好呢！

不管是哪個取向，風中搖曳的罌粟與含情脈脈的少女，姿態都是嬌慵婀娜得叫人喜愛的。

罌粟本身並不邪惡，可惜的是有人發現可以把她的乳汁提煉，在曬乾發黑之後，一旦流竄到人體血液之內時，就是極其恐怖的一股邪惡魔力。

好比一位傾國傾城的絕代美人，一旦想歪了，被四周利慾薰心的一大堆亂臣賊子所利用、所控制、所調配，就可以叫她成為毀國滅族的大罪人。

其實鴉片流入中國國土之後，從民間到朝廷，警惕性的聲音一直有響起來，毒品的遺害是朝野上下都知曉，都有採取相應行動去禁止她的橫行無道的。

早於雍正七年（公元一七二九年），距離鴉片戰爭一百一十多年前，朝廷就已頒布過禁煙的條例，規定販鴉片者要枷囚一月，發邊充軍；對開辦煙館者，刑罰更重，可以定斬監候的罪名（即是死緩罪）。只是對吸食鴉片的人沒有明令處罰罷了。

乾隆年間，對煙販的刑罰又加重了，除了枷一月，還要受杖刑一百，發邊充軍三年。如果侍衛官吏知法犯法，罪加一等。

到了嘉慶即位，禁令更嚴，不管鴉片有沒有別的無傷大雅的用途，這位坐上龍位不久的皇帝，乾脆取消了海關鴉片稅例，嚴禁進口，也就表示了他堵塞鴉片可以在中國國土上合法出現的藉口，並且老老實實地把黃埔港內長年大月停泊的鴉片船隻全部驅逐出內洋。

嘉慶帝對付日益橫行的鴉片，最有力與最明智的一個做法是開始擒拿「家賊」。

廣東俗語所謂：「日防夜防，家賊難防。」這句話深得嘉慶帝之心。

禁煙要上下一心，要立法者與執法者都同仇敵愾地對付煙販，才會有成效。

上歷雍正、乾隆兩朝，煙愈禁愈流行愈猖獗，其中最重要的一個原因是監守自盜。

不少貪官污吏日益興高采烈地以禁煙為藉口，向有關煙販、開煙館者，甚至是煙民索取放他們一馬的報酬。通過了行商，他們自英國煙商處收受的利益無數，且是明目張膽的，光天化日的進行着。

行賄者與受賄者一旦如魚得水，相得益彰的話，禁煙只會成為當官的財路，也把煙販們的顧忌減到最低限度。

嘉慶帝開始對付鴉片煙最盛行之地的廣州官員，再三下令總督巡撫要對陽奉陰違的官員懲辦。

到了道光即帝位，他既秉承先帝的做法，也面對因鴉片走私而使外流白銀增至數百萬兩的數字，更無法不奮發圖強，決心在禁煙上下一番功夫。

不錯，在歷史上，道光皇帝是個禁煙天子。

他的這份宏願大志，同時使他成為把中國國土割讓給外國人的第一個中國皇帝。

結果跟他的理想無疑是天淵之別。

道光皇帝最大的不幸，其實是他剛處於一個西方文化要挑戰東方文化、西方強國要侵略東方土地、西方經濟要凌駕東方道德的時代。

他的努力、他的奮鬥，甚至他的掙扎，顯然是個人的、狹隘的、無法不是白廢的。因為中國已到了不能再閉關自守，不能以皇帝為一言堂的所謂國際年代了。

一切都為時太晚。因為鴉片早被英國人選中了，作為他們雄圖大略地擴張帝國與霸權主義的工具。

上百年的禁煙歷史，使人們看到了鴉片運入中國驚人遞增的數字。

雍正七年（一七二九年），輸入二百箱。

乾隆三十三年（一七六七年），輸入一千箱。

嘉慶二十二年（一八一七年），輸入三千六百九十八箱。

道光元年（一八二一年），輸入四千七百七十箱。

道光七年（一八二七年），輸入一萬零二十五箱。

到了道光帝忍無可忍，重用林則徐，前赴廣東禁煙的道光十八年（一八三八年），也就是廣州官府與人民同心同德地抓了最大的煙販許金水往廣州商館區廣場行刑的同年，輸入的鴉片已經達到二萬八千三百零七箱。

鴉片的毒害其實是凡人皆知的。

吸食者如同自廢武功的人，在人生之旅上已等於手無寸鐵，他們帶給家庭的是極度負累，終而至妻離子散，家破人亡者不知凡幾。為社會亦凝造成一片愁雲慘霧，荏弱衰頹的風氣，把中國人的精神道德推到懸崖邊緣，差一點點就摔個沒影兒。至於給國家民族帶來的禍害，更不待言了。

整個清朝的對外貿易歷史，尤其是道光年間的，對英國貿易的歷史，其實只是一段禁煙的歷史。

把鴉片運進中國來的英國，在積極參與編織這段歷史的過程開端，多少還有點仁義上的顧慮、道德上的靦覥、法律上的汗顏、良知上的羞忸，畢竟他們知道自己在做些甚麼事。

然而，當鴉片煙的投機生意為英商的錢包引進巨利，要他們為了仁義、道德、法律、良知而付出太太太高昂的代價時，他們就產生猶豫與不捨，最終是決定存利忘義了。

花花白白的銀子還是至高無尚的。

在道光未派林則徐去廣州禁煙之前，英國最大的煙商渣頓就曾毫不忌諱地對英國其他商界朋友極力推薦這門生意，道：

「世界上任何投機生意都沒有比運鴉片去中國更能賺錢，而且更簡單、更安全。」

附和他的另一名大煙販顛地，作了最合情合理卻最令中國人蒙羞的補充，他說：

「當一羣肥羊在山頭上走動，最令虎視眈眈的野狼喜出望外的，就是發現原來牧羊人不介意瀆職和失職。」

貪污者已經表態，願意接受饋贈，行賄者就不必卻步不前了。

這一切的背景，使道光十八年的年中，在北京紫禁城內的道光皇帝，夜深時分，獨對龍案上那本黃爵滋提為《嚴塞漏邑以培國本折》的奏章唏嘘不已。

道光皇帝在讀摺之初，其實是既驚且喜的。

他早有大刀闊斧根治煙禍的心思與志願，為此，以敢言見稱的黃爵滋得以由正五品的工科給事中，晉升為正四品的鴻臚寺卿，就為他極力主張禁煙。

道光皇帝需要敢言之臣，他才可以成就為一個納諫之君。

名臣賢君永遠是牡丹綠葉，相得益彰。

然而，這一次，黃爵滋所奏，是敢言之極。要有多大的胸襟，多大的勇氣才可以將臣下的一番理論和建議，赴諸實行。

簡單一句話，黃爵滋懇切陳奏，要皇帝下令天下，吸煙者均要被處極刑。

這要實行起來，是何等樣的一件大事。

黃爵滋的這份奏摺無疑是大膽至極的，可是，也實實在在的言之成理，很能打動皇帝的心。

奏摺中力陳鴉片對中國之禍害，並提供了最具體的最有效的根治辦法：

「今天下人都知漏銀原因是鴉片，所以到處都在議論堵塞之法，可是卻不知道究竟怎樣才能堵塞。

「之所以耗銀無數，在於販煙之盛；販煙之盛，是由於食煙之眾；無吸食自無興販，無興販則外夷之煙自不來矣。

「謹請皇上准給一年期限戒煙，煙癮再大，沒有不能斷絕的。一年以後仍然吸食，便是不守王法的亂民，處以重刑，無不平允。過去吸食鴉片者，罪僅枷杖，重的不過杖一百，徒刑三年，都是活罪。而斷癮之苦，苦於枷杖與徒刑，因此不能斷絕。若處以死罪，則臨刑之慘急，更苦於斷癮的煎熬，可想其情願斷癮而死於家，必不願受刑而死於市。況且我皇上雷霆之威，赫然震怒，雖愚頑沉溺之人，也足以發聾振聵。一年之內，尚未用刑，十已戒其八九。

「還請飭諭各督撫嚴飭府州縣清查保甲，預先通告居民，定在一年後取具五家互結，仍有犯罪者，准許舉報，給予獎勵。如有隱瞞，一經查出，本犯照新例處死，互結之人，照例治罪。……這樣，用不了多久，軍民一體，上下肅清，銀漏可塞，銀價不會再漲，然後講求理財之方，實在是天下萬世臣民的福氣。

「今鴉片蔓延中國，橫波海內，槁人形骸，蠱人心志，喪人身家，實自古以來從沒有過的大患，其禍烈於洪水猛獸。即已積重難返，若不雷厲風行，不足以振聾發瞶，請行重典將吸食者治以死罪！

「臣為了民生國計，謹據實以聞。謹奏。」

如此擲地有聲，石破天驚的陳奏，懇請賢君接納頒行，不只是黃爵滋仕途與人格的考驗，也同時是對道光皇帝胸襟與才智的挑戰。

理論是好理論，建議是好建議。

道光皇帝一口氣把這份奏章重讀了三遍，他興奮的熱情漸漸冷卻，把頭枕在龍椅上，閉上眼睛，腦海裏忽然的空白一遍。

叫他如何思考？

君主掌握生殺大權，但要他下旨斬決為數以百萬計的煙民，予他的震慄也委實大至令他頭痛欲裂。

這不同於揮軍殺敵，殲滅的是顛覆朝廷的叛軍或異族，他要下旨抄斬的是自己同根同源同宗同族，沒有殺害過任何人而只不過是慢性自殺的國民。

道光皇帝無法不遲疑，不心驚，不膽跳。

當時，東南沿海，十室之邑，必有煙館，有的地方甚至有半數人口吸食鴉片。

除了沿海省份，鴉片之禍已蔓延至京城。換言之，毒品已進了官府，入了軍營，甚至潛至京城，匿於禁宮。全國吸毒人數已超過四百萬人，就連八十萬清軍，亦有四分之一成了癮君子，文官吸毒者更不可勝數。

是不是聖旨一下，所有煙民都會懼怕極刑而主動戒煙。如果赫赫天子的權威不敵鴉片所帶來的片刻精神歡愉，他這個皇帝如何當下去了？是真的大開殺戒，把煙民一律正法，一於血流皇庭，屍遍朝野不成？

道光皇帝閉目良久，重新睜開他那雙已經極其睏倦的眼睛，幾乎只有一個念頭是可行的。

那就是把黃爵滋這個奏摺「淹」了算了。

皇帝對臣下的奏摺留在深宮御桌之上或抽屜之內，不作處理，就是「淹」的意思。

對於那些暫時不合時宜，無法當即下旨辦理，卻又有保留以備後用的臣下建議，「留中」或「淹」是不失為一個高明的手法。

當然，被「淹」的奏摺有從此不見天日的可能，「留中」的摺子呢，或會有一日，忽然為皇帝發下來，得着了當其時皇帝認為他應該得的褒或貶。

總之，留中不發，眼前「淹」了的奏摺，在將來或會發揮一定的作用。這也是解除皇帝當即不能決斷的困擾之一法。

太多留中或被淹的奏摺，其實不是一件好事。

但，道光皇帝真不知作出何種反應才好。

他離了龍座，管自在養心殿內慢慢踱步。

讓讀了奏章之後忽然興奮的血脈，因着緩緩的散步得以舒展下來，這是有助於他冷靜地思考問題的。

道光皇帝終於想到了。

他想到一人計短，二人計長。

在深宮禁苑之內，跟他同享樂的人比比皆是，但可以分他的憂，與他共患難的人，只有一個。

那是三千寵愛在一身的皇后。

此念一生，他立即傳召皇后。

這位皇后鈕祜祿氏其實也是道光皇帝的繼后。道光皇帝的皇后佟桂氏，於道光十三年病逝。其時六宮之內最得皇帝寵幸的是全貴妃鈕祜祿氏。

她備受寵幸的主要原因之一，是因為道光的第二、第三子都是幼殤，而長子養育至道光十一年四月，也夭亡了。這給道光皇帝的打擊極大。尚幸時隔兩個月，懷孕的全貴妃便生下皇四子奕詝，也就是其後繼位的咸豐皇帝。

奕詝的出生，對當時因屢屢喪子而情緒低落的道光皇帝有明顯的激勵作用，對這皇四子尤其偏愛，順帶關係，奕詝的生母全貴妃就更能母憑子貴了。

事實上，這位全貴妃也真是明媚可人，有她異乎一般妃嬪的氣質和品貌。全貴妃之父頤齡曾在蘇州當官，她自小就在江南長大，在擁有旗下格格的開朗豪爽品性之同時，也染習了江南女兒的溫柔婉順。

她的語音尤其好聽，一開腔說話，讓人聽進耳去，就像有股暖流緩緩地掠過心上似，令聽者舒服得難以形容。難怪道光皇帝在寵幸她一年之後，就把這位選秀時，只封為貴人的鈕祜祿氏，晉升為嬪，又一年便升作妃，到皇四子出生，已然是全貴妃了。

道光皇帝就曾不只一次地於閨房細語時告訴他這位得寵的貴妃，說：「聽你說話，朕是從心窩裏舒服起來。」

笑得全貴妃更加花枝招展，益發挑動皇帝的心弦。

全貴妃不但像相漂亮明媚，而且不是胸無點墨的女兒家。她自幼就知書識禮，聰明伶俐，跟在父親頤齡身邊，把琴棋書畫都學齊之外，還能賦詩作詞。選入宮中之後，以深宮多所寂寞，更悉心發明了一個遊戲，將民間七巧節的七巧板，斷木片成若干方，排成「六合同春」四字，作為宮中新年遊戲，也就相等於拼圖遊戲，誰能快速地重新砌出「六合同春」四個字就贏了。一時間成為宮中佳話，得到皇帝的賞識，自不待言。

事實上，全貴妃在皇后佟桂氏去世後，便晉升為皇貴妃，攝六宮事，直至道光十四年，正位中宮，封為皇后。

正位皇后之後，寵信有增無已。道光皇帝操勞國事，在後宮中可以一談的也無非是這位明慧剛正兼而有之的妻子。

滿清皇朝家法深嚴，後宮后妃絕不得過問朝政。可是，皇帝把國事當作家常閒話與閨房隱事來處理，皇后也就只好有問必答。偏就是皇后的每一次回答，都深得皇帝的心，於是就更覺得她的有用和可愛。

皇后除了受着丈夫不停的鼓勵與庇護之外，她也情不自禁地眷戀於國家興亡，人人有責的意識之上。固然是皇后的愛國，也為她感到親生兒子奕詝居長，將來繼承大統的機會很高。萬一有日，自己真正當上了以天下養的皇太后，就有當然責任在皇帝有急難時扶他一把，給他一些建設性的意見。故而，不可以不習慣吸納朝政知識，在丈夫的容許之下予聞政事，鍛鍊自己的頭腦，分析國情，明瞭大局。今日是助丈夫一臂之力，他日是幫兒子管治天下。

有了這個心理準備，皇后尤其關心皇帝在朝政上的憂疑。

她並不知道這種態度其實是極度危險的。

皇后統攝六宮，位高權重，母儀天下，她受皇帝寵幸，照理是理所當然，沒有一位妃嬪敢向她的身分挑戰。

然而，在皇后名位之上，尚有以天下養的皇太后。這位道光皇朝的皇太后，秉性極其嚴刻，她對皇后的得寵以致屢在皇帝跟前議政，已微有所聞，但在太平盛世，無端的抓皇后的小辮子，未免不服人心，有失身分，更難以向道光皇帝交代。於是，皇太后只上了心，仍然忍住了未作任何表態。

她知道總有一日，可以抓緊良機，才跟這位鋒頭過盛，幾乎把整個道光皇帝霸佔在手上的皇后算帳。

沒有太大機心的皇后，並不知道皇太后心中的妒火會是發展成燎原的星星之火。她只全心全意地為丈夫分憂，樂於以先天下之憂而憂為己任。

當她乘夜接到御旨，踏着一對花盆底，搖曳生姿，一擺一擺的急急走上養心殿去見皇帝，聽到他的惶惑憂疑之後，皇后的確用心地要想出一個解決的方案來。

「皇上，奴才不可予聞朝事，你還問計於我，誠是一番殊榮，奴才不怕為分皇上的憂而受任何處分，只怕辦法想出來，仍屬婦孺淺見，無濟於事。」

皇后的這番謙辭是本身教養的表示。

宮中的夫妻密談，雖道是可以隨和順意，畢竟還是有一定的禮數要遵行，這是帝后都明白的。

於是皇帝握起了皇后玉葱似的手腕，放到唇邊輕吻，道：

「你只管說，說得對是對，說得不對，朕不怪你，只要能聽聽你的聲音，都能舒暢神經，把所有的精神壓力都壓下去，教我不那麼緊張就好。」

皇后聽到天語褒獎，對處理黃爵滋這份奏摺一事更加慎重，於是沉思片刻，再微抽一口氣，才把深思熟慮的一番意見說出來：

「皇上，鴉片是非杜絕不可的，中國一日有鴉片，一日不會振興，我們不可以讓外夷以此作為侵犯我邦的武器。」

道光皇帝對皇后的這番意見是認同的。

他們夫妻倆實在已不知多少次在鴉片問題上交換過意見。

「皇上，」皇后繼續陳辭：「您不能再像乾隆爺的慈善心腸對待夷人。這些年來，自從乾隆爺一時高興，對遠道來朝，賀他高壽的英國大使予以厚待，允他不用行跪拜之禮開始，英夷的表現就很得寸進尺。從正途不可以獲得天朝的許多他們希望得到的實惠，就從民間入手。將鴉片輸入中國，弄得遍土煙民，就是他們深謀遠慮的一番布置。」

道光皇帝輕嘆：

「難道我們的祖先就沒有先見之明，從雍正爺、乾隆爺以至先帝，都曾盡過力了。可是，到我這一代，唉，你看呀，單是流失的白銀若是仍存國庫裏，我們可以做多少富國強民之事。都是英夷害的！」

皇后立即跪下來，道：

「皇上聖明，要請皇上恕罪，奴才方敢把話直說下去。」

道光皇帝慌忙雙手扶起了皇后，道：

「我們夫妻同心，共過多少患難了，何必還拘泥於這些禮節上頭，你知道你就是說錯了甚麼話，朕也不會見怪。」

皇帝的這番說話，可見他愛妻之情切，直叫皇后感動得眼眶溫熱起來。一對黑白分明的眼珠子泡在盈盈的水光之中，更看得皇帝心動，不自覺緊緊的把皇后抱在懷裏。

皇后告訴自己，皇帝這份深恩重愛，真要報答他的話，應以真情相對，以保住他的前途為當前急務，為此她務必直諫，因而要自己受甚麼樣的懲罰也是心甘的。

於是皇后正色道：

「皇上，有四個字，我必須冒死相諫。」

「你說吧！」

「凡事罪己。」皇后說了：「英夷運入鴉片，無疑是為了他們的本身本國利益。我國的茶葉絲綢，英國人愛得要死，拚命買回本國去，貿易上我們賺英國人的錢也實在夠多了，他們的確要想盡辦法平衡支出。若是以英國人的為國愛國為出發點，這個做法也是情有可原的。」

皇后的這番說話，的確可以見到她的一番胸襟，作為女子有此遠見與量度，更值得敬佩。

當然，生活在深宮六苑的皇后，能夠把英國人運進鴉片的動機，理解到這個程度，已屬相當難能可貴。

她並不能體會到英國的帝國與霸權主義，才是策動整個滿清皇朝所要承受的外夷侵華戰役的原動力。

更不幸的是她有生之年，亦看不到一場鴉片戰爭其實是表現出西方國家銳意蠶食東方社會的一個序幕罷了。

誠然，皇帝非常留心的聽着，且微微點頭，表示會意。

「皇后，你的意思是不爭氣、不長進的是我們中國人。」

皇后再次動容，為甚麼她發覺自己愈來愈深愛皇帝，就是為了發現彼此談話常有的默契與對人生走向和價值的認同。

夫妻倆無疑真是以同一顆心，划着同一條船的兩個人，是非深深敬重對方，戀慕對方不可的。

後宮佳麗三千，跟皇上的牽引只不過是一夕歡愉、半朝情慾以及個人富貴，那都是可以過眼雲煙的。

只有皇帝和皇后，攜着手，共度喜樂與憂愁的晨昏，為千秋萬世的基業而努力生活，直至同埋一個墓穴之內。

皇后益發感動，更可暢所欲言了：

「所以説，皇上，黃爵滋奏摺所言，原則上是非常合理的。我們以前一直懲治的是標而不是本，追究外夷的話，更變成了捨本逐末。如果國家根本沒有吸毒之民，外夷無利可圖，自然不會行賄官員，不用走私，不必販毒。當然，在手段上，我們要從詳計議，雖是當前急務，卻又不宜操之過急，總有一個過程去試探此法的可行性，以及有關方面對此法的反應。況且，身為臣下，也有責任共同承擔這個計劃的可能風險，不可讓皇帝一人累壞了。」

皇帝之所以如此寵幸皇后，也就因為她不只是順着他心意，說些虛無飄渺奉承話的妃子，也不是只有外貌而無內涵，更缺智慧的美人。

皇帝能從皇后給他的意見中，肯定她對自己的關懷和盡忠，確認她的才智和膽識，這樣的一個女子才是他道光皇朝母儀天下的正當人選。

皇帝開心得多了。

剛才有着的驚疑已經被皇后堅決的意志與實際的建議驅走了。

代之而起的是一份對前途光明的憧憬與信心。

道光皇帝與皇后竟夕之談，終於談出了具體的辦法來。在臨朝之前，御筆親書，六百里快馬分頭自京城出發，把皇帝的諭旨，送交各封疆大吏。着令全國將軍、總督、巡撫等，都要對黃爵滋的奏摺提交意見。

正是國家興亡，匹夫有責，更何況是各省要員，理應共赴時艱。

道光皇帝在皇后的勸勉下，實行一次全國性的問卷調查，打算聚合所有高級官員的意見，一起來承擔重典治天下的責任。

然而，道光皇帝和皇后的如意算盤並不打得響亮。在接到六百里快馬御旨而火速回應的二十多件函件之中，支持黃爵滋的建議，也就等於跟道光帝后心思相同，傾向勵精圖治，根治毒禍者才不過四人。

漕運總督周天爵覆奏道：

「如今天下受鴉片之害，的確像黃爵滋所說的一樣。但死刑之意，可行於還未滋蔓之前，不可行於泛濫天下之後；又可行於官，而不可遍行於民。如今犯者滿天下，且沉積數十年，一旦治之過急，可就犯了『縱之已深，操之太盛』的古訓了。」

瀋陽將軍吳興奏道：

「王道要合乎人情。嚴刑禁煙，如果定在當初本無不妥。如今吸食者幾乎遍天下，新法若定，萬一視為空文，只不過又為官吏添一條詐贓的門路；如果真的認真查辦，恐怕殺不勝殺。」

山東巡撫經額昂的意見是：

「鴉片流行內地，白銀外流，全在於有關官弁受賄庇護，若不嚴懲賄縱之員，反而嚴懲食煙之人，這不是正本清源的辦法。」

直隸總督琦善亦奏稱：

「單是居民店鋪五家互結，也是說起來容易做起來難，鄰居吸食鴉片，或是深夜，或藏在臥室，出入無時，行蹤詭秘，怎麼能知道他是否買食。」

代理湖北巡撫張岳崧反對黃爵滋的重典建議，理由是：

「要做到『慎刑明罰』，必須判明輕重之別，使人民信服，才好向天下推行。過去禁煙例條，吸食者罪止杖徒；開館售賣者，罪始論絞。如今吸食者就以死罪，那麼開館販賣者，還能定他們甚麼更重的罪呢！」

類同的反對意見不是不多的，就連明顯贊同嚴刑禁煙的兩江總督陶樹，也不難從他的奏摺中看得出他的不安與顧慮：

「黃爵滋所陳，實出於萬不得已苦心，的確是拯救時弊的急務。但是，拿辦吸煙不難，難在行法公允不受世風的干擾。如果辦理不善，騷動鄉裏，獄弊叢生，一定會處處可生陷阱，使良孺皆驚。如此，不但耗天下財源，也傷天下元氣……」

御案上全放着這些看似有用，其實無用的奏摺。

問卷發下去給各大臣，幾乎每人都精明地避過這個千古的難題，在發表了那些不可以說不是意見的意見之後，把最後如何定奪的權責，仍輕而易舉地放回皇帝的手上去。

道光皇帝的原意是朝野上下在辯論黃爵滋的重典治毒理論後，會得出一個強有力的主流思想，最好是配合他本身的意願，一齊同心協力進行大刀闊斧、斧底抽薪、一勞永逸的計劃，放膽根治，終於把鴉片杜絕，那他就成功為一代明君了。

可惜，他的臣下比他更識時務，更懂避重就輕，更曉表面交差實地裏塞責。

道光皇帝氣煞急瘋了。

安慰他、明白他、開導他的始終只有皇后。

皇后把剛燉好的雞湯，囑近身侍婢那佳捧上來給皇帝飲用。

知書識禮的那佳，是滿族人，跟在皇后身邊多年了。她意識到皇后必有體己話要跟皇帝說，於是把雞湯放在御案之後，就跪安退到殿門一角去站着候命，只消皇后一示意，她就乾脆引退。

只是皇后沒有表示，她大概是太專注於服侍皇帝飲用雞湯一事上，也可能因為皇后並不太介意那佳在場。

她是挺信任那佳，拿她視作心腹的。

皇帝似乎對飲用雞湯沒有多大興趣，他煩躁地說：

「放着吧！等會再說。」

「皇帝，請聽奴才說幾句話好不好？」

「你說的話可是跟他們同一個模子的，如果是，就不必說了，二十多份奏章，幾乎是同一個鼻子出氣。」

皇后很明白皇帝的心情，便加倍溫柔地說話：

「皇上，這些封疆大吏們是不得不這樣子說話的，倒是奴才當初過分天真，以致誤導皇上，讓你提高了對他們的希望。」

「這是甚麼意思了？」

皇后嘆一口氣道：

「我們的詢問對象都是一人之下，千萬人之上的王公大臣，他們幾經艱辛才有今日，早早已經超逾了爭功爭寵的地步，唯其他們知足了，更不會在大問題上亂出主意，萬一出錯了，注碼押錯了，要賠上多年的名利積累，又有多少人會肯呢！」

皇帝不禁有些氣急敗壞了，道：

「他們真傻，愈想自保，愈會不保，難道我就不會降罪於他們了。」

皇后一聽，知道非要打這個圓場不可了，便道：

「皇上聖明，他們這班人也算是有功於社稷，才有今日的名位。久歷風霜，幾經奮鬥，一下子士氣不如以往高昂，不願在新名目上下狠勁琢磨，也不是不值得皇上原諒，反正他們在本位職責上能好好報效，也算是功過相抵了。」

皇后這麼一說，就等於提點了皇上，不可輕率發怒，更不能草莽下罪。正所謂「將在外，君命有所不授」，這等封疆大吏，只可以逐個對付，甚或逐個剷除，如果都聯合起來的話，這種變亂可真不是鬧着玩的。

皇后是怕皇帝在失望之中易鬧情緒，可又不能直接把可能危機說出來，皇帝的權威到底不可受到挑戰，天子的顏面更要得體地保存下來。故而，只好溫婉地提示，為丈夫架起讓他下台的階梯。

說到底，道光皇帝不是不聰明的，一聽皇后的提點，就不再在追究大臣反應冷淡一事上磨下去了。

他曉得對皇后說：

「皇后，當務之急，我看是要重用一個肯為我承擔重典戒毒責任的賢臣，我把權力賦予他，讓他撒手去幹。」

皇帝只沒有把另外幾句話說出來，那就是：

「將來幹得好，仍是朕的功績；弄砸了，他應該頂罪以向天下交代。」

皇后的一門心思正與皇帝相同，忙道：

「皇帝這個辦法太好了，良臣擇主而侍，良禽擇木而棲，滿朝文武，總有人才。」

「是的，我心目中就有一個。」皇帝這樣說：「皇后，你有人選沒有？」

皇后聽到皇帝說已有人選，就不好先說出自己的想法了，於是道：

「皇上聖明，你的選擇總是好的。」

「我屬意於林則徐。」

「嗯。」皇后情不自禁的立時間有了反應。

從她那淡紅的粉臉上抹上的一絲笑意，就知道她對這個人選的認同。

「林則徐對黃爵滋的建議，作了非常恰當的修改，讓我慢慢告訴你。」

皇帝於是開始講述林則徐如何修正了黃爵滋的重典禁煙建議。

林則徐在帝后心目中其實絕不陌生，他一直力主禁煙，與軍機大臣穆彰阿老唱對台戲，已是滿朝咸知之事。

這一次，皇帝發下問卷，指定要對黃爵滋的奏摺有所反應，林則徐就建議了把黃爵滋的判刑期分階段性進行，准予一年的限期，讓煙民逐步改過惡習，他奏說：

「將一年的限期另分四個階段，勸令吸食者自新，分段遞加罪名。第一段內自新者，准予免罪。二、三段內自新者，雖不免罪，但可以酌量減輕，過了第四階段仍不自新或自新後重犯者，『置諸死地，誠不足惜矣』。」

皇后聽到皇帝講述林則徐的這個奏摺，立即動容道：

「這真是個好辦法，一年之內，多的是自新機會，限期屆滿，仍不悔改，就算治以重典，也能收服民心，無可怨言了。而且，我相信到了第二及第三階段，經過懲罰，煙民等於接受實際警惕，自然會畏罪戒煙，成功率很高。皇上聖明，這位林則徐的確是個人才，傳說他的許多個故事，似乎都是可信的。」

皇帝聽皇后這麼一說，興致就來了，問：

「江湖上傳説林則徐甚麼故事了？」

皇后見皇帝問，正要回答，就瞥見了遠遠站着的宮女那佳，於是向她招手，然後再回皇帝的話：

「林則徐有個感人的故事，還是那佳聽回來告訴我的，由她直接向皇上匯報，比較迫真與傳神呀！」

宮中的太監與宮女畢竟比較有機會跟宮外的人接觸，聽回很多民間故事。也有些故事是當事人刻意通過宮娥太監，傳到宮裏去，造成一種情勢，以達到個人的某種目的的。故而，宮娥太監是宮外宮內的通訊渠道，是很自然的事。

林則徐的這則傳奇英雄故事，其實已遠近馳名，但不是皇帝愛聽的人事，不會有人忙不迭的告訴他，而且讓皇帝知道了，萬一得着好處的也不過是林則徐本人的話，誰又會巴巴的送這份熱心了？

那佳把故事聽回來之後，倒是刻意地找個機會告訴她的皇后主子的。只為皇后很重用那佳，早已囑咐她，在外頭聽到有甚麼有用的消息，知道臣下的一些情況，就趕緊報告，算是為她搜集政治資料，以備不時之用。

皇后既有此明令，那佳就不忌諱，很多時候都實話實說了。

事實上，那佳是個很有分寸，也有說服與見地的女孩子。

那佳是在天津出生的滿族人，祖父那衛、父親那峯都在天津任鹽道。

清朝全國產鹽地共分十一區，長蘆是其中之表表者。鹽運使在道光朝已經轉駐天津，仍沿用長蘆鹽運使之名。對鹽務的管理，中央其實一直倚重地方官員。換言之，產鹽省份的總督、巡撫皆兼管鹽務，實際上的管理工作則交由漕司、鹽道、總辦等鹽政官員予以執行。

那佳的母親是漢人，叫成珍，長得俊秀，這一點那佳像她母親，那佳並非絕艷，卻相當突出，有一種與眾不同的氣質，和泰然自若的氣派。這大概與那佳的童年遭遇有關。

那佳童年，體弱多病，到八歲時忽然出麻疹，發高燒到不醒人事。成珍跪在一望無際之鹽田，面對汪洋大海，當天起誓，如果那佳能活過來的話，她就讓女兒住到庵堂之內，過帶髮修行的清苦日子。

成珍的誓願果然實現，那佳終於戰勝病魔，康復過來，於是做父母的再捨不得，也只有履行承諾。由成珍把那佳帶到深山的一所冰玉庵堂去，交給主持撫養。

也真是命數，那佳在庵堂內遇上了一位隱居於此的武術高人范五娘，看見那佳氣質超凡，眉宇清麗，很是喜歡她，自覺跟她有師徒緣分，於是每天就教習那佳武術，把她荏弱的先天體質，扭轉過來。除了習武，也讓那佳習文，范五娘的文學修養並不下於她的武藝根基，尤其寫得一手蒼勁有力的書法，叫人只看字，想不出會是出於弱質女流之手。

那佳從來不知道這位師傅的身世，她只知每天范五娘雞鳴即起，練武前必然向神位叩拜，那佳認了五娘為師之後一年，在武藝上吸收得還可以之後。有一天，五娘就囑咐她說：

「從明天起，你就跟我一起向祖師叩拜吧，你果然是有潛質，現今的這副樣子，相信不會失禮祖師了。」

於是師徒二人每日晨早鍛鍊武藝之前，必然向神位上香。神位上只寫着：「呂四娘祖師靈位」六字。

范五娘從來沒有解釋呂四娘這位祖師的來龍去脈，那佳也不敢問。

直至她十五歲生日過了之後，冰玉庵的主持與范五娘作了竟夕之談後，就把那佳叫到跟前去，從來硬朗的范五娘，眼有淚光，回一口氣才對那佳說：

「是時候你該回家去了。」

那佳有些茫然，跟着就情不自禁地說：

「我回家去嗎？那我可捨不得師傅呢！」

此語一出，范五娘的眼淚就更在眼眶內打轉，她要拼死力才把它硬忍着，不讓它流瀉一臉。

倒是冰玉庵的主持平靜地說：

「那佳，你不能再留在這兒了，回家去，你還有很多有意義的大事要你去幹呢！」

「甚麼事呀？」那佳天真而焦躁地問。

「將來你就會知道了。那佳，總之，你的一生不能躲在這兒過，這是命定的。」主持說。

范五娘拖住了那佳的手，道：

「你甚麼都不必問，你最緊要答應，以後不管你到哪兒去，有甚麼遭遇，你都得緊記一件事就成了。」

「師傅，你說呀，我必然會受教的。」

「記着你是中國人，一個中國人應有的操守道德氣節，你都必須要有。明白嗎？答應嗎？」

那佳挺一挺健美的胸脯，昂起俊秀的臉龐，道：

「我本來就是個中國人。」

「嗯。」主持點頭：「是的，漢滿不分家，只要是中華民族，是中國人就得團結，就得奮鬥。那佳，你記住了。」

「記住了。」那佳恭謹地說。

就這樣說好之後，過不了一個月，成珍就來庵裏接那佳回家去了。

同年，那佳被選進宮去當差。

那佳在離家進宮去的前一天，跟母親成珍在東沽海岸散步。

成珍有點興奮地對那佳說：

「你的五娘師傅和主持說的話，一定有玄機在。那佳，也許你到宮裏頭去，就會成就一番大事業。」

那佳道：

「娘，我還沒有好好的承歡膝下，就又要離開你了。」

成珍道：

「進宮去也不過是幾年功夫，我們應該還是會見着的，可是……」

成珍有點吞吐，沒直把話說下去。

「是呀，就是住在冰玉庵的這些年，我也一直惦掛着爹娘。」天真爛漫的那佳並沒有太留意母親的表情。

「那就好，以後不單要惦記着父母，且要惦記着家鄉，你父家與母家一直都是念舊懷舊的人。天津之所在，是我們根之所在。」

那佳很留心的聽着，然後她笑道：

「我怎麼會忘記家鄉呢，我以後還是會回到這兒來呀。」

成珍忽爾情不自禁地拖住女兒，說：

「那佳，怎麼說呢？我真不知該怎麼說好，我怕你以後會長別家鄉了。」

「為甚麼？」

「冰玉庵的主持給我說了一番叫我似懂非懂的話。」

「她說甚麼？」

「她說，你是個奇女子，以後你會有機會放眼海外，卻又實實在在的心懷祖國，顧念家鄉。你知道嗎？冰玉庵的籤很靈，主持為你求了一籤，那是王昭君和番。」成珍說：「主持還嘆一口氣道：『那是苦了那佳，可是對祖國還是好的。』我當時問她，這是不是就說你會遠離家鄉了？主持沒有正面回答我，只指着籤語道：『王昭君是身在胡邦心在漢。』只要她能懷記着祖國家鄉父母，不就成了。」

成珍說罷了，凝視着浩瀚的鹽田，灰白的一片無窮無盡的在眼底展開，看不到盡頭，忽然給她有一種茫茫然，不知如何是好的蒼涼感覺。

那佳緊緊的握着母親的手：

「娘，我永遠不會忘記你和爹，更不會忘記天津，不論我到天涯海角了。我還是會履行一個中國人，和一個天津女兒應做的事。這樣，你放心了吧！」

成珍拍拍女兒的手，道：

「我放心了。」

就這樣，那佳進宮了。

進宮後的兩年，那峯與成珍都相繼去世了。

那佳的親人似乎就只有皇后。

皇后曾私下許過那佳，總有一天好好的為她擇偶，那佳是女兒家，自然不便有甚麼熱烈反應，可是她私心裏就曾盼望能讓她嫁回天津去。

那佳是個感性而馴厚的女兒，她從沒有忘記與母親惜別時，成珍曾說過的話。

那佳是在十六歲時被選進宮的，一直在皇后身邊任事。

很奇怪，那佳在宮中的運氣算是很好也算是不好的。

她進宮時剛是皇四子奕詝出生，全貴妃因此益發受道光皇帝寵幸。在全貴妃和皇四子的宮中辦事，畢竟就得心應手得多了。

世界永遠是跟紅頂白，勝者為王的世界。

客觀環境的順遂，加上那佳本身的聰穎謙和，她在宮中的生活，可說是上和下睦，風調雨順的。尤其是皇后跟她親近得不似主僕，倒像親姊妹似，這一點就令那佳非常的榮耀和快慰。

她曾跪倒在皇后跟前說：

「皇后對奴才的恩德，這一輩子也報答不過來。但願這一生一世，只有奴才承受主子的賜惠，到來生才效犬馬之勞。」

這麼一番效忠的表態，看上去只是極之客氣的、全是關乎禮數的說話，其實寓意深遠。

如果那佳說成為了報答知遇與栽培之恩，而肯赴湯蹈火，在所不辭的話，那豈不是暗示皇后會有危難，需要她來兩脅插刀，表示精忠嗎？這麼個說法非但無禮，而且可能觸犯主子了。

皇后富貴平安一生的話，對寵信的臣下，不就只有賜福的份兒。

那佳的意思，皇后當然明白的。

她就是喜歡那佳那種點到即止，守禮卻誠摯的態度。

就為了皇后喜歡那佳，也造成了那佳的一種不幸。

以那佳超過了二十三歲的這把年紀，早就應該放出宮外配婚了，就只為皇后捨不得她，故此遲遲未作此安排。

皇后未嘗不知道這是件該做的事，但深宮寂寞，可談心的沒有一兩個人。要不就是分量不夠、氣質不全、禮數不周，要不就是信任不過，遇上了不是對自己忠心耿耿的人，一旦把心裏話講給對方聽了，非但達不到宣洩的效果，反而會成為把柄，惹出巨禍來。誰敢在宮廷這絕對的是非之地，胡亂對身邊的任何一個人吐心聲。

之所以寂寞，就在於此。

多難得有這個那佳陪在身邊談話，在皇后的心目中，除了皇帝與皇四子之外，最重要的人就是那佳了。

因此，皇后也曾一再誠懇地向那佳表示：

「你就多陪我一兩年，我自會有分寸，準要給你許配予一個人才，我才放心得下。」

那佳自明所指，不覺紅了臉，慌忙跪下來謝恩，說：

「主子就賞奴才一輩子在宮中聽主子呼喚吧，這才是奴才的福分。」

皇后苦笑了：

「那佳，我和你只有主僕之名，而早有姊妹情分，你對我盡忠，我是知道的。可我也要對你關顧才成，說實在的，女人最大的福分還是生長於平民百姓之家，若能有夫有子，不愁衣食，那才是真正的安樂。你還有機會爭取到這種機緣呢，我是必會替你留意的。」

皇后的這番話，真是語重心長，實在也教那佳耳聞心驚。母儀天下的至尊女子，竟認為生在平民百姓家才是天大的女性福分，可隱隱然道出了紫禁城內有多少的刀光劍影，有幾許的你虞我詐。要平平安安的過掉這一輩子，真是談何容易。

別的不說了，皇后生了皇四子之後，還有其他皇子陸續出生，將來繼承大統者誰，怕又會是宮廷內一幕血肉橫飛、肝腦塗地的鬥爭了。皇后雖是個有夫有子的女人，又哪兒有認真安穩的日子可過呢。

能在那佳面前這麼吁一口心中翳悶之氣，對皇后而言，已算是日中的一份舒暢了。

沒有那佳，就連這個透口悶氣的機會都沒有了。

有關林則徐的故事，也是由那佳聽到外間傳聞，給皇后轉述的。

皇后這下囑咐那佳把聽回來的有關林則徐的故事告訴皇帝，那佳就恭謹地走上前，跪下來給帝后講述這個故事了。

林則徐出任湖廣總督，正逢大旱，米價特飛猛漲，人民飢餓不堪。林則徐於是提議官員們捐錢買米，以平物價，屬官們對這項建議不置可否。林則徐於是改變主意，下令轄下各級官員們一起祈雨。這點心意和勞動，屬官們就不好意思拒絕了。

於是各人在林則徐領導下，開壇祈雨，上香之後，都在烈日下靜坐，足足坐了三炷香的功夫，人人都喉乾舌燥，滿頭大汗。林則徐於是命人奉上涼茶，各人爭先牛飲，繼而嘔吐不已。所吐之物，都是腥葷厚味，只林則徐吐出之物是藜藿素飯。時逢旱災，民不聊生之際，官員們還是吃盡鮑參翅肚，山珍海味。

林則徐見狀，厲言疾色指責屬官們沒有眷顧百姓之心，只顧自己肚滿腸肥，不管民間疾苦。官員們眼看證據確鑿，無法狡辯，於是紛紛解囊捐獻，以濟燃眉之急。

其實，整個布局都是林則徐的主意，烈日下乾坐一段時間，忽然急飲涼茶，腸胃自然有所反應，嘔吐大作，是意料中事。

這條小小的苦肉之計，就為旱災籌得一筆款項，且成為林則徐的一項難得的政績。

那佳把這個故事講完之後，再道：

「皇上聖明，這故事是奴才聽回來的，說者言之鑿鑿，都道林則徐是個好官。」

道光皇帝點頭，再對皇后說：

「林則徐的確有見地，他還提出了如何辨認真正煙民的方法，以免冤枉無辜。

可見他是個細心兼實心辦事的人。」

皇后欣然道：

「人才難得，皇上正需要一個膽敢挑起大旗的人來為你打這場仗。」

道光皇帝嘆氣道：

「五年前林則徐任江蘇巡撫，適值江蘇連年災歉，飢民遍地，他單銜奏稟，為民請命，要求朕暫緩徵收田賦，朕記得他有兩句很感人的說話，道：『寬一分追呼，即多培一分元氣。』結果，朕准奏了，看他能獨力承擔上奏苦諫的責任，這臣子還是相當有膽識的。」

皇后聽得出來，皇帝是要重用林則徐了。事實上，滿朝文武，真能找出一個肯擔戴的人來，也極不容易。

於是，皇后決定在皇帝跟前再下一點摧磨功夫，好使水到渠成。她說：

「有納諫的賢君，才會有敢言和擔戴的良臣，這是林則徐的運氣，也是社稷的福分。今次林則徐為根滅鴉片，還有甚麼是最能得皇上欣賞的呢？」

道光皇帝立即回答：

「林則徐在他那洋洋萬言的奏摺中，最令我動心的還是最後的幾句話，他說：『若盡由煙民瀰漫，幾十年後，中原幾無御敵之兵，且無充飢之銀。』你說，這如何不教我寒心？」

皇后雙眼忽然泛紅，握住了皇帝的雙手，道：

「皇上聖明，祖宗千秋萬世的基業都在皇上手中，黎民百姓以後的幸福也依靠皇上了。」

「好吧！」道光皇帝點頭，以異常堅決的口吻道：「明兒個早上，我就傳旨讓林則徐進京來，朕與他詳細研究滅煙之法、救民之方。」

道光十八年十一月下旬，林則徐就已接獲得進京陛見的聖旨。

這次傳召，使林則徐既驚且喜，也是誠惶誠恐的。

其實，在接到聖諭之前，林則徐在北京的兒子林汝舟，以及跟他感情深篤的一班京城詩友，早就把道光皇帝決心禁煙的風聲告訴了林則徐。

京城內，在林則徐未接到聖旨之前，已經傳出了「禁煙派」抬頭，形勢大好的消息。

當時軍機大臣之首的穆彰阿是反對禁煙的，「禁煙派」得勢之說也在林則徐被傳召進京之前已甚囂塵上，因為京城內的人都習慣察言辨色。道光皇帝屢次在傳召軍機，談論到鴉片問題時，對穆彰阿不假以辭色，使這首輔不只一次的碰了滿鼻子灰。

於是皇朝上下都意識到皇帝對禁煙，是事在必行了，問題只在於如何個處理法罷了。

天子腳下地方的是非往往就是官場仕途上相當有用的內幕消息。穆彰阿討了個沒趣，不消一會，就不只傳遍京華，且流往外省各地。

人人都在翹首等待皇帝究竟派誰去充當大任。自然，沒有多少人在聽了這些皇帝銳意禁煙的消息後，會熱衷於當這份全權禁煙的差事。

老實說，發展到了皇帝親自插手管這事時，就不輕易是一份肥缺了。

誰敢一方面接了皇皇聖旨，一方面就兜接煙商煙販的行賄錢呢？既非肥水，還是棘手的一重大案子，倒不如任它流入別人田算了吧！萬一辛辛苦苦的去懲治鴉片，得罪同僚無數之外，還要無可避免地與英夷交手，更可能立功不成反而惹罪，誰願意冒此惡險呢？

這就是為甚麼封疆大吏們會對黃爵滋的建議作出表面積極而實在冷淡的反應了。

這也是說，其實皇帝要徹底禁煙的消息，是在他下旨要林則徐進京謁見之前，就已自京城傳開，廣州是沒有理由聽不到風聲的。禁煙的大氣候已經形成，主催者是道光皇帝的話，就輪不到首當其衝的廣州官員們不看風駛㷛了。

廣州正處於在上磨拳擦掌，厲行禁煙；在下已然民怨沸騰，對付煙販的情勢之下，官府乾脆把心一橫，拿個額外張揚的煙販許金水來開刀，算是押在禁煙舉動中的一項籌碼。

官府們敢賭這次他們的「義舉」會是買大開大。

有了這次行動，將來在朝廷派到廣州的欽差面前，就好講話了。

實際上，這許金水也是過分囂張了，不單得到英國大鴉片商顛地的庇護，拿到相當大量的鴉片，分銷給廣州各大小煙檔，自己也開設窰子開得興高采烈，旁若無人。

這冬季，英國的商船都盛載着幾乎超重的大量鴉片，駛到中國來大做生意，除了有約二十艘停在虎門口外，還有十餘艘停在香港的尖沙咀洋面，其餘分散停在伶仃、九洲、灣仔等洋面的亦有多艘。

鴉片貨源異常充足，只要看到花花白白的銀子就埋沒良心的煙販來與夷商議價，一旦價錢講妥了，煙販自然會拿着煙商親書的憑據，時稱「寫書」，交到自己親信的「快蠏」手上。這種名為「快蠏」的專門包攬走私販毒的快船，自然應命駛至停泊英國商船的洋面去，向這些囤積煙土的躉船，亦即鴉片躉，出示「寫書」，把鴉片領走，再偷偷運上岸去。

鴉片一旦平安登陸，就分發給大小各窰，零沽予煙民。

為了這個道光十八年的年關好過，煙販和英商的心都異常熾熱。許金水與顛地的頭號助手羅拔臣，早就約好了在十三行聯興街的一家福隆錢行內見面議價。

福隆錢行跟聯興街上很多家錢莊一樣，都是掛羊頭賣狗肉的在經營着這種「黑米」（即鴉片）生意。

價錢多在錢莊上談妥了，立即現銀與「寫書」交易。

這天，初冬時分，微寒的天氣額外叫人精神爽利，許金水穿着一件棗紅絲綢夾裏的薄棉襖，領子溢出了毛色鮮亮的紫貂來，很有點富戶的氣派，卻又因為過早炫耀這件很能禦寒的衣服，他的臉更是過暖而顯得特別紅通通的。

「顛地先生沒有來嗎？」許金水慇懃地把羅拔臣招呼到福隆錢行的偏廳上去用茶時，這樣說。

「他昨天跟英國來的一些朋友暢聚，喝多了，而且……」羅拔臣陰惻惻地笑起來，道：「軟肉溫香抱滿懷，哪兒就捨得雞鳴即起。就由我代表他來跟你議事好了。」

「成，成，羅拔臣先生來，我們溝通得更好。老實說，你的語言天才比顛地先生更棒。」

羅拔臣對許金水的吹捧並不在意。

再動聽的說話，一旦講多了，也不外如是。

羅拔臣跟着顛地來華經商多年了，他看這些像許金水般見錢開眼，全無民族意識可言的中國人，就像看到一羣搖頭擺尾的狗，要利用他們幹活時，扔一兩塊骨頭到地上，讓他們搶着吃，那就成了。平日他説甚麼話，好聽與不好聽，都不在乎，當作狗吠罷了。

羅拔臣這下提起了顛地昨夜的去向，倒令他想起一件事來，要跟許金水商量。

「你是不是跟醉紅樓的老闆娘熟諳的？」羅拔臣問。

「對，對，我跟老三像跟我家老婆一樣，叫她幹甚麼都成。」許金水一挺胸膛就這樣説了。

「那麼，醉紅樓的事你也能出點主意了？」

「何只出點主意，我簡直能管他們呢。羅拔臣先生有甚麼要求的話，你儘管説，我囑咐老三給你辦妥。」

羅拔臣又是眉舒眼笑了，他每逢咧開嘴笑，那上唇的鬍子就自然微微喘動，露出一抹淫邪的氣氛來。

當然許金水這種人是不會看不出的。在他的心目中，為他帶來厚利的英夷，無論哪個角度看都是天使。

許金水微低着頭，洗耳恭聽着他這衣食父母的囑咐。

羅拔臣於是很認真地說：

「昨兒個顛地先生帶着幾個做大生意的賓客上醉紅樓，其中一位比較挑剔吧，整個晚上，總沒有一個半個中國姑娘是合他眼緣的。連我都注意到毛病出在哪兒了。」

「出在哪兒了？」許金水昂起臉，很恭順又有點着急地問。

「缺了新鮮貨色出現，這種久不久要添貨的功夫，醉紅樓就沒有做好。所以，你有便提醒那老闆娘，否則，生意不會蒸蒸日上。」

「對，對，羅拔臣先生所見甚是，你提點的委實太好了，我自會跟老三說去。」

羅拔臣得意地笑了。

他們英國人一向的習慣是喜歡養狗，狗的品性是忠心的，經訓練之後，跟牠說甚麼話，牠都會唯唯諾諾，搖頭擺尾。這麼聽話，這麼乖巧，這麼憨厚的寵物，甚得主人歡心，總愛拿手撫摸着牠頭背的毛，表示欣賞。

羅拔臣怕是習慣了，他對許金水也如是。每逢囑咐了許金水甚麼事，在他點頭承諾之後，羅拔臣就會不期然伸手拍拍他的肩膊，以示鼓勵。

然後，他再把話說下去：

「我們把話題轉到正經事上去吧，這個年，我們真要好好的過。敝公司來的船隻多了，載的貨也不少，所以要跟你切實的商量，看你的承接能力如何？我們一向合作愉快，顛地先生鄭重囑咐，非先問你的意見不可，除非你不願意多作擔戴，否則，肥水沒有理由流過別人田。」

羅拔臣這番話就是軟中帶硬。鴉片分銷額先給許金水，他能獨吞的話，無以尚之，否則，就跟別的煙販合作去。

當然，許金水一聽就明白過來，所謂特別關照，也不是沒有條件的，顛地怎會是盞省油的燈？倘若自己出的價錢不夠好，他一樣會毫無疑問的把這支肥水引注到別的行家田地裏。

許金水眼睛骨碌碌地一轉，一睒一張，心上就有了計算。

他可也不是個不懂行情的人。

外頭的風聲緊了，道光皇帝的意向明確了，這都是他有所聞的。

於是，他就抓着這個消息，跟羅拔臣交手了。

許金水很恭謹地說：

「對顛地先生的關照，我許某人是無限感激的。老實說，在商言商，只要貨從躉船運上了岸，就等於把錢塞到我口袋裏，有甚麼叫做不肯，有甚麼叫做嫌多的？可是，這陣子的勢頭不大對勁了，羅拔臣先生，你可能有所不知。」

如果羅拔臣沒有聽到京城的風聲，他就不必如此心急地找許金水消化躉船上的貨了。

在跟許金水議價的過程中，他當然另有一套說法。

「我們的消息怎及你們靈通，究竟是甚麼事了？」

許金水立即正色道：

「大勢不妙，皇上對禁煙下了決心了，只在於派甚麼人南下整治罷了。」

羅拔臣問：

「就是這個消息？」

「對呀，羅拔臣先生，這可是個壞透了的消息。」

羅拔臣大笑，道：

「這種壞消息，我們耳熟能詳呢，老是傳呀傳呀的，到頭來是只聞樓梯響，不見人下來，我們生意還不是照做得妥妥當當。」

羅拔臣如果承認了危機，他就不能從許金水手上拿到好價錢了。

同樣，許金水如果要殺羅拔臣的價，也必須緊捏着這個朝廷風向轉了的消息為借口。

於是，許金水說：

「這次的風聲是緊了許多了，要在一般情況下，我恨不得做你們的獨家生意，可是，如今我怕是吃了豹子膽，也不敢承戴太多的貨量。」

許金水說完了，看羅拔臣的臉色微微有些猶豫，他覺得時機成熟了，便再多加一把勁，道：

「老實說，錢是沒有所謂賺夠的，我是個見錢開眼的人，這也是人所共知的事實。可是啊，腦袋不保的話，再多的財產也享用不了。反正是留得青山在，哪怕沒柴燒，我們的生意還是會長遠做下去的。今日風頭火勢，就忍一忍手，以策萬全，也得請你轉告顛地先生，要他體諒。」

這麼一番話，的確令羅拔臣有點微微急躁了。

廣州城內各個大煙販之中，要數許金水最有實力、最有辦法，如果連他也真的退縮的話，鴉片躉上的貨如何消化得掉，這個年又怎麼能過了。

把貨推銷出去了，銀子送到賬號上，他們也可以透一口氣，跑到澳門去輕輕鬆鬆地過年去。

從來都是有錢使得鬼推磨，羅拔臣就不怕有錢推不動許金水，於是道：

「如果朝廷真有此新動向，我們更要儘快在天子派遣新欽差來處理煙物之前，把已運抵的貨消化掉，然後再審情度勢，計劃未來，這就得仰仗你的能力了。顛地先生一直認為你是頭腦最精靈，也最可靠的一個合作夥伴。」

許金水知道好時機真的來了，於是道：

「多謝顛地先生的推許，就請你給顛地先生轉告一聲，平日我不敢跟他討價還價，但今日情況有異，你們能把煙價減一點，也不是把白銀多塞在我許某人的口袋裏，我相信我要上上下下打點的數目，在這風聲鶴唳的時刻是要倍數增加的，畢竟打通這麼多關口，不是我一個人點了頭就能辦得妥的。」

兜了一個大圈子，生意不是不肯做，只不過是錢不肯少賺罷了。

羅拔臣也明白箇中的關鍵，於是說：

「我相信顛地先生一定會明白你的處境，這樣吧，我們爽爽快快地來個協議，煙價可以減，但這次你要的貨量可是要增加，這樣我們可以獨家批發的價錢給你結算，你有寬鬆的錢可以辦妥你的事，我們在會計賬目上也可以向總公司交代。」

許金水知道這已經是討價還價的極限了，也就見好即收，道：

「難得羅拔臣先生答應在顛地先生面前為我美言幾句，我也喜歡速戰速決，免得夜長夢多，就以這個原則為基礎成交吧！」

羅拔臣伸出手與許金水重重一握，道：

「放心，你們中國多的是識時務的俊傑，我來華營商這麼久了，仍未遇到過一個半個買不通的官員。這一趟不可能有例外。人與貨無異，都有個價的。」

「是，是。」

許金水並不以羅拔臣所言為意，哪怕洋鬼子指着他鼻尖罵他祖宗十八代，只要有白銀可賺，他就樂得忘了形了。

這陣子，許金水最要忙於張羅更多的快蝌為他開出洋面的躉船，把鴉片偷運到岸上來。

實情是聽他指令的快蝌並不足夠，當許金水躺在醉紅樓老闆杜三娘的煙牀上，一邊雙手捧着煙槍，與一盞明燈對臥吮吸，一邊就覺得精神煥發，頭腦開始清醒了，可以把快蝌短缺的問題解決掉。

「怎麼樣？不要再多抽幾口嗎？」杜三娘看到許金水放下煙槍，爬起來了，就這樣問他。

「成了，趕着有正經事要辦。」

杜三娘抿一抿那張稍嫌過厚的嘴唇，瞪了許金水一眼，道：

「甚麼正經事要辦？還不是爬回家去，怕你的老婆吃醋。」杜三娘其實才不過三十出頭，説起話來的那份帶着滄桑的神態，就叫人覺得她比實際年齡大了。

「吃甚麼醋？」許金水讓丫頭替他穿起了璧金線的短馬褂：「別説是不會吃你

的醋，就你這兒又有多少個出色的新鮮貨品，可以有本事把人留得住了。你呀，也不好好打點一下，白發你的臭脾氣。」

「你這是個甚麼說法了？」

「甚麼個說法了？」許金水冷笑：「我看在你是我老相好份上，給你引進多少貴客來了，可你就不圖長進，來來去去那幾張臉，連我的面子也丟盡了呢！」

於是把羅拔臣對醉紅樓的批評原原本本的說給杜三娘聽，再嚴厲地說：

「做甚麼生意都一樣，膽大心細，有風駛盡帆，好時機隨時一瞬即逝。你看着辦吧！」

這麼說完了，掉頭就走。

許金水已經想定了辦法，從醉紅樓回到家，立即囑咐他的得力手下張鏢，說：

「我們眼前的這筆生意挺大，就趁着風聲鶴唳之際，把別個窰口的貨源都搶過來，大大賺它一筆過肥年。」

張鏢的個子不高，瘦瘦小小的，卻生就一雙兀鷹似的眼睛，瞪着人的時候也真能樹立三分威信。

他聽了許金水的囑咐，稍稍沉思，道：

「老闆，這次風險比較大。」

許金水笑道：

「誰說不是了，有危才有機。洋鬼子聰明，我也不笨。他們如果不知道這批貨難脱手，會全數以較平的價錢塞到我手上去嗎？彼此都趕着皇帝的欽差派到這兒來之前，把貨消化掉，避一避鋒頭，我們才得着這個賺大錢的機會。」

「老闆，你真的沒有聽說我們這兒官府的傳聞？」

「說甚麼來着？」

「官府老爺要自動自覺，帶罪立功，實行殺一儆百，抓個煙販來開刀。」

這麼一說，連許金水都一怔，沒有作聲。

「老闆，錢可以慢慢賺。」

「你怕？」許金水問張鏢。

「老闆不怕的話，我又怕甚麼了？」

張鏢這個回答其實是含蓄的，萬一出了事，擒賊先擒王，許金水會是官府的目標物，而不會是他張鏢。

許金水當然聽得明白，他也不好在手下面前失威，便道：

「放心！羅拔臣説得對，我沒見過官場中有買不動的人，那麼一箱鴉片抽四十元的規費，大不了我給他們加個倍數，今次我還是能賺個盆滿鉢滿。」

規費類同現代商場上的佣金，按安全着陸的鴉片抽佣給放行的有關官員，層層分肥，已是相當公然的事。

許金水現在提出把規費提高，給張鏢的信心就大了。

事實放在眼前，連一直厲行禁煙的皇帝，其實也是愚矇得很的。

張鏢想起了。

道光六年，李鴻賓創設水師巡緝船，目的是防範鴉片自海口運進來。誰知反而順理成章地造就了水師與快蠏的勾結。這些有神聖任務在身的水師，倒是勤奮得很，每日準時出巡：實際上是去向走私船收規費。這麼一攪，伶仃洋面益發熱鬧，二十艘躉船在幾年之間就多了四分之一數目。

道光十二年，盧坤任總督，迫不得已把這臭名遠播的水師巡船給撤了。

道光十三年，輪到鄧廷楨上陣，抓破了頭也想不出好主意來向皇帝交代，於是只好建議重新設立水師，特派他認為有能力有辦法的副將韓肇慶管領。

這韓肇慶真是極端聰明的。

他固然不會放棄唾手可得的規費，可又要向上司有所表現，於是他跟走私船達成了新協議，除了規費照交之外，每一萬箱鴉片上岸，就得由他抽取一百箱備用。現銀規費自然要袋袋平安，那逢萬抽百的鴉片就由韓肇慶恭恭敬敬，裝模作樣地獻給總督府，作為他檢收到的成績。

這麼一計算下來，報到皇帝御前的功績可不少了，道光皇帝看到這些被查檢送官，予以沒收的鴉片箱數，不禁龍顏大悅，下旨把韓肇慶封為總兵，還賞賜雙眼花翎。這個笑話在伶仃洋上傳開了，幾乎笑到洋鬼子們喘不過氣來。

畢竟哪兒有錢可賺，哪兒就有心思計謀。

皇法在任何時候都沒有絕對的把握取勝。

有了這麼多可援先例，張鏢也就膽壯了。

他相信老闆許金水是相當有把握做成這單大生意的。

於是獻計說：

「要解決快蝌短缺的問題也是不難的，只要老闆狠得下心囑咐，我就去對付那班煙鬼去。」

這麼一說，許金水也就會意了。

每日跖在他的大小窰內，對着煙桿子吸索，把人世間所有的感情、責任、義務、倫理等等都忘得一乾二淨的鴉片煙鬼，有很多其實是專業的船家。

只要對這些基本客戶下點軟硬兼施的功夫，不難籌組成一隊新的候命船隊，以應付當前的走私鴉片急務。

許金水一掌拍在張鏢的肩膊上，哈哈大笑道：

「真是深得我心，我有甚麼叫做不同意的呢，就按這方法辦事吧！事不宜遲了。」

這一聲令下，張鏢就發散了他的手下張羅去。

照說是件費勁而不費神的事，只不過要糾集那些有小艇漁船的煙民就成，根本不認為他們有資格對許大爺許金水說上一個「不」字。

誰敢一問搖頭三不知，不是趕緊從命的話，張鏢囑咐：

「以後他上我們窰子來，就輪他最尾一個好了。」

煙癮發作起來，何只是六親不認的忘形失態境界，就是叫他執起鋼刀來殺害自己的親人，也會下得了手。

只要稍稍讓他們一嚐吊煙癮的慘情，就哪一個煙鬼都會屈服過來。別的真不用說了。

張鏢自以為這次任命其實是如意算盤，卻沒有料到當中也有些波折。

當張鏢的手下去跟老煙鬼顧琛說項時，其實是沒有多大困難的。哪怕顧琛捧上了真金白銀，張鏢的手下李富，就偏不給他發煙，那就水到渠成了。

顧琛果然必恭必敬地對李富說：

「富哥，你囑咐的，還有不聽從的道理，更何況家裏根本就是以那小艇打漁為生的，船艙裝魚不如裝煙，許大爺一定不會虧待我們。」

李富咧開那排黃舊的煙牙，笑道：

「你有種，竟敢在這關節兒上頭跟我們許大爺討價還價？今兒個晚上你怕是不要抽兩口了！」

顧琛吃吃笑，向李富鞠了一個躬道：

「富哥別開玩笑了，看着我的兩行鼻涕，兩行眼淚快要流下來，你也不好過。」

「嘿！我有甚麼不好過的，辛苦的人不是我。」

李富説罷了，也就隨手把盛載了煙具和鴉片的托盆交給顧琛。

顧琛慌忙接過了，三腳撥成兩腳，跑了兩步就趕緊躺到一角去，抽起鴉片來。

才抽了兩口，人就落實了，顧琛這才向李富喊去：

「富哥啊！我家的小艇由我那討飯吃的哥兒顧力掌舵，平日是他幹的活，你跟他商量去。」

李富走過來，連連踢了躺在地上的顧琛兩腳，厲聲道：

「死煙鬼，剛才怎麼不提有這麼一個程咬金了！」

説着作勢要去搶他的煙槍，顧琛死命的拿身子擋着，仍舊吃吃笑道：

「他還不是聽我的，富哥你放心！」

「誰不知你家的兒郎是個牛精人，要是他有多兩句嚕嗦，我唯你是問。」

顧琛以為顧力無奈他何，李富也不認為顧力會真的不聽話。

可是，他們錯了。

當許金水與張鏢帶着一班手下到了停泊小艇的海邊拉船歸隊時，顧力就跟李富吵起來，死揑着綑住艇頭與岸上木柱的粗蔴繩不放，還囑咐在旁幫忙的妹妹顧貞說：

「趕快把大牛叫來，人多好做事。」

大牛是顧力從小玩到大的拜把兄弟，也是打漁的，這兩天大牛的小艇漏水，彎上岸去修了。

顧貞聽命立即飛奔找大牛去。

「好小子，」李富看顧力是認真地固執着，也火起來了：「你知道你家老頭的黑米是誰供應的了，他要活不要活，臊你娘的，你又要活不要活？」

顧力道：

「活與不活不是個問題，要活的話，得活得好好的。我們照這副樣子活下去，黑米多過白米，就大夥兒早早不要活下去，死掉了還乾淨。」

顧力是愈説愈激動，不禁臉紅脖子粗起來繼續大聲地道：

「你們這班狗崽子，還要拉我們的艇去幹你們的勾當，想瘋了。國家的白銀都給你們吞進肚子裏去了，總有一天塞爆腸臟，又吐不出來，你們就要慘死……」

話還沒有説完，張鏢向身旁各人打個眼色，幾名赤膊的漢子就一湧而前，動手按住了顧力。

李富看到張鏢已有表示，又看到許金水站在旁陰惻惻地但笑不語，就忙不迭的下令説：

「打，給我狠狠的打，殺雞儆猴，打死了算數。」

這麼一説清楚了，各個打手就不必留情客氣，下決心打他個落花流水。

顧力自然不可以一敵百，旁的艇家周聰也是個血氣方剛的人，看不過眼，也就加入戰團。

縱如是，兩個手無寸鐵，只一腔憤怒的年輕人，始終被十多個地痞流氓圍毆得頭破血流。

「慢着，慢着，住手，住手。」

大聲喊叫的是從旁跳出來，拿了一支大木棍，拼死力把受傷的顧力和周聰截攔到一邊去的大牛。

他和顧貞趕回來了。

「富哥，你叫兄弟留手，別打別打！」大牛汗流浹背的趕來，先隔開了兩班打鬥的人，自己一躍而前，擋在早已血流披面的顧力跟前去。

再而向着怒目相視的李富和張鏢打恭作揖：

「有甚麼事都好商量，別打別打，張爺你說一句，我們照做就是了。」

「大牛！」顧力在大牛身後叫，語調是不服與不滿的。

大牛轉身對顧力使了個眼色，道：

「你就別多話了好不好？給人打死了，誰照顧你娘的生養死葬了，白說孝順，哪兒管用！」

大牛還多加一句：

「阿貞，你看管着你的大哥。」

顧貞慌忙抱住了顧力的腰，兄妹倆緊緊的抱在一起，瞪着眼看事態怎樣發展下去。

大牛繼續打圓場，道：

「要船要艇不是不可以的，張爺，你就行個方便，別要我們也一起上道。反正眼不見為乾淨，你強迫我們這些不習慣做你們那起功夫的人跟着一道幹活，也不見得就能順利操作呀。」

李富踏上前一步，一把就抽起大牛的衣領道：

「你別在老子跟前弄甚麼鬼！」

大牛吃吃笑說：

「我能弄甚麼鬼，把隻漏水的破艇讓你搖出躉船去，載上貨沉掉了，淹死的是你的人，可也是我的船呀，對不對？我犯得着這麼做嗎？」

說來好像成理，張鏢正有點動容，點頭同意，卻料不到在旁的周聰大喊一聲，衝到許金水跟前去說：

「不成，你們這班賊、強盜、漢奸，拿我的艇去載鴉片，毒我們的百姓，我就是不肯……」

「你不肯？」許金水瞪着眼看周聰：「是不是？」

兩個人各不相讓地對望着。

「對，我就是不肯。」周聰說。

「不肯也別作聲，成不成？」大牛這樣說。

周聰還來不及回話，就看到他雙眼一瞪，從喉嚨裏發出了「嘿」的一聲，整個人就倒向前。

許金水一閃身，周聰就跌倒在地上去，雙手抱着肚子，臉是扭曲成一團的極度痛苦模樣，兩腳朝天踢了幾下，就向前伸直，不動了。

顧貞嚇得要驚叫，不只是她，圍觀的人都如是。可是，現場竟是鴉雀無聲，那些張大嘴要叫出聲音來的人都似是個啞吧！

是許金水乘周聰不備，乾乾脆脆的從腰間拔把刀子出來，就把周聰給幹掉了。

許金水把利刃往軟靴底擦了兩擦，插回腰間去，向手下囑咐道：

「這不聽指令的，抬上船，搖到躉船邊把他推下海去，有甚麼事，夷船上的人自會照應。我們要抓緊時間辦正經事，誰家不要跟我們一道出海的，就把艇留下來也可以。肯跟着我們去的，賞以雙倍工錢。」

就這樣一聲令下，各歸各位去。

許金水慢步走近顧貞，瞇着細眼，問：

「你們姓顧，是不是？」

顧貞驚惶失措地仍躲在顧力身邊：

「哥哥！」

「我記住你們了。」許金水陰惻惻地望着顧貞說了，掉頭就走。

顧力是被大牛和顧貞半拉半扯地帶回家去的。一邊給他療傷，大牛一邊勸說：

「好漢不吃眼前虧，我只來遲半步，今兒個晚上，你跟周聰就有伴兒了。」

顧貞幾乎是以哭音來說話的：

「周大哥死得好慘。」

大牛道：

「會有報應的。周聰的仇很快就能報了。」

「甚麼？」顧力問。

大牛回頭看到房子的門還未關上，就扔下了顧力，先急步走過去，把門鎖上了，再回到土坑邊來，壓低聲音說：

「我們報官去。」

這麼一說，顧力興奮了，慌忙坐起身來，抓住大牛，問：

「是告發許金水不是？」

「那還有誰？」

「說他殺死了阿聰？」

「殺人這回事，對他是家常便飯，哪能入他的罪了。官府裏上上下下打點一下，就沒事了。」大牛既感慨又不屑地說。

「那我們控告他甚麼？」顧貞問。

「走私，販毒。」大牛說。

顧力兄妹互望一眼，顧力帶點興奮地問：

「成嗎？」

「以前不成，現在成。」

「為甚麼？」顧貞又問。

「風向轉了。官府正愁着皇上一派欽差大臣下來，他們把個廣州管治成這個樣子，不好交代。」大牛再下意識地把聲線調低到剛剛只能讓房子裏的三個人聽到：「官府裏頭我有人打點，這次許金水是自投羅網。」

顧力略明所指，急道：

「你的意思是他強借民艇一事可以入之以罪？」

大牛點頭：

「你知我知，凡人皆知，許金水名下的快蝌是有記號的，從躉船載了貨到岸上去，誰都要放他一馬，規費是收足了，要官府下令抓許金水的快蝌，就未免太明目張膽地食碗面反碗底了。而且，分贓的人多，很難關照各人齊齊來造許金水的反。這趟他貪得無厭，要獨吞大批鴉片，把民艇都拉在一起運貨，就有漏洞可尋，抓他的後腿可不難呢。民艇沒有記號識認，官兵截查民艇是天公地義的事，搜出了鴉片，要隸捕主謀也是職責所在，許金水不可以埋怨官兵受了賄，而不放行呀。」

顧貞聽了大牛的這席話，不禁開心得拍起手掌來。

顧力更一把抱住大牛道：

「大牛，你真棒，我剛才錯怪你了，還以為你害怕許金水的權勢而屈服了。」

顧貞嘆道：

「大哥，這真是你不對呀！大牛哥跟我們是從小相處到大的好朋友，他的品性如何，還有不清楚、不信任的嗎？你該好好的向大牛道歉。」

大牛忙道：

「不用不用，有阿貞這番話就夠了。」

他是這麼不經意地說了這句話，聽到顧貞的耳裏去，心上就不自覺地連連抽動起來。

顧貞粉臉忽爾飛紅，她領會到大牛的意思。

一直以來，大牛對她是很好的。

那種好，顧貞形容不出來。

這位大牛哥從沒有拖過顧貞的手，更別說像隔壁麥婉文跟她的小情人阮大升那樣子手牽着手在人前走動，大牛甚至未曾跟顧貞直率地說過一句半句體貼溫柔的說話，每次他上她家來，嘴裏說要找的人還是顧力。

只不過，有時顧力不在家，大牛還是不走，留下來就跟顧貞母女聊天，也有時坐到顧貞身邊去，幫她用個木針繭一針一針的補網。

顧貞的娘朱菁也曾在大牛面前說過：

「大牛啊，你娘死得早，不然，看到你成人長進，將來定必討個好媳婦，那有多開心呀。」

朱菁說這番話時，大牛傻兮兮地笑起來，就會得拿眼看顧貞。

他從來都沒有對顧貞說過甚麼很特別的話。

他只是常常這樣帶點深意的望她一眼。

今天這情景，顧貞是真心誠意的忍不住誇讚起大牛來，畢竟顧力的一條命認真地說，是大牛救回來的。而且大牛原來也是個聰明而不失做人宗旨的一條漢子，當然值得稱讚了。

就這樣，大牛回應了那句說話。

表示他領了顧貞的情，就已很心滿意足了。

顧力在人情，尤應説在男女私情上，到這個階段還是粗心大意的，更何況事不關己，己不勞心，也就沒把心思放在大牛的對話與妹妹顧貞的表情上頭，只向大牛追問：

「我們甚麼時候報官去？」

「你休息着，我這就通風報訊去。」

大牛的行動是迅速的，可能也不只他一人採取了這番行動，因為在許金水淫威邪勢的壓力之下，好些艇戶被迫着充當快艓，盡速完成他的勾當。

這天是風和日麗的，許金水親自帶領大隊出發，中午就已經上了躉船，出示了他的那紙「寫書」，有如皇皇聖旨般交到躉船上的英商總管手上去，核對無誤，就開始轉交貨品。

自然是先裝滿了所有快艓，才輪到臨時充數的民艇。

貨裝滿了裝齊了，許金水親自在收據上劃了押，英商就透一大口氣。

這個肥年是過定了。

很簡單，哪怕忽然刮起大風，洋面上翻起滔天巨浪，艇船沉了，鴉片沒入了海底了，那也是煙販的損失，跟煙商無關。

許金水的白銀已經存進英夷的戶口之內，英夷亦已履行了點交貨物的責任。他要把鴉片安全運抵岸上，轉載至窰子裏，再裝到煙槍桿子內，讓煙鬼吸食去，那麼，他的本錢就撈回來，且有大大的盈利。

故而，從鴉片躉到岸上這一程對許金水是太太太重要了。

這一次許金水尤其把自己的身家押進一大半，更非親自押解不可。

許金水名下一批快蟹都有專人操作，只另一批臨時加進走私行列的漁艇靠原本的漁夫掌舵，許金水就有點不放心，囑咐張鏢說：

「你和我得額外留心點，說到底漁船不是快蟹，掌舵的沒有經驗，也信不過，萬一在上岸前做了些甚麼特別功夫，漏走了一兩箱貨式，不是鬧着玩的。」

這樣子說定了，來回兩程，許金水和張鏢，以及張鏢手下的幾個親信包括李富，都獨自騎運一艘漁艇。

許金水帶着四名手下，其中一名習有水性，也是船家出的身，就充當掌舵人，押解着上岸的就是顧力的漁艇。

艇抵海岸邊已經是入夜時分，在岸上等待着的是接應的一班人手。

一看到漁艇靠岸了，就立即捲起了褲管，涉水跑到漁艇邊去抬那一箱箱的鴉片。

許金水與手下，分成兩批，一批先到岸上點數安全抵達的煙箱，另一批仍留在艇上看管着，等最後一箱鴉片上了肩膊，他們也就跟着跳到一艘小舢舨上，直駛到岸上來。

其中一名手下從舢舨跳下來，熟練地一屈腿，把手遞給許金水，讓許大爺的薄靴踏在自己的大腿上，免弄濕衣褲，一躍身就抵達岸上的沙地。

「許大爺，我們恭候多時了。」

許金水腳一落地，抬頭就看到一字排開多人，為首的一位上前，微微向他打了個揖似，就講了這麼一句恭敬得來帶點酸溜溜的話。

許金水第一個意識以為對方是自己哪一個手下，再定睛一看，來人穿的是公差服飾，一點沒錯，如假包換的是個官差呢！

再放眼環視整個海灘，忽爾全光亮起來，一排排穿戴齊整的官兵，左手執火把，右手押住腰間的那把配刀，威皇之至地排列出陣勢來。

這是怎麼一回事了？

許金水還未定過神來，對方又說話：

「奉府大人之命，要給許大爺上鎖，押回衙門去。」

「甚麼？」許金水咆哮。

對方向旁的官差打個眼色，官差就不由分說一湧而前，把許金水的雙臂往背後一屈，就扣住了。

「放開我！」許金水拚命喊叫：「你們瘋了，敢對我如此無禮，你們府大人是我甚麼人呀？你們瞎了眼睛，看不到我和他的關係，你們這班狗崽子！」

任由許金水如何咒罵，如何掙扎，官差們只悶聲不響，押住了許金水就走。

官兵邁開腳步走之前，兵總大喊一聲：

「人贓並獲，把許金水坐艇上的鴉片箱全扛回衙門去。」

許金水聽了，慌忙踢腳，道：

「甚麼人贓並獲了?你們從府大人到兵丁，每個月收了我們多少規費了?不然，可以穿金戴銀，可以肚滿腸肥，可以……」

許金水終於被架走了，他咆哮的聲音愈來愈遠，由隱約可聞，直至消聲匿跡。灘頭回復了死寂一片。

缺月從雲層中稍稍露臉，閒散地把清光灑下來，輕輕的鋪蓋了大地。

在這一夜，一個出賣同胞，沒有民族自尊，置國家前途於不顧的煙販要結束他紙醉金迷，富貴榮華的生活，開始他有限得可數的在世日子了。

許金水被囚的前段日子，他的妻子許楊氏還是抱着樂觀的態度，她認為官府忽然間翻臉不認人，只不過是擺擺架子，做個殺一儆百的模樣出來，交代朝廷，也討好羣眾，過一陣子就自然會找到個堂而皇之的借口，把許金水放出來了。

許金水這趟倒的霉頭，極其量也不過是掉了半副身家，吃不了兜着走，絕不可能嚴重到人命上去。

然而，日子熬下來，情勢愈來愈見不利，愈令許楊氏心驚膽戰，徹夜難眠了。

為了營救許金水，張鏢幫忙着走的路子也夠多了，只是，正如他回報許楊氏說：

「這一次甚麼路子都走過，甚麼路子也走不通。」

許楊氏急問：

「為甚麼呢？」

「風聲緊呀！」

「那也不過是把戲而已，皇帝連欽差大臣也未曾點命，怎麼就變成這個樣子呢？」

張鏢素來陰沉，他心知肚明這一回的確不是雷聲大，雨點小了，江湖上早已經傳說林則徐要被召進京了。

林則徐是怎麼樣的一個人物，眾口一辭的說他清廉正直，幹練老辣，要在他跟前要花招，真是太難的一回事了。

林則徐在未深得皇帝寵信之前，已經很能運用他的職權去對付鴉片。他任湖廣總督時的政績可見一斑。單是在武漢市，他以一年的功夫就拿獲並查繳煙土達一萬二千餘両，收繳煙槍近三千支，然後下令用桐油淋在煙及煙具之上，焚燒成灰燼，再棄入江中。林則徐還自掏腰包，捐錢創製了四種戒煙藥方，廣發煙民，幫助他們及早把毒癮戒除。

在湖廣總督任內，林則徐的確受人民愛戴，經常出衙公幹，一路上就有向他叩頭謝恩的羣眾，說是林公有再造之恩，因為禁煙戒煙，而免他們有家破人亡的厄運。

如此一位名臣清官，若還加上皇帝的親自欽點，必然如虎添翼，禁煙在廣州是事在必行，且會雷厲風行了。

許楊氏說到底是婦孺之輩，看丈夫一向橫行無忌，就誤以為他們姓許的永遠可以隻手遮天，根本都沒有用心去分析當前局勢，明白自己面對的險境。反而是跑在江湖上多年的張鏢，心裏放得明白，他是完完全全地為他的主子擔憂的。

就從當晚許金水的被捕情況看來，就知道官府要借他來作擋箭牌。

他們一上岸，大隊官差已經嚴陣以待，分明是收到線報。要是在太平盛世，哪怕告密者把一箱箱的鴉片罪證扛到衙門前放下來，受了賄的貪官一樣有本事視而不見。可以聽一些人告狀，就立即採取行動，除非是官府早已動了擒拿煙販之心。況且，張鏢當時也在場，大可以把他抓了去頂替許金水，之所以事必要擒賊擒王，就已經顯示這重公案不是會輕輕帶過，而是會認認真真的辦起來的。

許楊氏看張鏢沉吟不語，就更發急了，道：

「張鏢，你們這起跟在許大爺身邊過好日子的人呀，總應該在他蒙難時，實心奔走，為他想想辦法。難道真要由得他被綁到刑場去受斬不是？」

這麼一說，許楊氏禁不住鼻子就酸起來了，就連張鏢這條硬漢子也覺得難堪至極。

「人們總是能同富貴，不可共患難。」許楊氏的聲音開始沙啞了：「分規費時興高采烈，爭先恐後。現在呢，忙不迭為求自保而找替身，落井下石。」

世界根本就是大難臨頭各自飛的世界，許楊氏怎麼會如此後知後覺了。

張鏢也實在坐得不耐煩了，一拍腿子，就回對方的話：

「你放心吧！夫人如果不介意，我上醉紅樓找人商量去。」

許楊氏一邊以手揩淚，另一邊揮揮手，示意張鏢不妨速去辦事。她嘆一口氣道：

「事到如今，保住了人最要緊，沒有了人，吃的醋也不過是白吃！」

這就是說，如果許金水真的不在世了，十個相好放在醉紅樓也不再礙事了。

張鏢提出這個問題來，也無非是對主母的一番尊重。

他又是的確需要找杜三娘商議營救許金水的事的。

別把這妓寨的鴇母看輕了，她有她的一些門路。

衙門裏府大人的親信幕僚在醉紅樓出入的也真不少。杜三娘也有她的一手，故而能籠絡到的達官貴人可以是極有分量，不是張鏢那個層次的人所可以交往的。

杜三娘的生意，正如許金水說過的，大半由他引入，尤其是離鄉別井，可又腰纏萬貫的洋客，最肯花錢在中國妓女身上。因為嫖妓，既能盡情表現男人的虎虎雄威，也還能發洩一種極端輕蔑中國的情緒。

杜三娘要有半分良心的話，也應該樂於為營救許金水而奔走效勞。

聽了張鏢的一番說話，杜三娘拿出玉葱兒似的手，點起了一支捲煙，點了火，吸索着，再悠悠然地說：

「許金水要是給正了法，對我一點好處都沒有，反而他活着，最低限度我多一個朋友，我為甚麼不出力營救他了？可是呀，彼此心照吧，今非昔比，誰敢揹起這個黑鍋？你難道就沒有聽見皇上可能傳召林則徐上京了。我也是從客人口裏聽回來的，黃爵滋那個奏摺一上，各地封疆大臣也表了態。如果皇帝不打算禁煙，他可以很容易以聽取大部分重臣的意見為下台階梯，稍緩辦理禁煙的事，不就不了了之了，就是皇上沒有這麼做，倒顯示他要狠狠地幹一番了。你説，在地方上當個小官的人，哪能擔戴得起呀？」

張鏢嘆氣：

「你我都算是許大爺身邊的人，盡人事聽天命吧！」

人力真難勝天。

許金水被補是十一月初的事，拖延到十一月二十三日，皇帝召令林則徐立即進京覲見的諭旨就傳到林則徐的手上去，並且已經安排了伍長華代理湖廣總督的位置，着林則徐火速進京。

林則徐深沐聖恩，喜不自勝。這位身高不過一米七的清朝重臣，渾身都是正氣，他等待着這個日子也真是太久了。

天將降大任於斯人也，必先苦其心志。

這番體會林則徐是有的。

當他捧接御旨之後的當天晚上，在書房上徘徊通宵，興奮得沒法安安穩穩的睡好。

林家的老僕康福來看了家主人幾次，仍見他毫無倦意，心中就不知是喜還是憂，忍不住冒昧進去，道：

「老爺身當重任，更應愛惜身軀，才能上報帝恩，下效黎民呀！您就別怪我多嘴了。」

「康福，我是太感慨了，睡不着。」

林則徐把雙手交疊在背後，來回踱步，道：

「記得六年前我任江蘇巡撫的事嗎？」

康福立即說：

「不如意的事過去了，不就算了，還放在心上幹甚麼呢！」

林則徐微笑道：

「我不是記怨懷仇，我只是感慨。當年，英夷胡夏來等駕駛着武裝商船『阿美士德』號，從澳門駛向東面，直入長江口，在中國沿海進行走私鴉片兼測繪等非法行動，簡直令人氣憤。我當時與陶樹總督會銜上奏，殷切請求皇上讓我們查驗船隻，在夷商面前，把搜獲的鴉片銷毀。誰料卻收到皇上的諭旨，痛斥我的意見大謬，且訓令我們要顧念政體，不可藉口挑釁。皇上是仁厚心腸，他可沒有目睹英夷的囂張與鴉片的遺害呢。這幾年，每逢我提到禁煙，就有不少人嗤之以鼻，以輕蔑的語氣對我說：『你？』好像我永遠沒有擔此重任的資格似，我的苦悶委屈真不可為外人道。可是，今天……」

「今天老爺是吐氣揚眉了。」康福說。

「最令我感動的是畢竟中國有個勵精圖治的皇帝。畢竟有良知的人會有機會做好本分，畢竟中國有新希望。屬於我個人的雪恥問題就是相當次要了。」

「以後到了京城，老爺必獲皇上重用，這就等於伶伶俐俐地給看不起老爺的人兩記響亮的耳光了。老爺為甚麼不快快起程呢？」

「急不了，況且，」林則徐道：「你忘了還有幾天就是皇太后萬壽，當然要過了萬壽節，閱軍完畢之後，才可以動身上京叩見皇上了。」

皇太后萬壽節是舉國慶賀，朝野上下歡騰的日子，身為總督的林則徐當然要循例主持閱兵儀典。與此同時，他也靜心地準備各種有關禁煙之資料與意見，與皇帝對答的腹稿也打定了，才啟程上京去。

廣州官商各路人馬派在天子腳下的探報，當然會火速將情勢轉告主子。

故此，等到御旨宣布林則徐獲委任為欽差大臣，正式頒給他一面金光閃耀的欽差大臣關防，着令馳驛前往廣東查辦煙務之前，廣州官員個個都已經知道要看風駛舺。風聲連妓寨裏的杜三娘也聽到了，與張鏢商討研究營救許金水時，就顯得有心無力，敷衍塞責了。

杜三娘的消極態度，張鏢是很能理解的。

他還是相當積極地去辦這營救的任務，既為賓主一場，盜亦有道，自覺對許金水夫婦欠了個厚厚人情；也為唇寒齒亡，能動搖官府處決許金水的決心，就表示事可轉寰，不至於去到極危險的境界，那張鏢本人也可透一口氣，隨圖後算。萬一出盡法寶，許金水依然逃不過大難，則這殺一儆百的訊號，張鏢就收到了，不得不謀自保之策。

現今，連一向人面廣、有辦法的杜三娘也顯得心有餘而力不足的話，還有甚麼法子好想呢！

當張鏢腳已踏出杜三娘的屋子去時，她又趕忙地叫住了他：

「張鏢！」

張鏢回轉頭來，聽到杜三娘說：

「解鈴還須繫鈴人，許金水一死，就等於精神上也判了顛地那班英夷的死刑。」

這麼一說，張鏢就省悟過來了，朗聲答應：

「是的，謝謝三娘！」

隨即飛快地去找着了顛地的頭號手下羅拔臣商議。

「兔死狐悲，你明白這句成語的意思嗎？」

羅拔臣一直在跟進許金水一案的情況，他自然明白關鍵性在哪裏。

可是，他說：

「我們現在能做些甚麼，連你們中國人都不可以走通路子，就是我們扛了更多的銀子去衙門，也未必湊效。」

這麼說了之後，羅拔臣不禁邪笑起來：

「其實，這真是貴國的一個大喜訊，我到中國來這麼久了，未曾見過有白花花銀子可以撿而不撿的官員，實屬奇景。」

羅拔臣這種輕蔑的口氣與不可一世的態度，忽然的令張鏢反感至極。

他決意把心一橫，誓要扯這廝下馬，跟他一齊衝鋒陷陣，打這一場硬仗。

於是他說：

「這還只是個開端呢，現今的風氣忽然由俗變清，由貪轉廉，為甚麼？全為來頭最大的一個還沒有出現。到有人捧着金光四射的欽差大臣關防南下來，就不是抓一個許金水的事了。」

羅拔臣聞言驚心，知道自己是放肆了一點點。

於是，他的口氣緩和了，道：

「你認為我們有甚麼可以做的？」

張鏢說：

「務必要救許金水出生天。」

「怎麼個救法？」

「怎麼個救法得從詳計議，總之要救。否則……」

「否則甚麼？」

「否則我們這羣為你們英國商人出生入死、賣命冒險的人，以後就不再為你們服務了。」

這句話說得很重、很直接、很坦率，也很不留餘地。

羅拔臣一怔，他真的有一點點恐慌了。

他當然明白張鏢口中所說的「服務」，不單指把鴉片從躉船上運到岸上來這種走私行動。

中國人在他們來華貿易之後所提供予他們的最寶貴的服務是幹一些賣國主義的勾當。

換言之，所有有利於外國而不利於中國的情事，許金水、張鏢等這班人都樂意幹。

這等服務對野心勃勃的英國人是價值連城的。

沒有內奸的仗，幾乎是打不成的。

要得到這種成敗關鍵性的優質服務，必須誘之以大利，同時也要提供極度的人身安全保障。

這一點張鏢直說了，羅拔臣也不得不受教。

如果說現今是他們英國人運鴉片進中國最受到考驗的時期，也必須面對它了。只要度過了這個危險時期，就證明中國的確是山高皇帝遠，再棒的方法也是黔驢之技時，以後的日子就可以為所欲為，高枕無憂了。

侵華的意識早萌芽在每一個東來的英商之心，商政不分家，這是英國的國情特色。

商人是政客的先頭部隊，探聽虛實，部署陷阱，然後看準時機，再定蠶食或鯨吞對方土地主權、商業資產以至文化的最終決策。

要發揮雄圖大略，要成就萬世基業，不能輕視了任何一些重要的人物與環節。

羅拔臣跟隨在英國四大出入口貿易公司之一的大商家顛地身邊多年，他自然有很深刻的閱歷，曉得事情輕重。

於是，他不必張鏢多嚕嗦、多解釋，他知道如何自處。

羅拔臣正色道：

「張鏢，我們談正經的。廣州府衙出爾反爾，過河拆橋，沒有保障我們要他們保障的人，這是他們的不是，你也由此可見有些人是真的見利忘義的。」

如果張鏢有心情，在聽了對方這番話之後會得哈哈大笑，認為是賊喊捉賊。

不過，他現今緊張的不是羅拔臣的門面說法，他要拿實際答案，於是打蛇隨棍上，問：

「那麼，我們一直對你們英商效忠，你們又如何待我們了？」

「你說吧，總之很簡單，你說了算，如何營救許金水，你出力，我們出錢。」

「顛地先生那方面會有甚麼意見？」

張鏢說這句話是小心謹慎的，畢竟他的經驗是，最終的決策大權不在手下任何一人身上，自己跟在許金水身邊辦事就很多時白出了主意。這眼前的羅拔臣敢承諾營救許金水，究竟分量到哪個程度，準要摸一摸底。

羅拔臣知道張鏢的擔憂，便說：

「我跟着顛地先生辦事多年了，甚麼事一說他會答應，我是有把握的。而且這件事已不單獨在顛地先生一人身上，其他的英商也得負責保護那些為我們服務的中國人，這一點我們是很同意的。你就放心吧，只一句話，誰不在自己的利益上頭盡力呢！」

張鏢這才透了一口氣，道：

「有你這句話我就放心得多了。」

「然則，你有計策如何救許金水了？」

張鏢沉默了好一會，才狠下心回答：

「我們行走江湖的，也有個規矩，敬酒不飲飲罰酒。」

「你的意思是……」

「錢花在官府衙差官吏上不管用，那就花在我們一班手足身上，反正也要過這困難的一關的，既可救許大爺，也讓肯效命的手足多賺個錢，在這草木皆兵之際用來防身是挺管用的。」

羅拔臣點頭稱是，說：

「你倒是個上下都關照到體恤到的人，難得之至。」

張鏢是的確有點黑道上的盲目義氣的。吃許金水飯的人不少，真正在他出事後勇於賣力奔走的也只有張鏢一人。

他心上的確是惦着這個令他家肥屋闊的老闆許金水的。故而，就算走不通營救的路子，他也能想辦法到囚室去探望明令不准探監的許金水。

說實在話，在一沉百踩的情況下，張鏢去探一次監是絕不容易的。故此，他早就囑咐家中的女人燒好一味許金水最愛吃的梅菜扣肉，準備帶到監獄去孝敬老闆。

這天黃昏，張鏢先趕回家去裝菜，誰知出乎意料之外，鍋子空空的，甚麼都沒有。

他不由得急了，一腳踢開廚房通天井的門，尋到了在那兒晾菜乾的妻子，揪起她就問：

「你攪甚麼鬼？給許大爺的菜放到哪兒去了？」

張鏢妻叫李愛娣，被丈夫不由分説地揪起來責問，心上也有火，掙扎着甩掉他的手，尖叫道：

「你找死，這麼大力的揑我的手臂，弄斷了手，誰服侍你老爺子了？」

「我今兒個晚上要的菜在哪裏？」

「我沒有燒。」

「你説甚麼？」

「我説我沒有燒。」李愛娣雙手一拍，攤開來：「沒給你的寶貝許老爺燒菜，聽清楚了沒有？」

「你……」張鏢沒有想過會有這個結果，故而一時急得帶點口吃，再説：「你這是開誰的玩笑了，我千叮萬囑説了今晚我要去看許大爺，給他帶點好吃的東西，你怎麼就忘了？」

「不是忘！」

「那是故意的？」

「可以這麼說。」

「你要死？」

「我是為你好。」

「這是個甚麼說法了？」

「哼，壓根兒就不鼓勵你去看望他，簡直是鋌而走險的事，幹來做甚麼？」

「呸！」張鏢氣壞了，罵道：「我哪個時候不是幹鋌而走險的事，這竟是你的一個新發現嗎？」

「浪子回頭未為晚也，何況今時不同往日。」李愛娣管自走回屋裏去。

張鏢跟進來，道：

「你的話說清楚一點。」

「還用怎樣說清楚呢，這許金水的頭斬定了，是街知巷聞的事。你還預早去哭喪，有甚麼便宜可佔了？他今時今日要吃甚麼好吃的，由得他老婆去燒去煮，為甚麼勞動到我的頭上來？」

這麼一說完了，張鏢一個箭步上前，一手把李愛娣的手扭到背後去，一手撕破她的衣襟。

隨着布的撕裂聲，一陣白肉光就在眼前閃動，還見有點燦爛的金光點綴着。

張鏢抓起那條掛在李愛娣頸上的金鏈子，道：

「這是甚麼？我給你買回來的足金鏈子是不是？誰帶挈你吃得飽、穿得暖，還有金銀首飾的？你說啊，好沒良心的賤婆娘！」

說罷，使勁地把妻子一推，李愛娣連連後跌幾步，腰部撞向木枱角，痛得她眼淚直湧出來。

「你這死絕種，如此有義氣的話，乾脆陪你老闆到法場被人斬首去，別管這個家，別管我和兩個孩子好了。」

也不知是李愛娣真的傷心，還是撞痛了腰，只見她眼淚果然汩汩而下，張鏢的心就軟了。

這到底是給他生了兩個兒子的女人。

論功勞，李愛娣並不比許金水少。

於是張鏢連口氣都改過了，道：

「我倒不至於如此不識時務，但，總要試試盡人事，我才叫安樂，日後也別被人譏笑說我是貪生怕死的叛徒。」

說罷了這幾句話，張鏢也就掉頭走了。

當晚，牢中上上下下都收受了張鏢的好處，說到底能見到許金水了。

牢獄之苦真能折磨人，原本肥頭大耳、肚子圓嘟嘟的許金水，如今不只瘦了兩圈，整個人都忽然顯得垂垂老矣。雙眼微陷之外，眼肚還加兩個明顯的黑圈，半分光彩也沒有了。整個人的氣氛都不對勁，都死寂，都沒有生氣。

「大爺，你振作點。」張鏢禁不住說。

「外面的風聲如何？」

「這你就別管了，總之我們盡力營救，放心！」

「我看今次很難。」

「事在人為呢！」

許金水點頭，他不是同意，而是總得領張鏢的情。

事到如今，能見到一張帶着友誼與關懷的臉，實在太不容易了。對方怎麼安慰，自己就怎麼受落吧！

「我家的女人如何，好嗎？」

「很傷心也很擔心，這是無可避免的。」張鏢說：「所以今兒個晚上，我也不帶她來，怕弄得難捨難分的，反而礙事。而且，我也有幾句話給你說。」

「好，不讓她來是對的。」許金水道。

「大爺，走不通官路走民路，這是目前的唯一辦法，英國人肯打點一切。」

這麼一說，許金水就明白了，也不覺心頭一震，整個人像被扔進冰窟裏去，有着透心的寒滄，刺骨的驚懼。

當一個人聽到自己有可能被判死刑時，應有的心理反應和精神壓力，許金水都有齊了。

他忽然的眼眶一熱，就哭出聲來。

平日一個視人命如草芥，完全漠視別人利益的毒梟，知道自己也有末日時，不禁悲從中來。

這個情況是極度可悲和可笑的。

許金水卡在喉嚨的一句說話，沒法子說出來，就是：「請救救我！」在生命受到了重大威脅時，自尊其實已不值錢。

許金水之所以說不出口，是因為他愈哭愈厲害。哭出聲來對他有減低壓力的作用，這最低限度令他舒服多了。

張鏢也實在難過得不知如何安慰他。

嘴上的說話再漂亮，對一個面對死亡的人反而是刺耳激心的廢話，不說也罷。

張鏢不能確定他與羅拔臣所策動的營救計劃是否一定成功。

而且，在監牢內，也不適宜多說，以免把這個計劃洩露了，更多阻礙。

他只能以身體語言去安慰許金水，那就是一把將許金水的肩抱着，讓他知道有人在維護他、疼惜他。

在這一剎那，張鏢目睹許金水有如一個備受委屈的小孩子般由嚎啕大哭而至飲泣而至抽咽，張鏢忽然有一種萬念俱灰，看淡人生的奇怪感受。

這種感覺是他這一輩子未曾有過的。

曾幾何時，叱咤風雲、目中無人的許金水，也會落得如今的收場，那又何必當初呢？

張鏢因而想到了自己，今日之後，自己的命運會如何？

人生匆匆幾十年，原來會忽然的說過便過，如此的不能逆料，不可轉寰。

誰的末日是哪一天，都說不準。

誰的下場是風光抑或淒涼，更是天命。

張鏢奇怪為甚麼在今日之前，他從未想過這麼重要的一個切身問題。

待許金水哭過了之後，張鏢緩緩地說：

「舒服了一點嗎？」

「阿鏢，我有句話跟你說。」

許金水點頭，道：

「你說啊。」

許金水倒抽一口氣，道：

「我不服氣啊。」

這麼一句話令張鏢愕然。

他沒有想過許金水會有這個念頭，張鏢以為順勢的發展，許金水應多少有着悔意。

可是許金水說他不服氣，而且他繼續給張鏢說：

「我要報仇。」

張鏢聽清楚了，許金水說要報仇。

他要報甚麼仇？如果他這個仇要報的話，那麼，千千萬萬被鴉片煙害到人不似人、鬼不似鬼、此生休矣的煙民，又該怎麼個報仇法？

張鏢禁不住有些微的不安與反感，道：

「你還想這些幹甚麼？」

「不。」許金水斷然拒絕：「我要報仇。」

「怎樣報仇呢？」張鏢帶點氣餒地說：「只怪我們運氣不好吧，頭頭沾着黑。」

「阿鏢，有人告發我，我知道。」

「誰？」

「我在這兒也有我的線報，我倒沒有關起耳朵來坐牢，我們借用的其中一艘漁艇是那家姓顧的，他們又曾反抗過我們。」

「顧琛？」

「對。出事時我在騎策他們家的艇。」

「這也不一定就是他們告的密，況且……」

張鏢想解釋，在這件案子上，告密者只不過是一個借口，接案查案辦案定案等的功夫不做，又何來今日的光景。換言之既是大勢所趨，也可說是一番報應。

張鏢一念至此，他呆住了。

怎麼連他都有了這個下意識地認為許金水是罪有應得的思想？

他這不是背叛一直重用自己的許金水嗎？

張鏢不敢再在這問題上思考下去，只好不作聲，聽許金水把話講下去。

許金水很堅決而激憤地說：

「我看有九成的可能，我們去拖他們家的艇時，發生過甚麼事故，你是知道的。顧家的一對畜牲跟那個叫大牛的嫌疑最大。阿鏢，你得為我報仇。」

張鏢說：

「待把你救出來再談吧！你現在少擔這個心。」

「阿鏢，萬一你沒能把我救出來，我這口氣吞不下去的話，死不瞑目。阿鏢，你是我一直提攜的人，連這件事你也不肯給我切切實實辦妥，那你今晚來見我也是白來的吧！」

張鏢沒有想過一個面臨死亡的人，可以對在世的仇怨如此斤斤計較，如許執着堅持。

他沒有話好說。

他只能點頭答應。

畢竟面對的是對自己有過恩惠的人。

但，他不可以瞞騙自己，他對許金水的態度不能認同，且有少許反感。

「怎麼個報仇？」張鏢問。

「告訴杜老三，顧家那個女兒長得很標致，顧琛這老頭兒也很易商量。至於姓顧的兒子和那叫大牛的，你就看着辦吧！」

「好，我答應去處理，你就放心吧！」

「我許某人這一輩子，要像曹操，不許天下人負我。除非我就此給栽倒了，否則東山再起，準要給那些現今看扁了我的人一番顏色。如果萬一有甚麼不幸，我也要下手害我的人，吃不了兜着走。」

許金水的專橫霸道跑回來了，這叫張鏢不知是驚是喜。

「阿鏢，你好好給羅拔臣通個口訊，請他多關照，行商那邊也得打點。」

一向行商是奔走於官府與英夷之間的通訊人，他們有能力對中英官商兩方面起到一定程度的影響作用，許金水這番提點不是沒有道理的。

其實，不用張鏢把這個口訊帶給羅拔臣，轉告顛地，顛地早就許金水事件與當時行商的頭領伍浩官有過商議。

顛地在許金水被捕審判之後，跟伍浩官在他的寓所書房內密談了一次，瞭解官府與朝廷的動向。當時羅拔臣也在場。

伍浩官搖頭嘆息道：

「許金水的判刑，事在必行，無可挽救，我勸顛地先生你就別費心了。」

顛地沒有當即回答，他走近男僕身邊，在他捧着的銀托盆中，倒了一小瓶飲料，一飲而盡，很舒服地嘆了一口氣，再回過頭來對伍浩官說：

「伍先生，你要嚐一下這種御用的補身飲料嗎？」

説罷了，也不待伍浩官回答，就又從瓶子裏倒了滿滿的一杯，走到伍浩官跟前，遞給他，説：

「這種健脾補身的飲料跟你們中國熬的雞湯差不多，幾年前因為我們陛下病後初癒，要趕緊進補，強身健體，恢復元氣，於是御廚白蘭氏就發明了這種以肥雞熬成的精華飲料，給陛下作平日飲用，果然奏效，自此成為皇室專用的飲品。最近陛下賞賜了一大批給外交大臣巴麥尊，他轉贈一些給我，真的很見效。這幾天，我為了許金水一案，相當傷神費心，精神額外緊張疲累，飲了這我們叫做雞精的飲料，果然很快恢復精力。」

既是顛地的賞賜，伍浩官就不好不接受了。

他心上其實不願意嘗試這種洋人推崇的飲料，雖道是御廚精心泡製之物，但東西方文化與口味畢竟有異，很多西洋食品他都吃得不是味道。

伍浩官接過了高腳小銀杯，看到了深棕色的液體，就打算閉一閉眼睛，像小孩子喝下苦藥般把它硬灌到肚子裏去吧！

誰知這小杯雞精，入口甘香，倒真有點像家裏妻子給他老火熬成的雞湯一樣，於是慌忙謝過顛地說：

「多謝顛地先生的賞賜，這些天來，是的確教人勞累費神的。」

顛地飲罷了雞精之後，放下銀杯子，緩緩地坐下來，道：

「對於許金水，你就不能着力地幫個忙，在府大人面前多美言幾句嗎？」

「顛地先生，」伍浩官走前兩步回答：「該説的話説過了，能講的話也講盡了。許金水的事可以是牽一髮動全身的，我哪有不在意、不上心之理？」

顛地抬眼望着伍浩官，道：

「是不是要我們出手再闊綽一些？你不妨坦白説，我們反正是負責任的，救出許金水是正經。」

伍浩官拚命擺手，道：

「不，不。今次情況不一樣，沒有人敢作這個大主意。」

顛地望了站在他身邊的羅拔臣一眼，示意他也說話。

於是羅拔臣便道：

「伍先生，一直以來，通過你跟中國官員不是有商有量，凡事都能辦得皆大歡喜的嗎？你們中國人有句話，叫『食君之祿擔君之憂』，老實說，這些年，單是透過你送進衙門內的銀子也不算少了。今時今日，如果以顛地先生帶頭的英商們是不負責任，實行我行我素，你死你賤的話，也不是不可以的，何必要為一個煙販的存歿而傷透腦筋，而求你想辦法幫忙呢。無非一句話，我們願意有難同當。」

顛地再稍稍俯身向前，說：

「兼且，對於許金水的判刑，我們也認為不公平。審判時提出的證據也不足實，艇不是許金水的艇，他身上也沒有搜出鴉片來。你們中國人的法治精神太薄弱了，這對於我們遠道來營商的外國人也算是一種安全威脅。」

伍浩官聽了顛地的一番話，心裏不禁好笑。中國的法律就是坐在龍墩上的皇帝，有甚麼叫做公平與不公平。幾千年來，君要臣死，臣不死視為不忠的道理，是全民承認且遵行的。這面前的洋鬼子，來到了中國的地方，瞎講他本國的法律，就由得他吧！反正一直以來，最重要是能從英夷身上賺到大量盈利。

可是，盈利再豐，原也要是自己能力辦得來才成。

他於是再三解釋自己的難處，道：

「府大人的門檻，這些日子來都被我伍某踩得發白了，我哪有不想盡辦法讓大事化小，小事化無，就是今次完完全全的行不通。」

顛地問：

「你們皇帝的寵臣甚麼時候才跟皇帝相議妥當禁煙之法呢？怕還有一段日子吧，事緩則圓。」

伍浩官嘆一口氣，道：

「就為了事緩則圓這四個字，官府要很快就拿許金水正法了。」

顛地聽了，霍地站起來，不期然地伸手摸一摸微微發燙的雙頰，似是被人剛照頭照腦賞了兩巴掌似，他生氣了：

「中國人太不講法律、太不講人權、太不講道理。要斬殺一個人，像拿刀砌一棵菜，這還得了，簡直是蠻夷之邦，我們容不了他們這般放肆！」

說罷了，向羅拔臣使了一個眼色，根本沒再跟伍浩官打招呼，拂袖而行。

顛地的自尊無疑是受損了。

他以為他在這塊中國人的土地上，有權做他想做的事，說他想說的話，謀取他想謀取的利益，維護他想維護的人事。

一直以來的從心所欲，得心應手，把顛地與其他的外商都寵壞了。

因而他不接受任何忤逆他意思的情事。

況且，要更進一步的得到他們控制大局的權益，一場與中國展開的硬戰，是早晚要打的。

這個心理準備於多次在本國時，已與國會的某些議員取得了默契。

就連送他御用雞精的外交大臣巴麥尊，都曾暗示過他心中的雄圖大略，深謀遠慮。

誰不為自己的國族謀長遠利益？

只有這羣愚蠢的、禿了半個頭又拖着一條豬尾辮的老是自稱奴才的真正奴才，才會心甘情願，興高采烈地讓鴉片毒害同胞，危害祖國。

對於不自愛的中國人，他們英國人並不寄予一丁點兒的尊重與同情。顛地認為他的容忍已經到了極限。

許金水不是他同情的對象，只不過通過拯救他的行動，來表示自己那種順我者生，逆我者死的大國子臣權威。

正如道光皇帝宣召林則徐進京覲見，禁煙一役打定了。以顛地為首的英夷，在回應廣州城內上下一心的懲治煙販行動上，也發動了一場硬仗。

三

許金水被判極刑，在道光十八年十二月十二日處決。

沒有人理會這次判刑是不是一次超乎尋常的迅速辦理，更沒有人着意刑場偏偏設在商館區的廣場外，是否刻意安排。

總之，當日早上，萬人空巷，晨早就擁現在廣場外，霸佔有利位置去看這場熱鬧。

顧力和顧貞兄妹更加興奮。

顧貞壓低聲浪說：

「聽大哥在天之靈安慰了。」

顧力道：

「何只是他，千千萬萬被鴉片害死的中國魂，今日也會笑。」

顧貞突然想起：

「大牛哥呢？」

「他？」顧力下意識地墊高腳環視四周，然後說：「人太多了，看不見大牛，他肯定會來的，他沒有跟你約好在這兒等嗎？」

閒閒的一句問話，立即讓顧貞粉臉飛紅，她嗔道：

「他怎麼會約我，他只會約你呢！」

這麼一個嬌羞而又故作大方的表情，看在顧力眼中，有點明白到心上來了。

「阿貞，大牛對你很不錯，你知道嗎？」顧力笑說。

「我怎麼會知道。」

「怎麼會不知道？連我這旁觀者都覺察得到。」

「他對我好嗎？因為我是你的妹子。」顧貞用手捏着衣角，發覺手心在冒汗。

「這件事，我總得好好的跟大牛談一次。」顧力說。

「跟我談甚麼？」

是大牛興奮的聲音，他在顧氏兄妹背後出現了，剛聽到顧力提起他。

顧力大力拍着大牛的肩膊說：

「是要找你好好的談一次……」

「大哥！」顧貞慌忙扯住顧力的手，不讓他說下去。

「究竟甚麼事？」大牛問道。

還來不及回應，廣場內就忽爾掀起一陣歡呼聲，甚而有很多人不約而同地把帽子以及手上拿的手絹兒之類往空中拋去，夾雜很多人聲道：

「囚車來了。」

這麼一喊，廣場內所有人的視線都集中到正走進廣場來的一隊官兵以及他們押解的犯人身上。

誰都能認得出在囚車上的許金水來。

人羣立即分開兩邊，給囚車讓路，正走到一半，有把尖銳的女聲從羣眾中叫嚷起來：

「許金水，你這斬千刀，賣鴉片給我父我夫我兒，把我全家害慘了，今日我要瞪大眼看你死。」

也不知女聲是誰，只見隨着這份呼冤，有很多硬物、髒物就開始猛地向許金水頭上身上扔去。

因車只讓許金水露出頭臉來，也是防不勝防，避無可避，許金水四面受敵，打得他焦頭爛額，血流披面。

汗、血、眼淚橫流一臉的許金水，根本無法看得出他的表情來。

「打死他！」

「宰了他！」

「不能讓他有一刀之快！」

「把他五馬分屍！」

「讓他凌遲而死！」

羣眾的憤怒是無法遏止，而且是互相激發着而變本加厲的。

連守在囚車兩邊的官兵，都下意識地忍不住微微笑，而把囚車趕快推到廣場正中去就了事。

擾攘喧鬧的氣氛持續了近一個時辰，囚車內的囚犯已經歪着頭，有一點點不醒人事的樣子。

當官兵們聽到監斬官一聲令下之後，便把囚車的鎖打開，將已發軟成一團爛肉似的許金水揪下來，着他背着手，跪在刑場中間。

許金水已經三魂掉了七魄，他只是在下意識的感到官兵在他的後腰上猛地打上一棍，叫他痛得不可以嘗試把腰肢扳正過來。

許金水腦海裏只有一個微弱的而又揮之不去的意念，誰害到他有今日，他一定不會放過誰。

「許金水！」

有人走近他來，叫他一聲。

許金水強行睜開他那雙已被血與汗滲進去，以致難於完全張開的眼睛，他看到一件熟悉的物體。

煙槍！

「大老爺給你在行刑前享用的最後一口煙。」那給他遞上煙槍的官兵這樣說。

然後，許金水伸長了脖子，在一陣震耳欲聾的喝采聲之下，許金水那已經爆裂了，正不斷溢出血水的嘴唇剛觸着煙槍，拚命吸了一口，就見有人一腳把他銜着的煙槍打掉，跟着手起刀下，嚇得許金水魂飛魄散。

他以為這是行刑的時刻了。

他是死定了。

然而，他渾身的痛楚仍然那麼清晰，耳畔還聽到羣眾奔跑呼嚎的聲音。

他聽見有很多人在亂喊：

「劫法場呢！」

「英國水兵在搗亂呢！」

「英國人要劫走許金水呢！」

許金水聽清楚了，他忽然的振奮起來，睜大了他剛才無法睜大的眼睛，看到廣場混亂的情景。官兵與羣眾早已經不分敵我地對抗起來，除了好幾個紅鬚綠眼的英國水手之外，他無法分辨出那些在打鬥的中國人中哪些是來營救他的，又哪些是堅持着要置他於死地的。

他只知道羣眾已在處決他一事上發生了劇烈的打鬥，血肉在他身邊橫飛，刀劍在他周圍舞動，慘叫聲此起彼落，馬匹車輛失控地衝前撞後，看熱鬧的婦孺在不停驚叫，失散了的家人嚇得邊哭邊逃邊尋人。

有一點至為重要，非常有效地刺激着許金水的思維，他獲救了。

在張鏢探監時給他的提示，如今正實現着。

才這麼想，就見兩個洋鬼子一把揪起他，沒命地往廣場的西邊出口逃去。

跟在後面的還有一把熟悉的聲音，喊：

「許大爺，你撐着，羅拔臣先生的兩個手下護着你逃出了西邊孔雀巷，我們就有接應的車和人了。」

許金水笑了。

他認得這把聲音是張鏢的。

「阿鏢……阿鏢……你跟着來，我撐得住。」

許金水不但能睜開了眼，當他看到有一線生機時，渾身就凝聚了一股力量，可以叫他忍住痛，繼續往前逃跑。

他心上有個想法，許金水始終是一代毒梟，只有他毒害別人，沒有真箇栽倒在別人手上的可能。

這次是英國人講義氣，出手相救，他只要死不了，逃出今天的話，他還能與英商們攜手合作，大把世界。

許金水逃跑的步伐健快起來，他望向前方，西面孔雀巷就在眼前，數步可至。不遠的巷口處，真的走出好一班人來，黑壓壓的在站着等候。

許金水以為是接應的人，他向他們揮手，甚至跟攙扶他走着的兩個英國人道：

「是他們，他們是來救我們的。」

話還沒有說完，前面一堆人衝上前就在巷口處把他們團團的圍住了。

「把許金水放下來。」有人呼叫着。

「他是我們中國人。」

「中國人的事由我們中國人管理。」

「你們洋鬼子敢帶他走，我們先殺了你。」

許金水嚇傻了眼，這些人原來不是救兵而是追兵。

他們是識途的老馬，因而拐到西邊孔雀巷來兜截。

這班中國人不肯放過他。

「為甚麼？」許金水驚叫：「為甚麼洋人幫我逃跑，你們中國人卻要攔截我的去路？」

此語一出，各人就起了鬨，道：

「因為你無良！」

「你置太多中國人於死地。」

「你根本不是中國人。」

「今日，你休想踏出孔雀巷半步。」

許金水身邊的兩個洋鬼子是羅拔臣最寵信的手下卡爾和羅渣，咕嚕咕嚕地高聲說了幾句英語，他們拔出了腰間的配槍，對準那一班中國人。可是，出乎洋鬼子意料之外，沒有一個中國人因此而後退半步。

是中國人不懂洋人的犀利武器，抑或他們根本有比洋槍更犀利的志氣？

其中一位帶頭人就是大牛，他緩步走到許金水的跟前來，壓根兒就沒有把兩名洋鬼子放在眼內，大牛金睛火眼地睜着許金水，罵道：

「你這沒良心的畜牲，你老命休矣！」

說罷了，噼啪兩聲，大牛就賞了許金水兩記耳光，之後，正要伸手去把他抓過身邊來。

許金水慌忙把身子一縮，閃避着逃到其中一個英國人的身後去，大牛一時間忘了形，為了擒拿許金水，依然直往那英國鬼子身上衝過去。

「嘭」的一聲巨響，使各人都呆住了，包括衝向英夷的大牛，也停下了步伐來。

英國鬼子不管人們是否聽懂他們的話，他們把槍舉起來，對準了各人道：

「你們再輕舉妄動，我們格殺勿論。」

當然沒有人聽懂他們的話，可是人們看到了大牛搖搖欲墜，然後他胸膛淌出鮮血來。

大牛用雙手掩住了胸膛，企圖阻止鮮血湧冒，他高聲叫喊：

「別怕，捉拿許金水！」

民情是洶湧的，且是一觸即發，迅雷不及掩耳的。

孔雀巷內，一班有如飢餓已久的雄獅，獵物忽然被搶走了，因而盛怒到不管對方有甚麼能殺害他們的武器，都一湧而前。

是聽到有幾聲槍響，但躺下來的，被打倒的，只有一個人。

那是許金水。

他是在拳腳交加，鋤頭斧頭犁剷剪刀竹枝等等各形各式民用武器之下遭到殺戮的。

張鏢和他的一班手下趕到孔雀巷口來，只及時協助了那兩名英國鬼子逃走。

許金水整個人幾乎是被搗了個稀巴爛，人們才捨得住了手，慢慢的撤離孔雀巷。

大牛被坊眾抬回他家時，已經奄奄一息。

大牛勉力地張開他覺得異常疲倦的眼睛，跟圍在他身邊的人說：

「我……想見顧貞。」

大牛這麼一說，街坊們就立即說：

「好的，我們立即把顧貞找來。」

有人早已三腳撥成兩腳就衝出門找顧貞去。

大牛胸口的鮮血仍在冒，把鄰里給他包裹着傷口的衣布都弄得一片血紅。

大夥兒都意識到被洋鬼子一槍擊中胸膛的大牛，應該是難逃此劫了。

只見他一臉的倦容之中，還隱隱然帶着一個滿足的微笑，很虛弱的說：

「別擔心，我沒有事，只要等到顧貞來就好……我有些話要跟她說。」

鄰里們都安慰大牛說：

「顧貞這就來了，去找她了。」

是去找她了，但這天的廣州城實實在在的亂成一片，商館廣場上已經沒有了囚車，也沒有了官兵，然而，仍然屯聚着很多很多人，沒有散去。

他們不甘心散去，看到了商館廣場上架起的刑架被英國水手以及那些分明是英夷僱用的流氓砸爛了，看到了去看許金水行刑的婦孺被劫刑場的一場暴亂害得傷亡慘重，更看到了那兩支英國與美國旗無端端的只升起一半以示致衷，廣州的羣眾就怒不可遏。

他們認為外國人來到中國，在中國賺錢賺到眉開眼笑，無非是拿中國人的前途來作賭注，還竟敢公然蔑視中國人行使本國的法律與主權，干預中國人管理懲治中國人的方法，搗亂中國人在中國土地上所實施的紀律。

這種行為是萬惡不赦的。

「如果我們殺的是外國人，他們提出抗議，猶有可說。」

「如果他們手上不是拿着鴉片向我們兜售，而只是拿着聖經向我們傳道，我們不會跟他們算帳。」

「如果英夷不喜歡我們的法律，他們可以選擇永不來華經商。」

「如果他們要吸取民脂民膏，把毒品散播民間，還要以武力禁止我們懲治罪魁禍首，我們就連對他們客氣也屬不必了。」

「如果他們要對付我們的話，我們就站在這兒，不見他們走出來跟我們一較高下，我們決不散去。」

人是愈聚愈多，即使他們輾轉相告，許金水已是死無葬身之地的橫屍街頭。即使他們已經知道引發劫刑場的人已經知難而退，不知所終，羣眾仍是餘怒未息，結集在廣場內，以顯示他們對英商干預中國處死中國煙販的嚴重抗議。

時間一分一秒的過去，在商館區內的各國商館，氣氛都極其緊張，外夷做夢也未曾想過中國人的膽子會這麼大。

他們對中國估量錯了。

他們一向認定中國人愚蠢，所以才會眷戀於毒品的吸食行為。

他們一向蔑視中國人懦弱，所以才在各種交涉中屢屢處於下風。

他們一向覺得中國人貪婪，所以才能被他們輕易收買而出賣同胞國家。

他們更以為中國人像盆散沙，完全沒有凝聚團結的能力，可以抵抗外侮，可以抗議不平，可以反攻仇敵。

故而當每一個商館內的夷人，從窗口往外張望，見到廣場外密密麻麻地堆滿了叫囂吶喊，怒容滿臉的中國羣眾時，他們本來就雪白的臉色，更板得一點血絲也沒有。

這真是可大可小的情況。

外頭廣場上的人羣，只要有誰一聲令下，要攻進某個商館去，裏頭的人就立即走投無路。

蟻多可以困死巨象。

子彈上好了在槍膛上，發出來極其量也只不過能抵擋得住前排的羣眾，如果所有人一湧而上，後果是不難想像的。

商館內的洋夫人與小孩，相擁着哆嗦，連埋怨丈夫的話都驚慌得忘記了要罵出口來。

商館與廣場內的人羣，都在嚴陣以待，等候再進一步的發展。

等待使人一夜白頭。

然而，能等待也算是好的，這到底代表有希望。

就像傷重的大牛，他多麼的盼望能見到顧貞一面。

別說是一分鐘，就是每一秒、每十分之一秒、每百分之一秒對於快要辭世的人來說都長如幾千萬年。

大牛的眼皮沉重得再睜不開來，無法再望着那扇有着人影浮動的大門，無法望到他深深盼望能見最後一面、講最後一句話的人兒忽然在最後關頭出現。

他的身體很衰弱、很浮盪、很虛渺，然而，他的腦海還是澄明一片……

那兒是一片碧綠的大海，大牛看見自己與顧貞並肩搖着船，口裏輕哼着從兒時就已琅琅上口的民謠，正在出海打漁去。

顧貞的碎髮在微風吹動下飄到臉上來，他不期然地伸手為她把那小撮碎髮攏到耳後去。

顧貞笑起來了。

她望着他，笑起來，還說了幾句話……

可是，大牛聽不見。

在溫和的陽光之下，大牛只見顧貞靈巧的小嘴在微微張合着，他聽不到她在對自己說甚麼。

大牛心裏想：顧貞，你別說話，我聽不見。我倒是有句話要告訴你的……

「大牛哥！」

那是一聲極之悽厲的叫聲，把神魂已在游離狀態的大牛，猛地扯回現實來。

大牛的意識刹那間由擴散而重新聚凝，他聽到呼喚，那是他一生人最渴望、最愛戀的一聲呼喚，雖是姍姍來遲，終歸也來了，讓他聽到了。

大牛竭盡全身僅餘的力氣，令自己睜開了眼睛，沒有藍天，沒有碧海，不是與顧貞一起搖着櫓，但，不要緊，在黑壓壓的一堆人之中，他到底看到了那張美麗而總是帶點迷茫的臉。

只是如今，這張臉添了兩行熱淚。

他聽到她呼喚：

「大牛哥，大牛哥，我來了。」

人們到底在商館的廣場內把顧貞找到，她飛奔似地撲到大牛家裏來。

當時廣場內因着劫刑場之舉而刹那間混亂起來，顧力兄妹與大牛都被衝散了，顧貞忙着維護幾個身邊的婦女與小孩，把他們帶到廣場南面的圍牆下稍稍避着風頭火勢。之後，顧貞再走回廣場去，加入了憤怒抗議，叫囂吶喊的人羣，她沒有想過這場民族自尊的保衛戰需要拚流比她預期更多的血和淚。

「大牛哥，你有話要跟我說。」

顧貞流着眼淚叫喊，她一邊捉住大牛冰凍的手，一邊把手放在他仍流着鮮血的胸膛上。

鄰里到廣場把她尋着時給她說：

「大牛重傷了，他給一個手臂上有條三吋長疤痕的洋鬼子開槍打傷了，那人是羅拔臣的手下。你快回去看大牛，他有話跟你說。」

於是她趕回來了。

「大牛哥，你說吧，我在聽着，我在聽着……」

大牛竭力地微笑，蠕動着嘴唇，很艱辛很艱辛的終於說出話來了。

「阿貞，這句話……我早就應該對你說了……」

「大牛哥，你說啊，我在聽着，我在聽着呢！」

多麼好，大牛心裏想，終於有機會面對面的對着顧貞說這句他想說很久的話了。

她握着了自己的手，等待着自己說這句話。

從十歲那一年開始，大牛就一直打算尋這麼一個機會，好好的、認真的、誠懇的，而又熱烈地對顧貞說這句話了。

可是，大牛惱恨自己，總沒有把握着機會說出口裏來。

他總以為大家還年輕，有的是時間，有的是日子，他不知道命運是一樣他永遠不能把握，也不能預測的東西。

有些事，他沒有及早爭取，就要錯過了。

可是，不要緊，現今機會來了。

他分明聽到顧貞的聲音在他耳畔說：

「大牛哥，我等着你給我說話，我等着，你放心，你慢慢說，我在等着……」

沒有甚麼不放心的，一個無愧於心的硬漢子，縱使這樣就走完他一生的路，也沒有甚麼遺憾。

更何況他知道自己心愛的人兒在等着他說那句話，那句對他，甚而可能對她都非常重要的說話。

即使今生今世，他無法說出聲來了，也不打緊，他知道她會等着……等着……

有今生，或者就會有來世。

何必着急？

大牛放鬆了。

他放鬆了精神和身體。

因此，被顧貞握着的手就發軟了。

顧貞驚叫一聲，伏在大牛的胸膛上嚎啕大哭起來。直哭到筋疲力竭之際，顧力和兩三個青年人闖進來，一把將她扶起：

「顧貞，有更重要的事要幹。」

顧力對着屋子裏的所有人說：

「別讓大牛和一些同胞的血白流，我們到商館的廣場去。」

這麼一說了，屋子裏的左鄰右舍都跟在顧力身後，飛跑到廣場上去。

顧力早就有任務在身，他跟糾集起來的一羣鄉里，很快的各守各位，打算把商館重重包圍，要外夷對他們干預懲治中國煙販的劣行負責。

顧力守的是南邊通往聯興街一帶的出口，只為了大牛出了事，接到通知，才匆匆的先趕了回去。

既是死者已矣，傷心也絕不能挑如今這個緊張關頭。

於是顧力拖起了妹子的手就走，他一路趕回廣場的崗位去，一路就給顧貞說：

「化悲憤為力量，我們要他們拿出殺死大牛的兇手來。」

顧貞揩乾了淚，她聽從兄長的囑咐，為大牛討回一個公道。

他們雖是貧窮，但人命不能賤如草芥。

活着是人的尊嚴與權利，不容摧殘，不容侮辱，不容掠奪。

顧貞昂起頭，跟着她的兄長和一大羣鄉里，走向商館廣場，她心上默禱：

「大牛哥，你不必抱憾，你要說的那句話，我知道，我明白，我接納，我珍惜，直至永遠。離世的你，與在世的我，都會知道應該如何自處。作為一個愛國愛民的中國人，我們有着很多很多要做和可做的事，唯其我們竭心盡志地做了，才能死而無憾，生而無愧。」

是的，顧貞深信，大牛和她，以至於不久前犧牲的周聰，以及很多很多不知名的中國人，他們是一直在攜手共事，他們毫不孤單，毫不寂寞，且看現今廣場上結集的上萬羣眾就都是同道中人。

這是中國歷史上第一次人民自發的抵禦外侮的示威行動。

在商館區內的廣場上，羣眾的情緒一直是洶湧的，他們一部分人拿起了地上的石頭磚塊，向準商館的門窗扔過去。實實在在的說，商館內被橫飛進來的碎玻璃所傷的人也是說少不少。

英國商館內一位剛來中國探望羅拔臣的表姐吉伯爾男爵夫人，就一腳踏在被砸破的花瓶碎片上，割傷了足踝，血流如注。

她的驚呼與尖叫，讓整個商館內的人更加慌張起來。

吉伯爾男爵夫人足踝的血與她的眼淚不住在流，她嚷着：

「這是世界末日了，我怎麼接受你們的邀請來開這等眼界呢？我要回去，趕快回去，否則，我必定被這幫野蠻的中國人害得我客死異鄉了。」

已經心煩意亂的羅拔臣被他這位竭斯底里的驚呼的表姐弄得烏煙瘴氣，於是大喝一聲：

「你住嘴，再這樣驚叫下去，我就把你扔出大門去讓那羣留了辮子的怪物，把你撕開來吃掉。」

這麼一說，吉伯爾男爵夫人才閉上了嘴，卻忍不住因驚慌和痛楚，仍不住啜泣。

顛地剛好到澳門去，這商館的大本營就由羅拔臣看守。

他當然知道為甚麼主子要挑這個時候不在廣州，待他們支持和發動的劫刑場事件平息了，才會回廣州來，反正許金水早在他失了手之前，已經把銀子存進顛地的戶口裏去，足夠他過一個快樂的肥年了。這兒的事，就得由羅拔臣收拾去。

羅拔臣身邊有兩個得力的手下，卡爾和羅渣。

卡爾為人比較沉着，羅渣則相對的顯得有勇無謀。一旦有甚麼緊急事情發生，連羅拔臣這麼老奸巨猾的人也拿不定主意的時候，他總會把卡爾拉到一邊去商議，然後在定策之後，囑咐羅渣切實執行。

今天劫刑場的行動，兩個得力助手是有份參與的，他們剛才就是護着許金水逃走。誰不知給大牛等中國人攔截了，好不容易才逃回商館區，在羣眾未包圍商館前，趁混亂由後門回到英國商館來。

旁的各國商館都認為刑場偏設於他們區內的廣場內是很刻意地要丟他們面子的舉動。

他們認為英國商館會提出嚴重抗議，並不知道英國大煙商們已經聯手通過羅拔臣的安排，布置了劫刑場的一幕。無疑，這就等於熱辣辣地反擊中國人一巴掌了。

羅拔臣正打算躲在商館之內，沾沾自喜地看一場他幕後支援的好戲。是抱着隔岸觀火的心態去引發這場熊熊大火的。

只是做夢也不曾想過風水輪流轉，大火竟然反風向的吹過來。

一向做慣順民，也慣於攤大了手掌吸規受賄的中國人，會忽然團結起義，追究起劫刑場、防礙執法、干預內政、有辱主權的事來。

羅拔臣和兩個親信初而面面相覷，難以置信，繼而誠惶誠恐，忙於應付。

羣眾如勤勞團結的工蜂，很快就已成羣結隊地伏滿了一整個廣場，幾乎是水洩不通。

他們根本不必特派坊眾守在東南西北四面出口，單是人羣就已把幾條通路堵塞得爆滿。

商館內任何一個人要走出廣場去，簡直是絕不可能的事。

羣眾的來勢是憤怒，態度是狂妄，行動是潑辣，思想是危險的。

所有商館的門窗早已被他們以硬物扔過來砸爛了。

卡爾第一步禦防的工作就是把能堵得住大門和窗戶的家具物件，都囑傭僕挪動過來，將對外的所有通道堵死，以防盛怒至喪失人性，目無法紀的羣眾會在任何一刻鐘，就這樣衝進商館來。

只要商館一被攻佔，任何商館內的性命都是不保的。

動亂之所以為動亂，就是全無理性的動盪行為都幹上了，當然的包括殺人放火，姦淫擄掠。

羅渣在一旁曾發急的問：

「我們堵塞了門戶，更沒法子逃走了。」

卡爾沒有作答，只繼續指揮着傭僕辦事。

直到門窗都已被狠狠的封閉住了，他才透一口氣。

能有片刻的安全感覺，他才容易跟羅拔臣商議，如何脫離險境，逃出生天？

羅拔臣給卡爾說：

「長此下去，當然的不是辦法。」

在旁的羅渣忍不住插嘴：

「我們連食水和糧食都不足夠。那些該死的行商，沒有給我們配備足夠的貯糧。」

羅拔臣本來要臭罵羅渣好端端地插嘴，打斷了他的思路，但，就因為羅渣提起了行商，令他腦袋裏忽然一亮，他立即給卡爾說：

「我們現今被包圍的處境，官府會知道嗎？」

卡爾嘆息，執拳搥在自己腿上，道：

「怎可能不知道。地方上發生了這麼大的一件事，你說官府會不知情？早就不知有多少人去通風報訊了。」

「他們就是不管？」

「他們不管羣眾，卻管許金水的犯案，動機如出一轍。」

「為買新官的怕，為討皇帝的好。」羅拔臣不屑地說。

「故而，這是個對我們極端危險的訊號，他們見死不救。」卡爾說，把聲浪儘量壓低，他怕隔牆有耳，更加引起商館內的恐慌。

羅渣可沒有這麼心細，他仍然是一副氣急敗壞的樣子，說：

「我不相信這羣人會持久在廣場上，日灑雨淋，他們一樣得照顧自己的兩餐一宿。」

卡爾忍不住要反駁羅渣看事的淺薄，他說：

「人性是喜歡湊熱鬧的，這場熱鬧的名目也真太大了，既有伴玩這千載萬逢的一趟遊戲，還能樂得個忠君愛國的美名，誰會捨得走？誰會帶頭走？只有忙不迭地趕來，勿失良機，不會放棄這麼有瞄頭的一次運動。」

羅渣沒法子作答。

羅拔臣亦連連點頭：

「我們不能指望官府會良心發現，知道他們正在玩火。得有人去提點他們。」

「行商？」卡爾說。

「也只有他們了。」

「如何去通知他們？」卡爾已經在邊說邊想。

羅渣說：

「這麼大的一件事故，難道他們就一點風聲都沒有，想怕都是縮頭的烏龜，不敢強出頭來，免惹禍殃，我們能依仗他們嗎？」

卡爾很慎重的問：

「得有一個具分量的行商才成。」

「來來去去只有姓伍的一人，他的説話還可以打動府大人的心。」

「伍浩官嗎？他現在會在哪兒了？」卡爾問。

「醉紅樓。」羅渣答，他這次的語氣是肯定的：「我知道他跟誰要好。」

羅拔臣和卡爾在這危急存亡之際，都沒有興趣打探伍浩官在歡場上的新歡舊愛，他們只想肯定伍浩官之所在。於是卡爾重複問：

「羅渣，你不會弄錯？」

「在這個時候不會吧！我胡扯幹甚麼。立功不成反而害了大家，我有這麼笨。」

聽羅渣的語調，倒不能不相信他了。

而且，任誰都知道羅渣的一副身家都泡在醉紅樓的姑娘身上，他幾乎每晚都要寢妓才睡得安穩，故而對於醉紅樓的一切人事，他怕是瞭如指掌。

「難道伍浩官現今還躲在醉紅樓裏，正當我們處境堪危時，他還在高牀軟枕，軟肉溫香嗎？我們說到底是業務上的夥伴。」卡爾這樣推測。

「錯了，卡爾。」羅拔臣很有信心的說：「伍浩官最會得在這個緊張關頭把自己收藏在醉紅樓之內，將來生了甚麼事故，他大有藉口說他不知情，忙於應付那起姑娘大姐。要知道男人一旦眷戀牀笫之歡，就可以甚麼都不聞不問了。」

「對，他何必要插手如此一個爛攤子。往府衙周旋，不一定有結果，他圖個甚麼呢？」卡爾道。

「去找他吧！」羅拔臣毅然決然地說。

「有用嗎？」

「人站到他面前去，他就不好推擋，畢竟日後長遠的關係不好弄砸了，還有大把的生意在後頭。他不是不要關照的，否則，如何上醉紅樓，一邊捏着姑娘的玉手，一邊抽他的大煙？」

「怎麼出去找人了？」羅渣少有地聰敏，一句就問到關節兒上頭。

「卡爾，你能想到辦法？」

「除非，飛簷走壁。」卡爾答。

羅拔臣跟着與他相視而笑。

問題在無形之中得到了答案。

膽大如羅渣，心細如卡爾，二人聯手合作，自然有機會攀過每間商館的屋頂，向南門走出一條血路來。

這是唯一的生機。

事不宜遲，在商館多一分鐘，等於添一分坐以待斃的危機。

羅拔臣重重的以雙手分別與卡爾和羅渣一握，表示鼓勵。

「都靠你們了。」

羅拔臣這句話說出口來，心上不禁有點酸溜溜的。

堂堂大國的大企業要員，橫跨商政兩界，深具影響力的財閥重臣，竟然在異邦有如此淪落倉皇的一日。

羅拔臣簡直恨得牙癢癢的。

他閉一閉眼睛，賭了個重誓，只要他脫離險境，就要報這摔倒一跤的仇恨，好歹要讓作弄他的中國人嚐嚐他的苦頭。

如今，羅拔臣是異常緊張的。如果他的兩名手下爬在屋簷之上，偷出南門，一旦被發現了，就必惹起哄動，更會觸發這廣場內的萬頭瘋犬，全都一下子衝向商館來，別說是人，連巍峨的幾幢建築物都會被踩平了。

羅拔臣目送了卡爾和羅渣從後花園的圍牆攀上屋頂之後，他的心就一直懸在半空，緊張得耳鳴眼痛，坐立不安。

除了等待，別無他法。

等待的不只是卡爾和羅渣二人安然出了南門，直奔醉紅樓請救兵；更是有那一分鐘，商館大門重新打開，已看不見那黑壓壓的一羣怒目雙視，怒容滿臉，怒氣沖天的人羣。

人，或者任何動物多起來，團結起來，都是一股令人吃驚至不得不屈服的力量。

卡爾和羅渣二人步步為營地從一個屋頂上爬行到另一個屋頂，他們是無法往下望去。

朝下看到偌大的廣場，萬頭攢動，稍稍驚動他們，所有人一齊抬頭張望，那種由千萬對憤怒、驚愕、充滿殺機、仇恨的眼睛，凝聚成一度熔岩般灼熱的火焰，會將噴射到他們身上來，一秒鐘功夫就能把他們的求生希望化為灰燼。

不能驚動下面廣場的人，只消一個人抬起頭來，看他們一眼，那就完蛋了。

這份心理壓力之重，令他們整個身子像被扯着往下沉，尤其的舉步維艱。

羅渣輕聲地問卡爾：

「你信上帝的是不是？」

卡爾回轉頭望他，問：

「為甚麼這樣問？」

「我想祈禱，可是我不是教徒，沒有在上帝的宮殿接待處登記過，怕他不會接收到我的信息。」

英國人還是有他們一套的幽默。

卡爾苦笑道：

「我以前祈禱是有效的。」

「現在呢？」

「一樣有效，只怕是反效果。」

「為甚麼？」

「以前我未曾販過毒。」

羅渣沒有作聲了。

卡爾看羅渣認真了，便安慰他說：

「別擔心，未到人生的盡頭，也就是說註定這不是最後一戰的話，贏的不一定是天使。」

羅渣想了想，問：

「卡爾，你知道我們最悲哀的是甚麼？」

卡爾望了這個跟他一同出生入死的夥伴一眼，沒有回答，可是他心中明白。

人生最無奈也最罪無可恕的是明知故犯。

究竟這一站是不是終點，誰能說得準了？

卡爾和羅渣只能盡人事聽天命。

也許他們真的是命不該絕的，到底讓他們平安地自商館的屋頂走到南門來。

可是，當二人腳一站到地上，就出事了。

「你們想逃往哪兒去？」

守在南面出口的顧力、顧貞和一班坊眾，發現了卡爾和羅渣，立即厲聲喝止。

卡爾二人根本不需要聽清楚對方的說話，已沒命地拔足狂奔。

後面追趕來的，以顧力兄妹為首，不下幾十人，只要給追上了，怕又是跟許金水同一命運，被搗個稀巴爛而後已。

只有走到醉紅樓，他們才有機會獲得庇蔭。

卡爾和羅渣從沒有想過自己可以跑得這麼快，又如此的記得巷路。

當他們沒命地衝進醉紅樓的大門，在前院裏一下子就碰上了杜三娘，羅渣幾乎是歡呼的，立時把情況跟三娘詳說了。

杜三娘可真是個江湖豪客，看到自己的常客落難成那副不像人形的樣子，她是女流之輩，卻大有膽量擔戴。

一拍胸膛，也不消對方說甚麼，就囑咐總管的楊榮道：

「先把兩位客人安頓到區姑娘與尤姑娘的房間。再安排伍爺跟他們見面去。」

才這麼說了，醉紅樓的門口就已圍滿了追趕兩個洋鬼子而至的人羣。

顧力與顧貞兄妹昂然直入醉紅樓的院子來，顧力喝止楊榮道：

「慢着。」

正要把兩位洋客快快送上樓上姑娘的房間作避難所的楊榮，被嚇得不期然止了步。

連兩個洋鬼子回轉頭來看到顧力身後的那幫猶有餘怒的坊眾，也不自覺地打從心底裏發抖起來。

如果讓這幫人帶回去的話，可真不是鬧着玩的一回事。

對方人多勢眾，我方勢孤力弱，完全的無計可施，只好看看杜三娘怎麼去應付場面了。

杜三娘果然有她的派頭和架子，她款擺着那條依然纖幼的腰肢，走前幾步，把顧力從頭到腳的打量，然後她凌利的眼神又瞥見了亭亭玉立在顧力身旁的顧貞，她溫和而禮貌地問：

「官人與姑娘貴姓？」

「我們姓顧。」顧貞搶先答了：「他是我兄長顧力，我叫顧貞。」

杜三娘微微向他們作了個揖，道：

「顧少爺，顧小姐，有甚麼可以效勞的？」

「我們要人。」顧力答。

「好，我這醉紅樓從來都是要人有人，要酒有酒，一腳踏進來，我杜三娘少有讓人家失望離去的。」杜三娘滋油淡定地回答。

顧貞很有點看她不順眼，便道：

「我們要的不是你所說的人，我們要這兩個洋鬼子。」

杜三娘聽了，哈哈大笑起來。

顧貞像被侮辱了似的，她稍稍的移近兄長，問：

「你笑甚麼？」

「小姑娘，我笑你。」

「笑我甚麼？」

「笑你未見過世面。」杜三娘回一回氣，再說：「所謂過門都是客，你們兩位姓顧的是客，他們兩位洋哥兒也是客，同是光顧我們醉紅樓的客，我都一視同仁，無分彼此。這就是説，都同樣被我尊重，不可以偏袒任何一方而令對方受一點小委屈。顧小姐，你認為我説得對嗎？」

顧貞正要準備回答，杜三娘就搶先説：

「慢着，你們要我的人，多多都可以奉陪，要令我的客人為難，我可不依啊。」

顧力回答説：

「杜老闆，你可知他們是誰？」

「依你看，他們是誰？」

「是殘害我們中國人的煙商毒販，人人得而誅之。今早劫法場的事，想你不會全不知聞吧！」

「顧少爺，首先，我們打開門面做生意的都算是一等良民，別把我們妓寨的就看扁了，要封要擒要捉要拿，就叫官府走這一轉吧，不必勞你們的駕。現今人人都知道皇上鋭意禁煙，可沒聽到皇上有旨意要禁賭禁嫖，既然沒有禁，我做的就是正當生意，我的客就應該備受保護，我管他是汪洋大盜，抑或是鼠竊狗偷。總之，任何人都沒有這份資格在我醉紅樓內鬧事，否則報官捉人提審的人是我，不是你。」

顧力沒有想到眼前的這位是潑辣犀利的婆娘，一時間回不了話。

杜三娘可不客氣，她實行得寸進尺，乘勝追擊：

「你們這起坊眾把商館包圍封鎖了是不是？這個英雄好漢無疑是做定了，準有人崇拜你們。可是，決不是我。皇皇國法，有讓我們國民非法的聚結起來，對民居商戶造成騷擾嗎？你們憑意氣把人家的出路堵死了，堵到何時？是要鬧出人命來，這叫代民請命，替天行道是不是？如果真是這樣的話，國土上處處有奸令之徒，是不是都由人民一鼓作氣，把對方打倒為止，還需要國法，還需要吏治嗎？你們是其志可嘉，其情可憫，其法不堪，其方不行。」

一連串的話語，把顧氏兄妹說得無辭以對。

「告訴你，」杜三娘的招數由緩由軟慢慢變辣變硬了，說：「誰在我醉紅樓搗蛋，而沒有官府命令，重則一律拿他們送官究治，輕則叫家丁拿把掃帚將他們拍出大門外去。」

顧力面對這潑辣的杜三娘，很有點不知所措。

男人並不擅長跟女人作口舌之爭。

反倒是顧貞挺身而出，很理直氣壯地說：

「你靠他們光顧來穿金戴銀，豐衣足食，所以你不管一切地維護他們，究竟是有良心沒有？做妓女的賣過身給男人了，難道就真不知羞恥為何物？」

顧貞最後的一句說話是說得很重。

怕也是只有女人對女人才容易說出口來。

杜三娘一聽，左邊的眼眉毛往上一揚，很受這傷害，然而，她火速的叫自己鎮靜下來，不屑地說：

「姑娘你姓顧的，叫顧貞，我記住了。但望你此生好福氣，沒有要過皮肉生涯的一天，否則，你就知道講廉恥要有資格，講良心要有極限。

「甚麼民族氣節？甚麼國家前途？我杜三娘六歲就給父母賣身到這種地方來，活到今時今日，靠誰？靠國家？靠民族？笑話不笑話了。有哪些潦倒街頭的窮漢貧婦，官府給他們打點照應過了？

「我告訴你，姓顧的姑娘，你現今站的地方是我醉紅樓的，我有權要你走。你們有本事的，把我醉紅樓包圍封鎖起來吧。只消這兩個洋鬼子一踏出去，是公眾地方，有你們的份兒，你們就拿他們怎麼樣辦，也沒有我干涉的事。

「其身不正，焉能正人。你們這羣血氣用事的人啊，今天為甚麼起哄了？為甚麼鬧事了？為甚麼憤怒了？因為外人在我們的國土上干預我們的決策政治，是這樣嗎？然則，你們現在跑進我醉紅樓來，又不算是干擾我的權利，干預我的家事了？呸！」

杜三娘直筆筆把一口涎沫吐在地上，完完全全一副不屑的樣子。

顧貞還想反駁她甚麼似的，就被顧力拉住了，道：

「我們走吧！」

「要走快走！」杜三娘喝道：「我已經服侍過一百個男人的時候，你這種臭丫頭還在你娘的懷裏拉屎撒尿，敢站在我的地頭騷擾我的清靜，倒過頭來把官兵找來，看按理是捉你還是捉誰。一時意氣，遺患無窮，洋鬼子可以由得你們如此這般的懲治，鴉片可以用你們這種方式去杜絕的話，我們的皇帝不用傷透腦筋了。一大堆都是有勇無謀的白癡兒。」

說罷了，再回身囑咐楊榮：

「阿榮，把他們趕出去，再在我這兒鬧事，誰都不許走，待我們報官去，整窩人抓上衙門再評理。」

然後，一擺她的腰肢，就向兩個洋鬼子打了眼色，讓他們跟在自己的屁股後頭走。

先讓兩個受驚的，也着實渴壞餓壞的洋人歇息一會，才告訴他們說：

「儘管放心，在我這兒，只要有白銀，就安全。」

卡爾回答：

「杜老闆，我們趕着要找伍浩官，解決商館的圍困。」

「你先歇一歇，我這就去連姑娘的房間跟伍爺說個明白，請他儘快跟你們商議。」

杜三娘既是這麼說了，也就讓她打點去。況且伍浩官若在名妓連蓮的房間內，他們亦不便橫衝直撞的闖進去。

伍浩官果然正高臥在相好的酸枝牀上，享受着連蓮姑娘為他燒着的大煙。

杜三娘叩門進去，毫不客氣地坐到他跟前來時，伍浩官已知道是甚麼一回事了。

「有人給伍爺你通了風、報了訊了，是嗎？」

伍浩官深深的吸了一口大煙，通體舒暢之後，回答說：

「老三，我勸你就做你的生意，別管這種閒事，對你一點得益都沒有。」說罷了，又着連蓮為他裝上第二袋大煙。

杜三娘微笑着說：

「伍爺說得對，關我杜老三啥事，我要管也實在力有不逮，連管這等連蓮丫頭們都愈來愈費勁，還去惹洋人的事，怕是嫌活得長了。可是，我不管，不必管，不該管，不等於伍爺跟我一樣，應該隔岸觀火，袖手旁觀。你的身分不一樣，利益不一樣。」

伍浩官一想，果然有點動容，稍稍坐直了身子，俯前對杜三娘說：

「老三，你說上了幾車子的話，只有最後一句是動聽的。你且給我說說你的高見。」

「承伍爺你褒獎了，我這種女人的意見算甚麼高見了，比一般婦孺之見還要微賤，還要膚淺呢。」

「老三，我們是老朋友了，你就實話實說，不必轉彎抹角，浪費時間，事件要真值得處理的話，也是蠻緊張的。」

聽他這麼一說，就知道伍浩官其實是躲起來不要插手這樁廣場暴亂之事。

於是杜三娘說：

「伍爺，只一句話，是福是禍，若都是你名下的，逃得了一朝，避不了一世。伍爺，商館是誰的搖錢樹，又是誰的安樂窩了？你自己怎麼就一時嫌煩，躲到這兒來抽你的大煙呢！有誰要真來鏟平我的醉紅樓，我不跟他拚了才怪。」

伍浩官沉思，杜三娘提點得不是沒有道理。

「只是，」伍浩官說：「眾怒難犯。」

杜三娘嗤之以鼻，道：

「難犯也得要犯。有日皇帝要抄你的家了，能逃還是要逃的。伍爺，商館的生意說有多大就有多大，那是你的命根子呀，哪兒容得他們輕易動搖。把洋人都吞了吃了嚇跑了，你吃西北風不成？況且，誰叫你單人匹馬的跑去廣場上逞英雄跟他們硬拚了，只要趕去勸一勸府大人，就自然有人為你出頭。」

「我也曾經這樣想過，可是，如果衙門是偏幫洋人的話，就不會拿許金水正法了，他們的心態變了呢！」

杜三娘很不以為然，道：

「我可不是這麼個看法。殺許金水與迫害洋人是兩回事。殺自己中國人，官府未曾手軟過，因為自己人好欺負，之所以好欺負是因為不會有人為他們出面出頭。迫害洋人呢，事情就弄得太大了。皇帝要禁煙，是事實，但怎麼個禁法還沒有定案，黃爵滋所提，林則徐所修的方案都只是基於管治煙民，也就是中國人上頭，幾曾提出過要嚴治外國人的政策來，於此可見一斑了。」

伍浩官霍然而起，開玩笑似地向杜三娘一揖：

「三娘請受我一拜，真是智慧之人，聽君一席話，勝讀十年書，難怪說青樓不無奇女子。」

杜三娘失笑，擺擺手道：

「算了，辦你的正經事要緊，就不必對我説些逗十六歲姑娘開心的話了，反正是白講的。那兩個洋鬼子在我這兒挺安全，你不必掛慮，只是大事解決了之後，別忘了拿重金來我這兒贖人，那才是真正照顧我的正經事。」

「好，絕不虧待你，放心。」

伍浩官這一去官府，立即痛陳利害。羣眾聚會在廣場之內，把事情鬧大了，真不是一件開玩笑的事。

各國商館的後台是誰，彼此心照。

皇帝要懲治的是自己子民，要發展到對付別國僑民，可又是另外一回相當嚴重的事了。

伍浩官既是行商頭領，他倒真有點國際知識，誰個國家的人民在僑居地生了命案，本國都一定插手管理的。這班洶湧的羣眾如果弄出外國人命來，要交代的人事是既大且煩，這一點不得不提示一下立心縱容羣眾以建功的府官，才是正辦。

劫刑場是洋人干預內政，絕對不可視而不見，甘受侮辱。然而，有了這場史無前例的民間自發性的示威抗議，已足夠表示中國人不屈不撓，不受辱，不受侮，全力抗敵，同心禦恥的精神和魄力了。

那就不必要在這令人人都認為可接受，甚至應予表揚的基礎上拓展下去，演變成另一場不受世人同情、說不過去的動亂了。

畢竟，維持地方治安，是官府的本位責任，如果坐視不理，將來追究起來，也是難辭其咎的。

於是經過了伍浩官的辯論勸說，府衙門也就裝模作樣的派出了一隊鎮壓隊伍，馳赴廣場去，驅散聚集在那兒，對商館做成了威脅的人羣。

唯其官民其實同心，各盡各位也不過表面功夫，於是這次在洋商眼中被視作非常嚴重的暴亂，很輕易的就獲處理掉。人羣在表示了民族威儀，發洩了愛國護國情緒之後，實際上也不是真正要鬧大事，於是很快就願意平和地散去了。

經過了這一役，驚魂甫定之後，羅拔臣就把伍浩官找了來，大發雷霆。

事實上，他一輩子沒有受過這種侮辱。

當被困在商館時，他完完全全的假裝鎮定，一個英國商館內有多少人要他負責安危。顛地不在場，整個包袱就往他的肩背上放，有哪一個英國人少掉了一根毛髮，就是扯住十個中國人的辮子，把他們的頭斬下來，也補償不了。

他不是不極度憤怒而又絕對擔憂的。

直至整場風波鬧完了，羅拔臣立即崩潰下來，發了兩天兩夜的高燒，就活像一條橡筋被死命的拉緊之後突然放鬆下來，反而害事了。

病癒之後，羅拔臣同時得到了顛地兩件寶貴的賜予。其一是外交大臣巴麥尊送給顛地的，由御廚白蘭氏精心泡製，健身強體，尤其能補充病後體力的雞精補身飲料一瓶。這對他的幫助認真不少，羅拔臣巴不得儘快恢復體力，好處理很多很多的要緊事，當然的包括報仇雪恥。

其二是顛地回到廣州來，給他打氣，並暗示必會盡全力支持他，把這一口英國人從沒有忍受過、嘗試過的冤屈氣渲洩掉。

於是，當伍浩官應命來到羅拔臣跟前時，他毫不客氣，絕不通融地說：

「伍浩官，還我公平來。」

稍為有良心的中國人聽到他這麼一句話，都會起莫大的反感。

只准周官放火，不許百姓點燈的例子，莫過於此。

中國人圍困廣場、封鎖商館，就是打擾外國商行的安全與自由。英國人販賣鴉片，劫刑場，就不算是干預中國內政，毒害中國人民。可惜得很，偏就是中國有得多很多伍浩官之類的中國人，不知廉恥為何物，在財富跟前分不清青紅皂白。

於是伍浩官吃吃笑，誠惶誠恐地回答：

「羅拔臣先生熄怒，我已盡全力把事件平息過來了，要先生擔驚受怕是很不應該的，請你大人不計小人過，多多包涵。」

「這不是怕與不怕的問題。英國皇朝從來都有能力保護海外的子民，這是眾所周知的事。顛地先生說得再明白不過了，如果府衙門不好好的正視此案，給我們歸還一個公道，他只有聯合各國商館向本國政府匯報中國這種滔天的惡行，彼此商議日後對付中國的好辦法。我相信這對我們來說，不是很困難的事。」

不管羅拔臣這番說話有幾分真，伍浩官理解到真的是把對方激怒了，要如何平息他心中的怨憤，息事寧人，小事化無，就得好好的跟他說下去。

「羅拔臣先生所見甚是，能這樣開心見誠地跟我商量，其實是一份汪涵海量的表示，否則，先生大可以悶聲不響，生意也不做，就啟程回國去，再回頭就是另一番光景了。這就教我們無端損失了一段交誼和很多生意，就更難堪了。」

羅拔臣有點不耐煩了，道：

「我們別轉彎抹角，扯得老遠的，就長話短說成不成？」

「當然，都聽先生的明確表示。」

這就是伍浩官至大的讓步，幾乎等於對羅拔臣承諾了，他說了的就算！

羅拔臣的怒氣這才算平了一點，道：

「我們也不是不講理的人，最大的一個要求是要懲治發動暴亂的罪魁禍首。」

這麼一說，伍浩官就有點慌張了。

當日過萬人聚集在廣場上示威、抗議、吶喊、破壞，要抓的話，又怎麼抓呢？只怕官府一出這條拘捕令，全廣州市又再發動另一次暴動也是極有可能的。

這真叫他這個中間人太難做了。

伍浩官只好期期艾艾地把他的為難處說出來：

「羅拔臣先生，我們這種貫穿往還於官府與商館之間的小人物，盡心竭力把事情辦好是應該的。一般來說，問題發生了，總要帶着一個答案，放到官大人跟前去，才容易得到他的合作。如今先生提出來的問題，牽涉的層面如此浩廣，牽涉的人物如此眾多，真叫官府捉拿那上萬之眾，就是擒獲了歸案也沒法子可以處置，你叫我如何去轉達你的意思呢？」

羅拔臣不是認為對方所言無理，於是說：

「我要擒拿懲治的是罪魁禍首，其餘的人，就算了。只要官府肯出一道告示，嚴厲訓斥人民，警告他們不可再有類同的恐怖野蠻動亂事件就成。」

伍浩官仍然為難：

「茫茫人海，怎麼去抓罪魁禍首？」

一直站在羅拔臣身邊的卡爾，就回答說：

「追捕我們的一堆人之中，為首的一個姓顧，他說他叫顧力。」

羅渣立即有點喜形於色，道：

「對了，他們是一對兄妹，妹妹叫顧貞。」

羅渣稍為想了一想，再補充：

「當日在醉紅樓，他們張牙舞爪的，自認是暴亂的帶頭人，跟杜三娘激烈地辯駁。幸好杜老闆有辦法，否則還未把你找出來，我們就已沒命了，這等人不是罪魁禍首是甚麼？」

羅拔臣隨即答說：

「有了線索了，就易於根查對不對？一旦叫官府捉了人，就算對我們有了交代了。」

伍浩官一想，也不過是抓一兩個人的問題，這樁差事攬上身也還辦得了，於是一拍胸膛就承接下來。

官府方面，也沒有把事情鬧得太大的打算。洋人的面子要顧，他們要鬧起事來，也是挺難纏的。際此風聲鶴唳的多事之秋，皇帝派遣的欽差大臣未曾履新，要給他看的整治煙販功績也做過了，人民站起來禦侮的節烈行為亦表演過了，還是見好即收為上。

萬人示威一案擴展下去，也有可能演變為地方官管教不嚴，動輒暴亂，可以是另一項被撤丟官職的罪名。於是，衙門內的口風和態度都轉得稍稍偏向洋人一面，伍浩官就不必花太大的勁説服官府，下通緝顧力和顧貞兄妹的命令。

這天，顧貞還不知道大禍臨頭了，她正收拾香燭要上大牛的新墳。

大牛是剛下葬的。

葬在住處背後的小山坡之上。

那其實是他們兒時經常耍樂的地方。

山坡並不高峻，從幾歲大開始，大牛與顧氏兄妹以及左鄰右里的孩子，包括早前被許金水一刀了斷的周聰，都常結伴上山坡去採些常見的小草藥回家去給母親曬乾了備用。孩子們當然也會乘機在山上蹓躂玩耍一會。

顧貞在幾個男孩子中間是明顯地嬌嫩的，不但哥哥顧力特別的照應她，就是大牛，往往會跟着她背後押陣，怕有甚麼不測的事發生。

記得有一次，他們幾個孩子決定從這個小山坡走到另一個較高的山崗上去，顧貞因為年紀才只有八歲，又是女孩子，比較膽小，於是便問她哥哥説：

「我們為甚麼要去爬那山崗了？」

「那兒的蝴蝶特別多特別漂亮，你去不去？」

顧貞想了想，抿一抿嘴唇，道：

「去，怎麼不去？」

周聰當時大概有十三、四歲的樣子，算是個少年了，就有點不耐煩地答：

「小孩子不想去就別去了，坐在老地方等我們回來接應她吧！」

顧貞聽了很不服氣，她不喜歡別人視她如小孩子，她從小就長得高窕，八歲的年紀像個十一歲出頭的孩子，怎麼還小了。

於是把心一横，對顧力說：

「哥哥，你拖着我，我也去。」

顧力點頭，並且對大牛說：

「我走在前面，大牛，你力大，你就押後吧！」

大牛答應了，就一直跟在顧貞背後走。

山崗中段比較傾斜，顧力就伸手拖着顧貞，半拖半拉的要把她往上扯，誰知顧貞一腳踏在一塊長有青苔的圓石上，滑了一下，身體重心失去平衡，顧力也就拖她不住了。幸好在千鈞一髮，要整個人摔下來滾落山坡時，在後面的大牛伸手，剛好托住了顧貞的小屁股。就這麼一借力，顧力重新把妹妹的手臂抓住了，就把她的身體固定下來，最後攀上了山崗頂去。

各個孩子都歡呼起來，周聰卻不經意地笑顧貞，說：

「幸好有大牛在，他是你的救命恩人呢，而且呀，女孩兒家的屁股給他摸過了，將來就非嫁他不可呢！」

各個孩子有些曉得笑，有些不曉得笑。只有大牛表情木然，也沒有說甚麼，就跟其他的夥伴跑去玩了。

顧貞當時臉上火辣辣的，她意識到周聰哥哥說的話，把她和大牛拉在一起了。一個男孩子與一個女孩子扯在一起的話，將來怕真是要成親的。

這件兒時往事，一直縈繞心頭。

長大了，誰都沒有再提起過。顧貞不知道究竟大牛還會不會記得有這麼一回事。

大牛反正沒有在顧貞面前談過兒時往事。

根本上，大牛一向對顧貞說的話就不多。

顧貞站在那個新墳之前，對大牛說：

「我真沒想過你臨離開我們之前，會有這麼要緊的一句話要跟我說，如果你真的早早對我說了，或者我們就不必分離了。因為我會得回應，我會得建議，一個新的小家庭的建立不必要在廣州，人們曾經給大哥提過，到南邊那個叫香港的漁港去幹活是相當好的。雖仍是清苦，那兒的天氣和風光倒是很好的呢！

「哥哥也想過要到那兒去闖一闖，只是捨不得娘，怕她被爹爹欺負了。

「哥哥就曾經對我說過，他說：

「『阿貞，如果你嫁了，就跟你的丈夫到外頭去闖一闖吧，家裏有我照顧也就成了。我們不必兩兄妹都一輩子困在廣州城。』

「大牛哥呀，我當時是怎麼個回答呢？我說：

「『好吧！如果我先嫁出了，我就先走。如果我嫁不出去，倒是你先娶了，你就帶着妻子去看外頭世界吧！』

「我跟哥哥用尾指勾了一勾，就是說了算的意思。

「多麼可惜，大牛哥，你沒有早早給我說那句你臨走前才想到要對我說的話，否則，我或許已跟着你走得遠遠，避過這場劫難了。

「現今，一切都遲了。」

顧貞把在山腰路邊採摘的幾朵野花，放在大牛的墳前。她的眼睛已經濕濡，淚水在眼眶內掙扎着轉了幾圈，然後就再無力盛載，緩緩地流瀉一臉。

她的聲音是帶着嗚咽的，說：

「大牛哥，可是，不要緊的，反正我沒有離鄉別井的打算了，這一生一世，我就守在家園，我就守在娘的身邊，我就守在你的墳畔，你安息吧！」

一陣難言的悲痛忽爾湧襲心頭，顧貞再也忍不住哭出聲來，她的哭音劃破了山坡的一片寂靜。

跟着便是一陣人聲鼎沸，令她無法再集中在自我的憂傷之中，一回頭，她看到的情景，令她大吃一驚。

繼把顧力拘捕之後，成營的官兵衝上山腰，尋到了大牛的墳前，也把顧貞不由分說的帶回衙門去。

呼天搶地的人是朱菁，也就是顧力與顧貞的母親。一日之間，一雙子女忽然無端的被捕，她是叫天不應，叫地不聞的。

在投訴無門的情況下，朱菁只有逐個小窰大窰的去把丈夫翻出來。

顧琛正躺在一個小煙檔內麻木地生活着。他知道沒有鴉片吸食的可怖與為難，卻不知有大煙可抽時又能快樂到甚麼田地。

對顧琛這種煙癮已深的人來説，生命的延緩只有一個目的，就是麻醉自己，不要感到痛苦，那就成了。

甚麼人生的意義，為人父為人夫的責任，工作滿足感所帶來的存在價值，以致社會的道德與國族的榮辱等等，對他都是沒有感覺的。

他甚至不在乎有沒有親人。

身邊的親朋戚友，唯一的作用是在他需要繼續麻醉自己時，向他提供方便。

當然，最先離棄這種廢人的人是朋友，繼而是他的親屬。

像朱菁一家，仍然眷念着親情，仍以顧琛為夫為父的人實實在在是不多的。

朱菁的鄰居趙大嫂跟她的際遇大同小異，趙大嫂最終是離開趙大哥遠走他方，不再回來了，臨走前，她去向朱菁話別。朱菁問她：

「為甚麼你要走？」

「因為我的心已死，我的身體要繼續生存。」

朱菁現今體會到自己的處境，她的心如果不是仍然對一對兒女有所牽掛的話，也早就已經死了。只有骨瘦如柴，甩甩盪盪的一個軀體仍然勉強支撐着活下去，實在是沒有意思的。

故而，顧力與顧貞的忽然被捕，把她僅有的一點生存的心意也要扼殺的話，就不如早死了。

她找到了顧琛之後，其實仍是一無所穫的。

顧琛能做些甚麼呢？

當丈夫這樣問她的時候，朱菁也答不出來。

「嘿！有甚麼叫做冤枉他倆呢？」顧琛因為吸了兩口煙，人比較精神了一點，於是連連瞪了妻子兩眼，也比較清晰地回答她說：「甚麼熱鬧好湊？去暴動？去示威？在洋鬼子跟前吶喊抗議？他們真不知好歹，如今給官府抓去了，叫做活該。」

「琛，他們是你的親生兒女。」

「那我就是他們的親生爹了，對吧！他們有甚麼是孝敬我的，問他們要一兩個子兒比登天還難。這種子女認來有甚麼用？你老實地說，如果有一日你先走我一步，他們會不會仍照顧我了，我相信他們不會，哼。」

朱菁不敢作聲，父子之情，倫理之念，早已經在鴉片煙槍之下斷送了。

顧琛只是仍不覺醒罷了。

當然，朱菁看到這顧琛煙癮發作時那種生不如死的失態，她明白病入膏肓的人，要他覺悟前非是根本不可能的事，也就無謂在那個死結上糾纏下去了。

朱菁只道：

「琛，別的不說了，就看在將來，我老而無依無靠份上，你想辦法把兒女們救出來。」

「嘿！」顧琛冷笑：「我會有甚麼辦法？我連要籌錢去吸兩口煙的辦法也沒有，怎麼去想辦法救他們。」

「琛，這樣吧，我去籌錢給你抽煙，你去把孩子們營救出來。說到底，你在那些大窰小窰內出入，人也多認識幾個。」

顧琛想，從前跟李富和張鏢是認識的，畢竟他們也曉得官府的人，可是現今這兩人都避官府鋒頭不知避到哪兒去了，怎麼還有門路去調查那一雙兒女的官司情況呢。

這番情況給朱菁說了也是白說，反而讓她有點希望，趕快把錢籌到手裏來才是正經。

於是顧琛哄朱菁說：

「好吧！我們分頭進行，你好好的儘量籌，要打通官府就不是一兩個錢就辦得了的事。」

朱菁怎麼辛苦攢營籌款，且不去說它了，這顧琛根本就沒有把整件事認真的放在心上。

他只跟煙窰的管事蔣七說：

「七哥，有沒有見到李富和張鏢了？我找他們有事。」

蔣七乾笑：

「太多人找他們了，都說有事，連官府都找他們，更是大事呢！」

「真的不見人影了？」顧琛把一張髒臉延到對方的跟前去，噴出一口惡臭的煙味來，連蔣七都下意識地掩了鼻，退後兩步。

「見到人才告訴他們，說是你急着找他們吧！」

顧琛點點頭，也就腳步浮躁地離開煙窰了。

他壓根兒回轉頭就把要營救兒女一事忘記了。

顧力與顧貞被官府抓進牢裏去之後，是分開男女監倉囚禁的。

罪名早在翌日提堂時就宣讀清楚了。

顧力是教唆羣眾向商館要員襲擊，同時領導暴亂，擾亂治安，而顧貞的罪名較次，是幫兇。

「這樣的罪名可大可小，真要看官府怎麼個判法了。」這句話是由一個意想不到的人說給顧貞聽的。

這人顧貞認得。

她是醉紅樓的杜三娘。

杜三娘是在顧力和顧貞兄妹被囚的七天之後才去探監的。

顧貞見到了杜三娘，反應有點遲鈍。

這七天以來，沒有人來看望她，跟她講過任何話。在監倉裏，跟一個蓬頭垢面，半瘋半癲的女犯人關在同一個囚室之內，實實在在的難受死了。

對方一直保持緘默，但忽然間發作起來，就會跑到顧貞跟前來，細細的打量她。然後就好像一隻頑皮的貓見了地上有隻蟑螂，會得時而喜歡就拿爪壓住牠，叫牠既驚且懼，又動彈不得；時而讓牠走開了，又把牠截回來，到玩膩了，才真真正正的放過牠。

顧貞被那瘋婦久不久就攢頭捏頸的無意識的玩弄着，真是嚇得三魂掉了七魄這兒，完完全全的是叫天不應叫地不聞。

除了保持絕對的鎮定與沉默，沒有更好的應付方法。

顧貞等待了幾天，官府也沒有再提問，更遑論審案，她寧願受審、被判刑，勝過現在莫名所以的被軟禁着，這使她益發憂慮。

前景再壞，還可以有個打算。

前途再差，也有黑暗之後的黎明。

最為難的是前景不明朗，前途茫茫，不知去向。

人為甚麼明知有一死而怕死，就是死後不知何去何從。這種不肯定令人產生巨大的不安與恐懼。

顧貞年紀還輕，她才十八歲。

朱菁其實並不比她大多少，她是二十歲生顧力，二十三歲生顧貞的。只不過經歷不如意，兼且貧窮，叫她顯老。

十八歲的花樣年華，是幼嫩的，是無知的，是不應該擔驚，也不必受怕的。

然而，顧貞現在的情況令她有很大很大的精神壓力。

她有生以來，第一次在沒有親人的情況之下，在如此一個惡劣的環境內獨處。

且讓她整個人懨懨一息地過了七天。

她的神經在極度刺激之下，慢慢變得鬆弛。

她的精神在非常疲倦之下，漸漸形成呆滯。

故而她見了杜三娘，並不明白為甚麼她會來看望自己。

顧貞一時間也不打算在這個問題上細想。

她只望着對方出神。或者從她的眼神中可以看得出，她懶得再在這個問題上下功夫，她只平靜地等待答案。

杜三娘問她：

「你聽到我剛才給你說的話嗎？」

顧貞點頭。

「你打算怎麼樣？」

「我能怎麼樣？」

「你可以出去。」

「出去？」顧貞的神經被刺激了，她會得迅速反應：「你的意思是放我出監，判我無罪？」

「對。能放你出去，自然是無罪了。」

「那麼，我哥哥呢？」

杜三娘笑了。

這孩子只不過是一時間嚇呆了，還是有用的。

她回答顧貞：

「如果你能出去，你哥哥自然可以出去。」

「甚麼時候？」

「很快。」

顧貞的思路開始澄明了，她問：

「誰說的？」

「我說的。」

「你？」

「對。」

「你……你是誰？」

「這個問題問得好，顧貞，你忘了，我是杜三娘，醉紅樓的老闆。」

「我記得。」

「那就好。這幾天來，你委屈了，嚇着了，只消出去了，就一切回復正常。」

「為甚麼你說我能出去我就能出去？」

「你不相信？」

「總有個說法，對不對？」

「對。我們之間要有些交換條件。」

「那是甚麼？」

「你到醉紅樓來跟我幹活。」

杜三娘這樣清清楚楚地說了。

顧貞也聽清楚了。

她定神地想了一會，語音平和地答：

「如果我不答應呢？是不是我和哥哥都不可以出去了？」

「比你想像的情況嚴重得多。」杜三娘說：「你要聽嗎？」

「你說吧，反正我在聽着。」

「你的遭遇且不去說它了，有了這幾天的經驗，你不難想像在這種鬼地方熬上幾年會變成甚麼樣子。跟你同一個監倉的那一位，聽說也是受了冤屈被關進來的，才不過是兩年多的功夫，就變成現今的模樣。你哥哥呢……」

「我哥哥會怎麼樣？」

「煽動羣眾進行暴亂是斬監訣。」

「不。」

顧貞尖叫。

一聲之後，整個監倉生了一陣回響。

令人寒心刺骨，不自覺地連連戰抖。

「不，不，不，不。」顧貞一直搖頭，一直退到牆角去，直至退無可退。

「你鎮定點。」杜三娘說。

「你們這是冤枉他的。」

「不是冤枉，有人證。」

「你？」

「我算得了一個甚麼人物？當日你們追捕的兩個洋人才是有力的人證，他們有錢有地位有身分，他們說的話算數，明白嗎？」

「不，我們是冤枉的，英國人太欺負我們中國人了。」

顧貞終於急出了一臉眼淚來。

「為甚麼我們中國人不幫助中國人？為甚麼要跟洋人一起來欺侮自己人？為甚麼？」

「天下間的情事很多是解不通，識不透的。」杜三娘這樣答。

「不！」顧貞以手背把臉上的眼淚一下子擦乾，道：「我明白，因為你們不愛惜民族，也不愛護國家，你們貪圖個人利益，不惜把別人的幸福犧牲掉，這就是解釋，這就是道理，對不對？」

「對。」

「你承認了，你知道你有多可恨、可憎、可惡、可鄙、可怖嗎？」

「那又如何？」

問得好。

那又如何？

顧貞呆住了。

「中國這麼多人，有一半是我這類人也就是了，眾人皆醉我獨醒的日子過不下去，那就一起酩酊大醉吧，就這麼簡單。」杜三娘說：「譬如今日的你，你能怎麼樣？既已被厄運挑中了，只有兩條路可走。其一是轟轟烈烈的，寧死不屈，在這黑暗的牢獄中過掉一生。你父親是個煙鬼，你母親孤零零的一個人撐着養活你父親，直至撐不下去為止。你兄長呢，那是不必多說了。其二是你走進醉紅樓，你哥哥也可以重出生天，安排好帶着你母親遠走高飛的話，那就更好。兩個選擇之中，我不認為你會挑前者，這是人的命運。輪不到你講忠孝節義時，你就要作奸犯科；做不成聖女，只好做妓女。」

杜三娘陰惻惻的微笑起來，她等待對方的答案，看自己是不是猜得中。

顧貞在醉紅樓過她的第一夜時，她是清醒的。

杜三娘囑咐連蓮來陪她教她，顧貞還是很細心的聽講。

很多事情不是一學就會的。

顧貞認為自己的聰敏並不在這種地方。

連蓮問顧貞：

「你知道杜老三要你接的第一個客人是誰？」

顧貞搖頭。

「她沒有告訴你？」

「沒有。」

「那是怕你應付不來。」

顧貞聞言驚心，抬起頭來，雙眼濕濡，望着連蓮。

「也許我不該告訴你。」

「連姐，有甚麼話到今日還是不可以說的呢？」

「唉！你太嫩了吧？」

「我十八了。」

「嗯，還好，我以為你只有十五、六歲。」

「這有相干嗎？」

「看你的頭一個客是甚麼人，是洋人的話，就比較……」

「洋人？」顧貞愕然。

「老三真是的。我也不明白為甚麼不可以讓你過多幾個月才接那叫羅渣的英國客，他是不大好惹的，我們這兒的姊妹全知道。」連蓮愈說愈有氣的樣子：「算了，反正我算為自己積福，我去給老三講清楚，甚麼客都不相干，就等你先適應了再算。」

連蓮站起來就走，倒是顧貞叫住了她：

「連姐，不必麻煩了。」

「甚麼？」連蓮回轉身來，驚詫地問：「我是為你好。你真不可以想像嫖妓的洋鬼子的獸性。」

「反正是要熬的苦，熬過了就不怎麼樣了，是不是？」

連蓮望住顧貞好一會，重新坐了下來，翹起了腳，攤開一雙手，底底面面的欣賞着，然後閒閒的問：

「你真的只有十八歲？」

「你剛才不是認為我還應小兩歲。」

「嗯！」連蓮苦笑：「我看錯了，人不可以貌相，你的腦袋比個二十八歲的姑娘還要成熟。」

「連姐！」顧貞蹲到連蓮的跟前去：「你是千真萬確知道杜老闆要給我安排的客人是那個英國頭目叫羅渣的，就是在廣場暴動當日躲到這兒來的兩個英國人之中一個是嗎？」

「聽說是的。」連蓮忽然想起了：「是不是那天闖下的禍，那兩個英國人見了你一面，就上了心了？」

顧貞嘆了一口氣，道：

「現在是甚麼都不要緊了。」

「也太遲了，一切都是命定的。」

「連姐，如果你真能幫我的話，我求你一件事。」

「甚麼事？」

「帶我出去。」

「出去？離開醉紅樓？」

「對。可是，只一會就回來。求你。」

「是回家去見你娘嗎？」

「不。我不要見我娘了，見了她，就必不讓我回來了。我但願哥哥如今已經帶着她高飛遠走就好。」

「唉！真是家家都一潭眼淚，訴不盡的苦衷，說不出的委屈。」連蓮說：「那你要去甚麼地方？」

「掃墓。」

「嗯，又是一段千萬年都還不了的情債。」連蓮苦笑：「好吧！就作你的保人，跟老三說，你要出去拜一次神。」

「這麼說，她會信嗎？」

「信與不信不是她讓不讓我們出去的憑藉，就是胡亂告訴她一個借口也成。我們這種人拜神來幹甚麼呢？沒得沾污了神壇前的跪墊。嘿！」

就這樣說妥當了，連蓮去拿了這個大人情，就陪着顧貞上大牛的墳去。

「我在這樹下坐着等你，反正我沒有興趣聽你講給死人聽的話。」

顧貞沒有解釋，其實她並沒有跟大牛說些甚麼話。

顧貞只想靜靜地坐在大牛的墳前，在溫柔的陽光下吸一口新鮮的空氣，讓微風吹拂着，讓腦袋可以更清醒地回憶一下這十八年來的往事。

十八年，對於一生無疑是短暫的。

但對於一個人的回憶容量來說，就有很不少值得細味重溫的往事了。

顧貞的腦海裏不住的出現母親、哥哥、大牛的模樣，以及跟他們共處時的場面。

這三個她畢生最親近的人所說過的每一句話，他們所有過的動靜，所做過的一些事，她都記憶得如此清晰。

尤其是大牛臨終時的情狀，她一點一滴地重新回憶一遍。

她記得左鄰右里去把她找回來時，給她說過的話：

「大牛是給那個羅拔臣其中一個親信殺掉的，那個洋鬼子右手扳動手槍時，我看到他臂上有條長約三吋的刀痕。是他，一開槍，鮮血就從大牛的胸膛如泉般噴湧出來了。」

右手有一條三吋長的刀痕。

這是一個很容易辨認的記號。

顧貞不會忘記。

日落西山，飛霞滿天，映紅了整個兒時玩樂的小山坡，給顧貞留下了一個非常非常淒迷艷麗的印象。

她如許滿足的與連蓮一同下山去。

連蓮說：

「從今就是一個新階段的開始，我想你的心理準備足夠了吧！」

「謝謝你，連姐，無怨無悔無恨無懼，心平氣和，迎接未來世界，你說好不好？」

「好。」

連蓮這個「好」字是回應錯了。

她並未能捕捉到顧貞的意思。

當晚，月華高照，醉紅樓內如常的觥籌交錯，燈火通明。這種紙醉金迷，夜夜笙歌的生活的確迷倒了不少人，尤其是作客異鄉而又腰纏萬貫者，他們太樂意一擲千金去換取一夕歡愉，這風流的一刻不只代表肉慾的發洩，而且是自尊的膨脹。當一個人被悉心盡意地服侍以捧到極點，讓他如神似帝，飄飄欲仙的時刻，是最能令他自覺不可一世的，這種感覺是最最最具誘惑性的，也是最最最好的享受。

因而，溫柔鄉內的長夜總是苦短，當整個醉紅樓都沉醉在馨香的細喘，甜膩的美夢之際，忽爾，劃破黑漆長空的一聲慘叫，就額外的能使人驚魄離魂，毛骨聳然。

當那個洋鬼子羅渣從顧貞的新房之內走出來時，他的臉容扭曲，憤怒、驚惶、痛苦、駭異、迷惘的表情在他橫生的臉肉中亂竄，教人看到除了大驚失色之外，實在一時間無法適應。

「甚麼事？發生甚麼事了？」

醉紅樓的人都隨着那聲慘叫衝出長廊，互相追問究竟。

完全沒有人有心去研究為甚麼羅渣會有那個可怖至極、令人望而驚心動魄的表情。

直到杜三娘走近羅渣，問：

「發生了甚麼事？」

她看着羅渣的臉色開始發白了，不禁情急地伸手去緊握對方的雙臂，準備搖撼他，要他回應，竟然，她伸手要緊握之處落了個空。

杜三娘回過神來思考剛才一把抓住了一團空氣似的感覺，她大吃一驚，太恐怖了。再往羅渣的右手望去，杜三娘驚叫起來，羅渣的右手不見了，甩甩蕩蕩的上臂，不住地流湧着鮮血。

這麼一發現，羅渣才曉得說話：

「我的臂膀沒有了，你那個中國女人，把我的手臂給斬下來了。」

是誰個中國女人如斯殘忍、狠毒、狠心，竟然把他的右臂給斬下來了？

不消說，所有醉紅樓的人都意識到是誰做的。

杜三娘和連蓮駭異到難以形容。

一個手無搏雞之力的女人，心中有多少的仇恨，才能凝聚這份勇氣和力量，出了手下殺戒。

人們沒有想過顧貞這麼個手無寸鐵的弱女子會那麼的心狠手辣。

然而，如果跟着走到她的那間所謂新房之內，看到顧貞時，任何人都會認為顧貞把羅渣的手斬下來是最起碼的、完全可以理解的行動。

幾乎全裸的顧貞屍體橫陳在牀上，她美麗的黑白分明的眼睛乾瞪着，沒有閉上，口中食進的鴉片煙膏實在多得不能再嚥下去了，因而更顯得恐怖。

然而最觸目驚心的還不是她的死狀，而是她渾身上下竟無完膚。一個溫柔得如小貓的女孩子，那白裏透紅的皮膚全部變得瘀黑瘀藍，一塊一塊，還有很多很多處似是被煙火故意灼傷似，紅中帶焦。一個女體能承擔的折磨有多苦，都能在顧貞的身上發現。

她死了，反而好，反而安祥。

這件青樓慘案傳遍了廣州城，街知巷聞，但沒有人公開在人前討論。人們太不忍心再提起顧貞的悲慘遭遇。

連一向擺明車馬、唯利是圖的杜三娘都下令醉紅樓休息半個月，才再行復業。

沒有人問起那個凌辱顧貞至盡至極的羅渣，在被顧貞斬斷了右手之後的去向如何。相信他已經賣棹回國去。

坊眾關心的是顧貞葬在哪兒。

顧力原先要到香港去。那是顧貞在答應杜三娘的交換條件之後，確定顧力自由了，顧貞就勸他，先到香港，紮了根了，再把父母接去，最後才輪到為顧貞脫身。

可惜，人還未啟程，就聽到這個慘變。

顧力和朱菁都痛不欲生。

痛歸痛，正經事還是要辦的。

母子二人合力把顧貞葬在大牛的身邊。

那是理所當然的安排了。

朱菁在女兒的墳前哭得死去活來。

顧力有生以來第一次看到一個女人的眼淚原來可以如此多。

他心上的絞痛令他的神經極度緊張，全身的肌肉都麻痺，可是，他流不出眼淚來。

想到妹妹在臨死時曾受過的侮辱與磨難，他只有填膺的憤怒，滿腔的仇恨。

他其實不想流淚。

他只想報仇。

一個男人可以對一個女人強暴凌辱至她體無完膚，壓迫到她真的可以有勇氣把報仇的概念赴諸行動，那是如何淒厲的、如何悲壯、如何激動的一回事。

是的，他應該收拾難堪，收藏痛楚，腳踏實地，實事求是。把那害了一條美麗而善良生命的元兇抓出來正法才對。

「娘，別哭了，我們回去吧！」

顧力攙扶着朱菁，要她離去。

「我捨不得。」

「總要捨得的是不是？」

「力，」朱菁揩了淚，很認真地說：「你趕快到香港去。」

「娘，不必去了，阿貞為了救我，把自己賣給醉紅樓，才要我帶着你走。現今，人都給害死了，我就不需要走了，不但不走，我要查出那斬千刀的洋鬼子去向，然後……」

「力！」朱菁急喊，她甚至下意識地回轉頭，看這荒山野嶺會不會是隔牆有耳：「你不能這樣。」

「娘，你不明白。」

「我明白的，不明白的人是你。人死了你尤其要快走。」

「為甚麼？」

「阿貞賣身的條件是換取你的自由，可是她人死了，而且斬了那洋鬼子一刀，等於沒有履行她承諾的責任，他們會放過我們嗎？」

「娘。」顧力咆哮：「這世界是如此不講道理、毫無仁義可言的世界嗎？我不相信。」

「兒啊，你還真沒有看清楚這年頭的世界了，你年輕，你還有憧憬……」

朱菁的這幾句話蒼涼過寒夜裏的那陣山風，叫人滲骨的戰抖起來。

「娘，我不走。」

顧力的語調很堅決，他再問：

「娘，你會願意跟我一起走嗎？」

如果朱菁答應一起遠離家鄉的話，顧力是會答應的。

朱菁握住了兒子的手，緩緩地答：

「你知道我不會走。」

「那我們就不走吧！」

朱菁點頭，她，早已視死如歸。

生命缺乏了生存下去的意義，就是結束了又有甚麼相干呢？

只可憐年紀青青的孩子們，他們應該仍可以找到生命的價值，縱使是很低很低的價值，只要有，也還應該活下去的。

對朱菁，她是真的連這一丁點兒留戀人世的憑藉也想不出來，活着對她是一日延續一日的無可奈何。

她決不如兒子般天真，認為活在今日的環境內，他們還有資格向迫害他們一家的洋人討還公道，她只期望已是賠上了女兒一條清白而可貴的生命，就令對方會稍稍舒緩對他們的壓迫。

可惜，妥協與讓步永遠不是最佳的防衛策略。

天下仍然是為得寸進尺的霸道者所佔據。

連命運都會是欺善怕惡的。

朱菁曾有過的顧慮，已經在逐步實踐的階段。

在斷臂的羅渣被送回國去療傷之後，卡爾有新的責任在身。

他幾乎受身邊所有的英商鼓勵和委託，應該對羅渣斷臂一事作出處理。

總的一句話，英國人在中國土地上受到了傷害，就應該由中國人向英國人作出交代。

顛地義正辭嚴地教訓羅拔臣說：

「我們大英帝國之所以強盛，在乎有嚴明的法律管治。不管原因與過程，我們只審視結果，結果顯明是違法的行為，就必須追究與賠償。」

這是辦事的原則，至於細節，就由羅拔臣囑咐卡爾說：

「譬如劫富濟貧不錯是俠義行為，但一涉及打劫，就是違反法例的，需要懲治的。我們公司有責任保護遠道來中國經商的屬員，羅渣的父母與妻兒在英國可以發動的民意，可大可小，小可以影響我們公司的士氣和聲譽；大則可足以動搖顛地先生在國會議員心目中的分量和他在議員之間所發揮的影響力。總的一句話，不管羅渣嫖妓對不對，不管他通過醉紅樓杜老三有甚麼暗地裏的交易，而這些交易是否合法合理，他的身體被非法地傷害了，有關人等就要作出賠償。至於要甚麼樣的賠償，甚麼樣的交代，你可以拿主意。其實，討還公道是精神上的安慰有甚於物質的回報。」

英國人的外交手腕與心思從來都是最捧的。犀利之處在於精通斷章取義之運用，善於雞蛋裏能挑出骨頭來，更能把行事者的良知進行合情合理合法化，以便義無反顧、理直氣壯的完成任務。

卡爾就在這種精神狀態與心理準備之下，翻出了備受他保護的兩個中國人來商議大計。

這兩個人是張鏢和李富。

他們自從策動劫刑場事件之後，總得避鋒頭，於是受到羅拔臣的庇護，在有充足經濟支援下藏匿起來。

只須卡爾通知，這兩人自然會亮相。

「羅渣成為殘廢是很冤枉的事。」卡爾的開場白是這樣的，先講明了立場，再行提供他認為充分的理由予以支持。

卡爾繼續解釋：

「嫖妓是真金白銀拿出來給妓院換取優質服務的，在中國國土之上，沒有明文禁止妓院的成立，妓女的存在，等於承認娼妓的行為是正常的正當的。

「這種娛樂對我們這班離鄉背井的營商者而已，也是可以理解的。

「故而在中國土地上，我們的合理行為得到了不合理甚而不合法的殘酷對待，我們必須要求有關方面作出交代。你們是否明白這個原則了？」

李富似懂非懂的點頭，對他來說，卡爾說甚麼就做甚麼，他其實是無心裝載這些理論的。

從來，他都是聽命於上，行事了，得到了他認為滿意的報酬就成。

張鏢的表情比較肅穆，他聽完了卡爾的說話，淡淡然說：

「把羅渣先生的手臂斬下來的妓女不是已經死了嗎？」

「她算是畏罪自殺，吞了鴉片煙死的。」

「這還不能算一個交代？我們還要做甚麼呢？」張鏢問出這個問題來，膽子還算是不少的。

卡爾有點辭窮。

他沒有想過需要提出更多理由去證明他們要策動的行動是正確正直，甚而是正義的。

聰明幹練，兼富有經驗的他，也要稍為沉思片刻，才找到更漂亮的藉口：

「我們也考慮過這個問題，情況是那妓女手無寸鐵，兼且是弱質女流，憑甚麼她會執起鋼刀來下此毒手。我給你們分析吧！這姓顧的一家不是好東西，策動暴亂，他們明顯是中堅分子，這點鐵證如山，我和羅渣是目擊者之一。被官府拘捕之後，是走了杜三娘的路子，把他們營救出來了。那叫顧貞的女子很明顯地是受到了她父兄的教唆，還要斬我們英國人一刀以洩憤，尤其是羅渣和我當日被他們窮追不捨，因而結的怨甚深。如果那夜嫖客不是羅渣而是我，一樣會被害。」

這番推論講完之後，卡爾沾沾自喜，心上不由得佩服自己的急智來。

畢竟他是見過世面的人，政治這門學問多少有點底子。

要對付像張鏢這種江湖粗漢子，是不費吹灰之力的。

最終，卡爾加上結語，道：

「本來，追查真正的幕後主謀是官府的責任，但，很可惜，你知我知，中國官場説有多黑暗就有多黑暗，貪官污吏碰面皆是，要他們為我們英國商人伸冤是很艱難的事。尤其是在今日，人人忙不迭地準備巴結上任的新官了，更視我們的冤屈如無睹，否則，你張鏢也不需要我們出資支持你營救許金水了，是不是？」

話既然説到了這關節兒上頭，張鏢知道不管洋人是理直抑或理虧，又一次的勾當需要幹定了。

否則的話，英國鬼子翻臉不認人，固然可以重託別的流氓地痞去了結這重羅渣的公案，同時，他們停止支付給那班負責劫刑場的手足的錢，際此風聲鶴唳，紛紛找路逃亡之時，就更加受到制肘了。

有了這主觀與客觀的條件限制，是不由得張鏢再行翻出良心來處事的。

張鏢只問了最後一個他認為是極之重要的問題：

「卡爾先生，這件事由我包攬上身，必為你提供滿意的結果。然則，可否代向羅拔臣先生轉達一聲，我們一班為你們出生入死的兄弟們，需要領取一筆白銀，好高飛遠走，總要避過官府這陣子的緝令才是正辦。」

「成。」卡爾毫不考慮地答應了。

張鏢把從羅拔臣處領回來的最後一筆白銀，交到李富手上去，說：

「阿富，你拿了去分給眾兄弟，用作安頓家小以及分散逃亡之用，這年頭，跟洋鬼子糾纏下去，叫做沒完沒了。違背良心的事怕也不能無止境的幹下去，幹多了會積翳出重病來，怕也活得不長了。」

李富問：

「那麼，顧力家的事？」

「這姓顧的算是倒霉之至，」張鏢說：「聽說那顧貞還是死得很慘的，洋鬼子的變態行為非我們能想像，否則，見錢開眼如杜老三，也不至於心灰意冷到要閉門思過，整座醉紅樓都奄奄一息似的。」

「可是，我們拿了洋鬼子的錢……」

「這由我替他辦妥就是，你就別管了，總之拿了錢的，要走快走。現今我們是四面楚歌，現任官府不放過我們，不久，朝廷欽差駕到也要對付我們，還加上那班人皮獸心的英國煙商，日子在廣州城是過不下去了。」

「鏢哥，你保重。鏢嫂和家小……」

「唉！」張鏢嘆一口氣：「把我應得的一份銀子全交給我家裏頭的女人就是。」

「那麼，你呢？」

「我？一條身子好辦事，你還不放心我嗎？」張鏢冷笑：「我的心從沒有像現今般平靜過，很多事發生着令人想通一些道理來總是好的。」

說完這話，張鏢想這眼前的手下李富，也不會聽懂了，於是囑咐他：

「你不是說過蔣七告訴你，顧琛在他的窰子裏出入？」

「對。」

「囑咐老七，由今日開始，不管顧琛抬多少擔金子來，別把大煙賣給他。同時通知其他窰子都一律照辦，然後把顧琛帶來見我。」

顧琛不是被蔣七帶來見張鏢的。

嚴格來說，他是被蔣七的兩個手下抬着來見張鏢的。

才不過兩天的煙癮發作了，顧琛已經不像個人，只似一灘爛泥，口水鼻涕眼淚毫無自制地橫流一臉。他全身僅餘的力氣，就是不住的喘息，匍匐在地上，用雙手不住的往周圍抓，希望抓到甚麼東西作為依傍似。

形容這樣子的一個伏在地上蠕動的物體為一個生人，倒不如説像一隻患重病正在彌留的狗。

「怎麼樣？顧老琛，老七説你找我是不是？」張鏢問。

「鏢哥，救命，先救了我的命再説。」

「你很辛苦了，對嗎？為甚麼不抽口煙提一提神呢？抽過了不就可以站起來跟我好好説話了。」

「鏢哥，就是這話，他們不讓我抽，我有錢的，我有……」顧琛以顫危危的手拚命往口袋裏掏。

「來吧，招呼老顧抽一口煙再説。」

張鏢向蔣七打了個眼色，立即就有人把裝好了煙的煙槍送到顧琛跟前去。

他，活脱脱如沙漠中烈日之下幾乎已經喝死的一頭狗，以前爪捧住了救他老命的那管煙槍，拚命的吸啜着。

對煙民來說，吸食一口鴉片的過程是神奇之旅，迅速地把他們從地獄扯回天堂。

雖明知心目中的天堂是假象，是他們有限日子的慢性自殺彌留之所，但為了這最後一個人生階段的逸樂，他們無可選擇，不能自控，也心甘情願出賣自己以至於所有人。

因而當張鏢向顧琛提出他的請求時，是出乎意料之外的順利。

張鏢說：

「你女兒顧貞死了不能就這樣算數，英國人估計你兒子顧力才是主謀，是他慫恿妹子下毒手把羅渣的右手給劈斷的。所以你得大義滅親，舉報他，協助我們擒拿他歸案。」

「這……鏢哥。」

「你的苦頭受夠了，不要再添無謂的酷刑給自己了，是不是？」

「是的，是的。」

只要顧琛想起了煙癮發作時的極度難堪，不願為人，他就不顧一切。

反正人生也不過是這麼幾年光景，兒女都是前生的孽債，既把他們生下來，他們就得為父母的安樂而盡一點的責任。

這年頭，誰又不是受苦受委屈的呢？

如此一想，就連心上殘餘的一點婉惜與顧慮也蕩然無存了。

張鏢於是囑咐他，先回家去部署一切。

顧琛吸足了鴉片煙，便又是行屍走肉一名。

他大模斯樣地回到家裏去，見不着顧力，心裏就有些發急，於是立即抓住朱菁來問：

「阿力呢？往哪兒去了？他會回家來嗎？還是你叫他跑了？」

朱菁沒有當即回答，她好奇地望着自己的丈夫。

「你答我呀，我要找顧力。」

「你找他幹甚麼？」

「不是我找他，是別人找他。」

「誰？」

顧琛有一點點的後悔，他其實不必讓妻子知道得太多，她是會害事的。

「不是你的事，你就少管。」

朱菁閉了嘴，沒有再講話。

她有着很深的疑慮。這做父親的從不過問兒女的生死，甚麼情況令他關心起顧力的去向了？

「唏！」顧琛重新叫住了朱菁：「顧力不是跑掉了吧？」

「他如果真的跑掉了又如何？」朱菁問。

「那我可慘了。」

「為甚麼？」

「我這條老命被他害慘了，他呀，一人做事一身當，主使妹子把人家洋人的手臂給斬下來，以為這樣一走了之就可以逍遙法外嗎？害死了妹子之後，還要把我也連累死了。」

「甚麼？你說甚麼？」朱菁慘然：「你說顧力是主謀？」

「他不是嗎？」

「憑甚麼你這樣說了？」

「洋人這樣子說了就是了。今時今日不是以洋人說的話作準嗎？」

噼啪一聲，清脆的耳光就打在顧琛臉上。

顧琛和朱菁都一下子嚇呆了。

顧琛從沒有想過朱菁會膽敢動手打他。

朱菁一輩子也不認為這竟是會發生在自己身上的事實。

人到了某個容忍的極限會失去自控能力，會瘋狂，會有不可以常理測度、不能以常情推算的一些行動產生。

顧貞把羅渣的右手斬了下來是個例子。

朱菁掌摑了丈夫又是另一個例子。

才不過錯愕了一分鐘的功夫，顧琛就像一隻癲狗似撲過去，對妻子拳打腳踢起來。他甚至愈打愈興奮，愈覺得能把多日來所受的委屈發洩出來，於是只要能抓到的東西，包括木櫈子、枱上的沙鍋，都抓起來使勁地扔向朱菁，打得她頭破血流，滿身傷痕。她沒有抵抗，只下意識地在摔倒地上時爬到木枱下暫避。

然後顧琛一邊喘着氣，一邊咒罵道：

「賤婆娘，你敢打我。告訴你，今生今世，只有我罵你，我打你，甚至我殺你的份兒，哪怕我真的把你宰了，你還是姓顧的冤死鬼，沒有我，你能生得出顧力和顧貞嗎？我喜歡怎樣對付你們都成。你敢讓顧力這畜牲逃出廣州城的話，我就告你是主謀，綑了你去交人，讓洋鬼子和官府來對付你。

「你若還顧念你自己和我的安全，顧力回來你別讓他走，我等下回來就叫他去當着洋鬼子面前交代。怕只不過是賠賠罪，認句錯就了事，再大不了，關在牢裏幾天就會放出來，總得讓洋人們洩一口氣。」

說罷了，伸手摸一摸他那被打的、仍是熱辣辣的臉，就拂袖而去。

朱菁緩緩地從木枱下爬出來，抓住了枱腳，借力重新站起來。

鮮血從額角流下來，滴進她的眼睛內，叫她只能瞇起眼來，摸向廚房找灶邊那盆清水，為自己洗滌傷口。然後她把止血用的藥散，敷到傷口地方去，止住了血才是當前急務。

家裏只有她獨個兒。其實，自從嫁進顧家來，就只有她孤寂地一直生活着。

心靈上她從沒有過一個伴。

所有生活上的折磨、困難、艱苦、委屈，她都習慣獨自容忍、接納、消化。

這一趟是個例外嗎？

朱菁只能自己好好的思考，作出她認為正確的決定。

傷口稍稍處理過之後，她給自己倒了一杯清水，撐坐在廚房門口的天井內，一邊回過氣來，一邊讓自己適應損傷處所傳來的陣陣痛楚。

能夠感覺到痛，還是件好事。朱菁這麼想。

她這個黃昏實實在在的很努力地思考問題，想得非常的、從未試過的徹底。

直至眼前的景物漸漸的褪色了、暗淡了，朱菁方發覺是日落時候了，才霍然而起，重新衝進廚房去。

她要趕快在丈夫回家之前，把要燒的飯燒好。

這對她來說是重要的，尤其是在今天。

朱菁要跟丈夫好好的坐下來，吃一頓晚飯。

然後她準備開心見誠的，把這些年來積壓在心頭的一些想法、一些理念、一些意見，以致一些決定，都給丈夫述說清楚。

這樣，她就無憾了。

當顧琛重新回家來時，一腳踏進門口，就嗅到飯香。

他拉開了木櫈，坐得四平八穩，向廚房喊了一聲：

「回來了。」

朱菁從裏面回應，道：

「好哇，這就來了。」

果然，只一會兒的功夫，就捧出了兩味粗菜，冒着輕煙，是熱鍋燒出來的，材料不怎麼樣，但有一股新鮮的惹人口味的鑊氣，這無疑是吸引的。

朱菁為丈夫與自己都盛了白米飯，夫婦倆無言地用着這一頓晚飯。

「阿力還沒有回來？」顧琛問。

「還沒有。」

「他甚麼時候回來？」

「不知道。」

「他會回來嗎？」

「會，肯定會，你放心。」

「那就好。」

顧琛大口大口的吃着妻子為他盛的飯，添的菜。

朱菁繼續說：

「你沒有上過阿貞的墳？」

「白頭人不送黑頭人，你偏要去白傷心，我可不幹。」

「琛，將來我們去世了，要葬在女兒附近，好陪陪她。」

「葬在哪兒都一樣，哪怕暴屍荒野，餵了野狼野狗也不打緊，誰管得了這等身後事。」

「你跟我的想法從來都未曾一致過。」

「嘿！」

「你想過嗎，你生下來到如今，都沒有發覺自己是中國人，或者說得嚴重一點，你根本活得不像一個人。」

「這是甚麼鬼話連篇了？」

顧琛雖是這樣答應着，他並不憤怒，因為朱菁的語調不是指責，她只不過在閒話家常。

「一個人活着，有最低限度的尊嚴。這種尊嚴是做為國民、人夫、人父、人子的尊嚴，你懂嗎？你當然不懂的，因為作為中國人民，你壓根兒沒有想過要為富國強家做些甚麼，不但沒有想過，還染上一身毒癮，弄得生不如死，受制於人。

「作為人夫人父，你曾盡過甚麼責任，就更不必說了。

「你看看我家養的黃狗，生了小狗下來，誰敢欺負牠的骨肉，牠都會不住的哮吠，隨時隨地跟對方拚了再算。你呀，顧琛，何只不像個人，連頭狗都不如。」

「嘿！」顧琛這樣聽着，並不認為妻子的話有甚麼異樣，只答應：「吃女人燒的一頓飯，要聽一番教訓。我的錢若不是要來裝大煙，也會去宿妓享受一下女人的巴結與奉承，怕是另一番享受。」

朱菁沒有對丈夫的這番話作出甚麼針對性的回應，她管自要把她想說的話說完了。

「你記得我們巷口的一家姓丁的人家嗎？就是丁廣昌一家，他們原來就葬在阿貞墳地的附近。」

「提他們來幹甚麼呢？這家人太嘔心了。」

「為甚麼說他們嘔心了？」

「你忘記了嗎？他們是怎樣死的，丁廣昌的老婆忽然有一夜，當全家都在熟睡時，瘋了似的拿刀拚命把丈夫、孩子和家翁斬殺掉的，多沒有人道、多殘酷的一回事。」

「你認為丁大嫂這樣做是殘酷的話，那麼丁廣昌父子一同吸食鴉片，把丁廣昌那懷了孕的媳婦賣給富商墊枕，弄掉了她肚子裏的孩子，氣得丁廣昌的母親自殺了。那又怎麼個說法呢？」

「你這是同意丁廣昌的老婆斬殺全家了？」

「我沒有這樣說，丁大嫂這樣做無疑是刺激成狂，如果她細想之後，就不會這樣做。」

朱菁吃了一口菜，有點艱難的嚥下去，然後繼續說：

「丁廣昌父子不錯是雖生猶死，吸食鴉片的人，活着也是貽害社會國家的廢物。要大義滅親的話，也只能殺死丁廣昌父子，下了手就自己跟着一起死。下一代是無辜的，他們可以奮鬥，他們有權重新生活，何必要把他們害慘了。」

朱菁說的這番話，顧琛聽清楚了。

他忽然的覺得胸口有些翳痛。

為甚麼呢？

是因為朱菁那番話有點嚇人的味道？她說話的語調平淡得來開始有着冰冷苦澀，她又提起了令人聽而嘔心的丁家事件。

還是為了其他的原因？

顧琛開始覺得渾身的不舒服，是愈來愈不舒服。

朱菁可繼續吃她的晚飯，繼續說她要說的話：

「虎毒不噬兒，丁大嫂的瘋狂就是受了太深的刺激，這我也明白。可是你呢，女兒被害死了，不但不傷心，還為了自己久延殘喘，而出賣兒子。你這種人，也像是丁廣昌般，罪該萬死。」

「你……你說甚麼？」

顧琛用手撐着枱面要站起來，他肚子開始劇痛，下意識認為要如廁去。

「你到哪兒去了？肚子痛嗎？上廁所去是沒有用的。」朱菁這麼說。

「你究竟在搗甚麼鬼？」

「我不會像丁大嫂般趁你熟睡時斬你一刀，我怕我不夠力，斬你不死。不必這麼麻煩，在給你燒的菜中，重重地撒一泡對付老鼠的劇毒便可以了。我不妨陪着你吃，親眼看着你毒發死去，我才安心閉上我的雙眼。」

「你……」

顧琛一手打翻了整張飯桌，他到處亂碰亂撞，用手緊緊的抓着自己胸膛的衣服，肉緊得把布撕裂了，仍然不能發洩掉心上極度的恐懼，以及稍減體內的陣陣劇痛。

原來有比煙癮發作更難受的事，那就是中毒。

「你，殺害你的丈夫！」顧琛指着朱菁說，他已經再沒有能力站穩了，身體發軟地倚着牆，慢慢滑倒在地。

「對，因為你想殺害我的孩子。」朱菁答。

「他對你原來比我對你重要……」

「沒有毒癮的人比有毒癮的人都重要，顧琛，你何必再留戀，你去吧！……」

説着這話時，朱菁是淚流滿臉的。

她掙扎着，凝望着她的丈夫在一陣極端的痛楚之後，忽然完全靜止下來。

她知道自己中的毒沒有這麼深，但，很快也會如顧琛般離開人世。

朱菁沒有恐懼。

她也不後悔。

窮她的一生，她未曾有過像如今般快樂。

原來盡了自己應盡的責任而確保有一定的好效果時，是會這麼開心的。

殺死了一個該死的人，是除害。

拯救了自己的兒子，是為祖宗與社會國家留下了一個有用的人才。

這番意思，朱菁以很簡單的説話寫到遺書上去了，她相信兒子會看得到。

還有，她承認了，要斬洋人的手下來，是她和丈夫做主謀的，既然他們畏罪自殺了，就請所有人不要再追究。

那麼，她可以瞑目了。

翌日，當朱菁和顧琛的屍體被發現時，她那封寫得歪歪斜斜的信也被人搶去了。

那是張鏢。

左鄰右舍，沒有人知道朱菁和顧琛服毒的真相。

顧力是出海打漁之後才獲悉父母雙亡的消息。

他終於跪倒在父母停屍的義莊內，痛痛快快地哭了一場。

男兒流血不流淚只為還未到最傷心之處。

哭罷了，顧力站起來。

自這天始，他孑然一身，像很多很多被鴉片煙害慘的中國人一樣，他是一無所有，可是，也最最最富有。

貧窮的是指家當。

富有的是指精神。

經過慘絕人寰的遭遇之後，顧力知道強權就是公理。要徹底的報仇雪恨，不是針對一個兩個洋人，如卡爾、羅拔臣，抑或顛地。而是針對自己中國人。

只要中國富強，情況自異。

殲敵的最有效方法是強化自己。

雪恥的最徹底方式是出人頭地。

個人的恩怨在國族蒙難時是微不足道的。

顧力，和許許多多在水深火熱之中，期望着救援和領導的廣州中國人，都在深切地等待道光皇帝正式派遣的欽差大臣早日駕到。

四

林則徐是十二月二十六日抵京的。

翌晨就已經獲皇帝召見，君臣二人見了面，很有種相逢恨晚之感。

君臣固然同心，而且相互的利益是牽引結連在一起的。

道光銳意禁煙，至大的好處是他能歷朝皇帝所不能，辦成功了就可以笑傲祖宗，這是何等樣的一件萬世留芳的大事，上可報先帝，下可酬百姓之餘，回到深宮之中，還能以此功勳取悅有志氣有理想的皇后，這真是太棒了。

至於林則徐，他的利益只有一樣，就是求心之所安。活至如今，林則徐已是千萬人之上的一位名臣。尤其，在精神文明遠勝物質文明的東方古老社會內，一向清廉的他認為愈能抗拒本身的受惠條件，只為民請命，就愈是活得有價值、有意義。

世界上沒有人不爭取利益，只是個人對本身利益的定位、看法和要求不同，因而形成了人品的高下、理想的清俗、作風的優劣，如此而已。

在互利互惠互重互敬的基礎之上，這對惺惺相惜的君臣在紫禁城內幾乎是每天都見面，和洽異常。與此同時，宮外那些被鴉片害得已在水深火熱之中的黎民，那些交疊着手靜觀其變，以便看風駛幄的各省官員，那些抱着半信半疑態度看中國皇帝禁煙決心的英夷們都是相對之下比較焦慮急躁的。

等待永遠是最難受的一回事。

皇帝呢，也終於下定了決心了。

當他表示要委任林則徐全權負責對付英國商人的鴉片走私行動以及對廣州的吸食鴉片風氣作整體性懲治時，林則徐一撥官服的馬蹄袖，重新跪倒在御座之前，連連叩首，道：

「皇上聖明，奴才受此大恩大德，粉身碎骨，在所不辭。只怕才疏力薄，未能報皇上厚愛之萬一，則奴才雖死也難辭其咎。」

道光皇帝認真而誠懇地說：

「起來吧！」

說了再重複一句：

「起來再談！」

林則徐這才緩緩地站起來，嚴謹地垂手而立，輕聲地說：

「求皇上恩准，多予奴才指導，始有望成事。非皇上權威不可鎮壓英夷，非皇上旨意不可臣服百官萬民。」

這就是暗示皇帝不可三心兩意，必須全力出面支持，林則徐才有一點把握將禁煙之事辦好。

林則徐私心不是不知道皇帝在禁煙上曾經舉棋不定，也不是不明白道光性格善變，而且帝王有權善變是自古皆然的。故此，在這緊張的授命關頭，他在策略上也應竭力爭取皇上最大的支持，才能有把握披荊斬棘，排除萬難，以成大業。

道光皇帝想了想，很能捉摸到他的意思。權出自上，這一仗他是打定了，也願與林則徐綑在一起賭這一鋪，故而，先為林則徐下注碼是心甘情願的。

況且，道光皇帝也確實是沒有其他選擇了。

環視滿朝文武，肯忠心耿耿者不是沒有，但醉心禁煙這門功績的就不多；而主持禁煙之士最先決的條件是不能以之作為貪污受賄的門路。這又把一些有才而無德的臣下踢出候選門外。

林則徐在仕途上不是沒有過擔當肥缺的機會，他出任河東河道總督時，事必親恭，逐灘逐垛地去查驗工程、檢視材料，徹底杜絕貪污，是項官績確實能取悅道光皇帝的心。從來治河工程都是百病叢生的爛攤子，偷工減料在所難免，間中揩油者眾，誰坐上河工督監的位置，等於對牢一座金礦，大可予取予攜。林則徐是個很超脫的例子了。

為此，多予他鼓勵支持，讓他放心撒手去幹，道光皇帝是極之情願的。諭旨正式宣布任命林則徐為欽差大臣，趕赴廣州擔當重任之前，皇帝刻意的另有恩賜，讓林則徐「紫禁城賜騎」。

林則徐獲這項恩賜，真是令人矚目的。畢竟臣下可以在君主居住的地方，高騎駿馬出入不是件簡單事。

林則徐受恩之日，晨早就穿戴了一品朝服，頭戴花翎，身掛朝珠，隨後有彩花蓋傘和飛虎旗幟，再在一列桿帶旗槍簇擁之下，騎在一匹滿插彩纓，頭蓋有錦布的高頭大馬之上進紫禁城去，真是威風八面，羡煞旁人的。

道光皇帝也在殿樓上遠觀一番，湊湊這一場熱鬧，當晚回到寢宮裏，給皇后複述林則徐騎馬進城的樣子，說得眉飛色舞，有聲有色。

皇帝最後還微笑着搖頭道：

「他呀，雙手揑緊轠繩，坐直身子，整個人嚴肅緊張得不得了，倒不像我們北方將領般在馬上的雄姿英發，輕鬆之中不失威儀。」

皇后一聽，便道：

「我看，南方人其實是不習慣騎馬，何況林則徐本身是個文官呀。」

「這麼說，我賞他的，他不敢不要，其實是害慘他了。」

皇后笑而不語。

皇帝再問：

「我完全沒有意思要為難他呀！」

皇后於是道：

「有皇上這麼體貼的說話，林則徐是三生修來的福分了。其實呀，早賞他乘肩輿進城，那就更照顧他了。」

皇帝一聽，知道是皇后提點他了，於是立即道：

「現在還不遲呀。」

翌日林則徐再覲見時，便慇懃地對他説：

「你不慣騎馬，就坐肩輿吧！」

當林則徐坐着八人抬的肩輿時，他真是感激涕零。皇帝以這麼個細心體貼的溫情賞賜，讓臣下知悉他對林則徐的重用，也安了林則徐的心，令他明白禁煙之舉只許成功不容失敗。

這段紫禁城騎馬之後再改為紫禁城坐輿的故事，何只傳遍北京城，消息很快就擴散出去。

至於林則徐身邊的人，沒有一個不感到榮耀和興奮。

唯獨是林則徐有他不為人知的很深的顧慮。

只四個字縈繞林則徐心頭。

四周妒重。

在那些恭維林則徐的人羣之中，其實不免泛着妒忌青光的一雙雙眼睛，只瞪着眼等看林則徐有哪一天出了紕漏，有哪一天他會被扯下馬來。

天威不測，今日可以讓寵臣坐八人大轎，朝珠花翎，簪纓掛彩，笑傲紫禁城。明天也可以琅璫入獄，抄家充軍，甚而招致殺身之禍。

世界上沒有任何職業比當官從政更危險，更難預測旦夕的禍福。

只有兩種人會眷戀朝廷，不捨朝政。一種是權力為他帶來極大的私慾滿足，藉此可以呼風喚雨，可以隻手遮天，可以畢生榮華，可以為所欲為。另一種是權力令他完成強國富民，光宗耀族的理想，幫助他建立萬世穩固的民族根基，使此生無憾無愧。

是前者抑或後者，其實都需要爭取權力、保有權力、運用權力。

是前者抑或後者，都一樣要冒着生命的危險，肉體的折磨，名譽的損毀，家人的受累等等惡險。

所不同的是，前者與後者在情操品格上有高下貴賤，清濁之分。

林則徐自然明白這些道理。

他的心事，除了偶然向老僕人康福稍為傾訴之外，其實也不是很多能談心的對象。

康福跟主人說：

「老爺怎麼在來京之後，除了覲見皇上，還要每天出外跟這麼多人打交道呢？這真是夠勞累的。」

林則徐輕輕嘆息：

「政治是一個整體，皇上是核心，他說了固然算數，但如果不安撫討好其他包圍着核心的人，早晚在運作上得不到照應。要做成功一項巨大的工程，既要買上，也要買下。」

「老爺真是太辛苦了。」

「做人根本就是極辛苦的一回事，不過，能出了力，為民請命，為社稷效忠，也叫做不枉此生了。」

林則徐官場經驗老到，他自然明白各種政壇上微妙而險要的人際關係，更清楚非得皇帝的寵不能有權，非有權不能行事。

與此同時，如何在接受皇帝恩寵與大權在握之際，平衡其他各方面也是有權有寵的人之無可避免的酸溜溜的心態，就很考功夫。

要徹底消除對得寵得勢者的妒忌，幾乎是不可能的事。林則徐只不過希望盡力把四周妒忌的情緒降低，把所能產生的破壞力減弱，或者延遲它的惡性影響力。

於是，在留京的這段日子內，他幾乎每天都出外拜客，以謙虛的態度，誠懇的口氣，直率的表白，希望與京城內舉足輕重的人物作交心的行動。

反應是很不一致的。

有些是忙不迭地攀新貴的關係，難得林則徐竭誠交往，只會倒履相迎。有些真正有感於林則徐理想之可貴，為人之可敬，對他即將肩承的重任，予以衷心的祝福。

也有些不便在當時得令的林則徐跟前撥他的冷水，認為禁煙之不可為，之所以不可為，乃在乎英國販煙的利益太大，國人吸毒的程度太深，這兩個因素過分緊密地交結在一起，形成了一重很難解開的利害關係。

也有些礙於當前大勢，虛與委蛇，心上其實恨不得林則徐碰釘碰得頭破血流，從此翻不了身才叫好。

其中軍機大臣之首穆彰阿就是靜待着時機，才把林則徐這支眼中釘拔除的頭號人物。

林則徐來拜會他，穆彰阿是沒有不以禮相待之理，畢竟高手過招，不露痕跡。

穆彰阿沒有一言半語露出了他心上的不痛快，否則就真令自己丟臉了。

既為首輔，不必讓林則徐知道自己也在妒忌他。

畢竟妒忌代表了自己的不如對方，這是最最最能證實自己矮掉一截的。

林則徐恭謹地對穆彰阿說：

「請中堂多關照，多賜教。」

穆彰阿也謙和地回應：

「皇上聖明，慧眼識英雄，元撫雄才大略，功在社稷，可喜可賀。」

謙虛與恭維之辭說上半天，彼此都只覺疲累。

故而當林則徐離去之後，穆彰阿就囑咐，他當天再不見客。

可是，黃昏時，又破了例。

來拜見的是內務府的馮驥，此人官階不高，卻能舉足輕重，因為他一直是皇太后身邊的寵臣，很多時後宮的旨意都由他傳達到外面來。

馮驥之所以能走通皇太后的路子，全為他的乳娘正是萬春園總管太監翁濤的親妹子。

萬春園是皇太后頤養天年的地方。因着這重關係，聽說馮驥還拜了翁濤為義父。太監收乾兒子在清朝是挺流行的事。

收買一個在內務府行事的中級官員，對皇太后是有千百種利益的。

譬方說皇太后有甚麼事要軍機大臣為她留意的，非迫不得已，她都不方便宣旨，這固然有礙於祖宗家法，也得顧念皇帝兒子的面光。說實在的，通過懿旨達到目的，不一定產生良好效果。

這種家庭、法例、家規、祖訓、級別、人情等等千絲萬縷的關係，斷非常人以常法就能調控得宜，兼獲得預期成績的。

以天下養的皇太后怎麼可能是個簡單的人物？

她的手下如棋盆上的棋子，分布到每一個扼要的角落去，伺機發揮一定的作用。

這天，馮驥求見穆彰阿，也是有目的而來的。

「少聰向中堂請安。」馮驥恭謹地說。

「起來，起來。」

穆彰阿熱情地把馮驥招呼到自己後花園內的書齋來，待侍婢奉上了乾果香茶之後，才開始他們的密談。

馮驥一開頭就直率地說：

「翁公公要卑職向中堂問候。」

馮驥這麼個說法，等於對穆彰阿表示，他這次探望是奉翁濤之命而來。而翁濤背後自然是皇太后了。

穆彰阿是個明白人，當即答道：

「多謝公公雅意，他老人家最近身體可好？」

「託中堂的鴻福，翁公公身體是算健旺的。」馮驥稍停，再作補充：「心情可有些緊張了。」

「那是為了甚麼呢？」

「自然是食君之祿，擔君之憂。」

「皇太后聖明，有甚麼要她操心的呢？」

「說來說去，就是皇上要勵行禁煙一事，令皇太后操了點心。」

穆彰阿知道要踏入正題了，於是也不插嘴，讓對方把話講下去。

「皇太后知道煙是應該禁的，歷朝皇帝也在想法子減低白銀因鴉片問題而外流的情況。禁煙自然是好事，擔心的是禁煙的方法與禁煙的人才是否適當。不知道中堂的意見如何？」

這問題可要小心回答了。

皇上禁煙之志已決，他對林則徐重用的意思亦相當明確。身為軍機之首的穆彰阿，雖然一直反對雷厲禁煙，但在皇帝未有表明旨意時不妨據理力爭，坦白陳辭，到了主子已經明確表態之後，還跟他唱反調，此罪非同小可。

不過，回過頭來想，皇太后輾轉派了這個馮驥來探聽口氣，也就有着不苟同皇上的意思在，如果自己太順從禁煙之說，又變得出爾反爾，同時可能錯失了一個結納皇太后的良機。

唯其這陣子皇帝的態度轉變了，林則徐得勢了，如果禁煙之舉成功，天下萬民稱頌敬仰，那麼林則徐成了救國救民的大英雄，直接威脅到他的軍機大臣首領的地步，是毫不為奇的。

皇太后的地位是異常特殊，道光皇帝尤其是個侍母至孝的人，有皇太后作為後盾，在仕途上就是買了保險，不可以不領情。

穆彰阿於是謹慎地回答：

「皇上聖明，禁煙不是不可，但操之過急，就變成好人做壞事，後果可大可小，這其中關乎與英國人相處的問題。天朝自從雍正爺厚待外夷以來，已經到了不可以不跟他們相處的年代，究竟如何才可以和平相處，從而從中免禍取利，是國家安危，社稷貧富之關鍵所在。皇太后對禁煙之舉，在支持之餘有些顧慮，可見她是從大體着眼，管治國家也不同於管治地區，實在要以宏觀為主，以長遠為旨，何況有皇太后在皇上身邊多行指正，誠黎民百姓之至大福分。」

穆彰阿這番話，很技巧地傳達了兩層意思。其一是在沒有激烈反對皇帝的旨意之下，提示了皇太后要長遠地從大處着眼看禁煙，牽一髮動全身，萬一令英國邦交生了不良的化學作用，那麼就不是內政問題，而變為外交範圍了。

其二是聰明的穆彰阿沒有正面的批評林則徐，既為他是皇帝選拔的人，說他不好等於批評皇帝的眼光，這是不能輕率的事。況且，林則徐過往的政績有目共睹，要在今日抓他的小辮子也是無從抓的。以軍機首腦之尊，穆彰阿也有點認為過分地抨擊林則徐反而是有失身分。

他技巧地把問題提升到外交的層面去，那就是凌駕於封疆大吏的職權之上了。管治幾個省份的一品大員，仍然要與中央的軍機大臣有着身分地位上的距離，何況是軍機首腦。這就提醒了皇太后，他日不管禁煙成績是好是壞，林則徐也只是個地方上的要員而已。

在政壇上的日子混得長久了，所有的潛台辭都很容易聽得清楚，察顏辨色的功夫也不會弱到哪兒去。馮驥自然心中有數。

他這次來，也為了奉皇太后的命令，籠絡穆彰阿。

皇太后雖位至尊，她也正如皇帝一樣，需要有一羣效忠之人形成一股勢力。之所以要拉攏穆彰阿而盯緊林則徐，皇太后是有私心偏心的。

最主要的根源在於皇后紐祜祿氏身上。

皇后太得寵了。

幾乎是無懈可擊的。

論人才，她有學問、有容貌、有風度；論地位，她早已正位中位，母儀天下；論子嗣，她生育了皇四子奕詝，認真來說，皇四子目前在宮中就是嫡長子，他日繼承大統，機會極高；論手段，肯定是一流的，否則不會三千寵愛在一身。

這些條件加起來，她的說話就非常的有分量了。

故而，皇太后認為皇帝之所以連各封疆大吏、朝中宰輔的說話都不如皇后軟話一聲，鼓勵皇帝實行禁煙，是一個非常鮮明的、開始控制皇權、干預朝政的訊號。

做婆婆的妒忌媳婦，自古皆然。

不滿她從自己手上把兒子偷了去。

更不滿她涉足於自己丈夫的王國基業。

兩種非比尋常的不滿都直接動搖皇太后的崇高地位與無上權威。

這是不可不防，也是不能不早晚對付的。

要採取甚麼行動，目前還是為時尚早。只須籌策部署，將來一聲令下，自然水到渠成。

於是皇太后間接派來馮驥，除了先放聲氣之外，也切實地談一些內務府的問題。

他很坦率地說：

「皇太后最擔心的也是為了禁煙而輕啟戰釁，那可是生靈塗炭之事。而且單是廣州一地，每年給內務府進的賬就有近百萬白銀了，這筆賬適足以應付宮內的很多開支。」

穆彰阿聽懂了。

最後的一句話才是關鍵所在。

皇太后也怕萬一打起仗來，影響內務府的收入，宮中也要過不富裕的日子，她那以天下養的身分豈不是白拿到手了。

於是穆彰阿放膽道：

「把禁煙問題弄到開戰是值得留意的，現階段皇上也意識到這種可能，並已明令林則徐注意這種可能的發生，並把這種可能抑壓到最低限度。我相信上有皇太后與皇上的關照，下有忠臣義士無時或缺的冒死直諫，不會令一些只顧本身建功立業的人，忽視了禁煙所能牽引起的對國家人民沒有好處的副作用。」

穆彰阿的這番話由馮驥轉達翁濤，由翁濤轉達皇太后。

這晚在皇太后寢宮之內，聽完了這番報告之後，皇太后就冷冷地自語說：

「穆彰阿倒是個明白人，他把守在外，我防範於內。誰不給我老老實實地過日子，要動搖到祖宗的基業，要我擔一點驚，受一點怕，我先就不放過他！」

翁濤立即跪下來，道：

「皇太后聖明，請皇太后別過分憂心，憂能傷人，為了社稷，皇太后要多保重。」

皇太后依然冷笑：

「放心好了，我不會不保重自己，讓別人更不可一世的。」

這些話在空洞洞的深宮之中，彫樑畫柱之間飄逸着，愈發顯得有如刀光劍影，隨着寒冷的京城晚風，颳得人滿臉刺痛，滿心倉皇，滿身驚懼。

皇庭之內，永遠有着十面埋伏的恩怨，揮之不去的殺機。

皇后在皇帝的愛寵與呵護之中，當然不知不覺，她只為丈夫的豪氣干雲而興奮，為得一良臣而快慰。

皇后低聲催問皇帝：

「你甚麼時候正式下旨封林則徐了？」

皇帝輕輕的吻在皇后的髮髻之上，然後用口銜住了她別在髻邊的紅牡丹，再把那小小的牡丹花吐扔在地上，才回答她說：

「睡醒了之後吧，好不好？」

君無戲言。

翌日，一方金澄澄的代表集軍政大權於一身的欽差大臣關防，就交到林則徐手上去。

以文官而統領水師，這在軍政權力劃分得相當嚴格的清朝可以說是一項創舉，難以不令朝野上下都震驚了。

當然，清室開國以來，也實在從沒有試過要如此大事周張地對付外國商賈，他們運進來危害中國的鴉片實在已到動搖社稷根本的危險地步了。

在宮廷之內，可是喜氣洋溢的。

乖巧的那佳，待皇后梳妝完畢，就來報喜。

那佳正正經經地跪下來道：

「奴才向主子報喜。」

「起來再説，喜從何來呀？」皇后的聲音真正好聽，連女人聽到耳裏，都舒服到心窩裏來，那就難怪男人了。

這麼一想，那佳的臉益發漲紅。

皇后見狀，沒有想到那佳因聽到她的好聽聲音就有一閃而過的那個念頭，便道：

「看你，興奮成這個樣子呢。」

那佳乘機説：

「皇上已下聖旨，封了林則徐為欽差大臣，很快就辭赴廣州禁煙去了。這都是皇后的功勞呀。」

皇后喜形於色，便道：

「你別亂説話，那都是皇上的主意，不是嗎？」

皇后慈愛的輕輕白了那佳一眼。

那佳也感染着皇后那份高興，雙膝再一屈，請了個雙安道：

「皇上聖明，皇后吉祥。」

皇后笑問：

「知道林則徐會在甚麼時候啟程嗎？」

「還沒有聽説呢。」

「怕不會在京過年了吧！」皇后竟然是這麼心急的。

那佳慌忙道：

「待奴才去打聽了再回皇后的話，相信林大人實心辦事，他也不會胡亂耽誤日子的。」

「你説得是，就去打聽打聽吧，知道了行程，我好焚香禱告上蒼，保祐他一路平安，馬到功成。」

正如那佳所說，林則徐也是相當心急要上道的，要做的事儘早做，要肩承的責任不好拖延，要接受的挑戰也快一點張開雙臂迎迓好了。

他的行裝甚是簡單，只是有兩個人，非比尋常，他堅持要跟他們作竟夕詳談，才肯上道。

其中一人是他的恩師沈鼎甫。

所謂恩師，也可稱為座師，並不是林則徐真正的老師，對他沒有授業的功勞，卻只是一重門第的關係。換言之，官場上中了科舉的弟子，從此都算是主考官的門生，終生師生相認，榮辱與共。

沈鼎甫也因此而對林則徐的仕途表示極端的關注。門生深造，辭別老師，準備征戰，師徒二人自然有很多話要說。

沈鼎甫是真正愛才之士，不禁對林則徐此行的安危擔了點心，道：

「皇上能恩寵有加，信任如斯，是你畢生的福分。盡忠愛國上頭，我對你是毫無疑慮的，只怕對付英夷不是件容易的事。」

林則徐恭謹地答：

「富貴由命，成敗由天，我必盡人事而聽天命，以上報皇恩，下酬師恩。」

「好，好，有這個心理準備就好了。你且多聽我一番説話，就準備行裝上道吧。」

林則徐立即回答：

「老師請指教。」

「英夷之所以難以應付是因為我們不知如何應付。這句話，你要細味，他們是西方強國，我們是東方天朝，一山尚且不能藏二虎，何況獅虎同巢，不能相處，甚而不能相讓，是不難想像的事。我們怕已經在面對一個非比以前，非比尋常的時期而不自知了。」

林則徐細味着這番説話，沒有作出回應。

他不知如何回應才好。

老師的看法既深且遠，聞所未聞，卻又言之成理。林則徐感動至深，環顧朝野上下這麼多謀臣名將，有哪一位肯用心的抽絲剝繭，把難題的癥結找出來，然後提點自己。

這份關心與愛護，林則徐永記不忘。

要立時間找到解決這個東西方文明抵觸，東西方國力競賽的協調辦法是不可能的。

林則徐只有默默地記在心頭，感激流涕。

沈鼎甫道：

「好了，你也別擔心了，天祐吉人，我在京城遙祝你萬事如意。」

辭別了恩師之後，林則徐在北京城還有一位摯友。

那就是他那個宣南詩社的知己龔自珍。

龔自珍是讀書人而非高官，在林則徐離京的前夕，他親自應邀來到林則徐下榻的燒胡同關帝廟中，與他剪燭談心。

酒過三巡，龔自珍從懷中取出了一封函件，雙手奉贈林則徐，道：

「我寫了一些對禁煙與對英夷以至於對日後你要相處的各人之意見，在這裏頭，使你在道上有空參考。」

林則徐雙手接過厚厚的函件，道：

「有友如你，夫復何求。」

「客氣話我們可不必說了。廣州已然在水深火熱之中，然而，人民是可愛的，他們已經意識到非起來抵抗外侮不可。就前一些日子，廣州人民結集在商館門口，抗議英國帶頭劫刑場，干預我朝國政一事，你聽說了沒有？」

林則徐點頭：

「這不叫官迫民反，而是夷迫民反，我看是好事。」

「對了。有民族意識是國家的希望，中國之大，不能把全國人民的精神聚凝在愛國心之上，如何可以同心合力，勵精圖治？」

「我決不會辜負同胞國民，他們無權無勇尚且如此慷慨赴國之難，何況我有皇權授命，更應不懼艱辛，達到目的為止。」

「好，我敬你三杯，等待你奏凱而歸。」

林則徐在一八三九年初離京赴任了。

離京之日，送行者眾，林則徐齋戒沐浴，焚香鼎禮，遙向皇帝跪別，然後啟開密封的關防大印上道了。

南下的行程差不多兩個月，沿途驛站林立。林則徐動用他的關防大印，囑先頭部隊把他的命令帶到各驛站中去。

他的命令極為嚴肅簡單，傳牌寫道：

「本官奉旨馳驛前往廣東，查辦海口事件，並無隨帶的官員和書吏，唯有馬伕一人，跟丁六人，廚師和僕役各三人隨行，亦無別站人員。如有冒名者，立即逮捕追究。所坐大轎一乘，自僱轎伕十二名，所帶行李，也自僱大車二輛，轎車一輛。以上費用均已發給，足夠其食用，不得在各驛站索要分毫。各州縣亦不必另僱轎伕迎接。」

這道完全表現林則徐清簡自持，廉潔自重的傳牌，在當時由北而南的各驛站傳閱，引起了相當大的回應。

驛站是皇朝聯繫全國各地網絡體系上的重點，除了負責輸送資訊至各省各縣，串連北京與各地的消息之外，也是要讓各地趕路赴任或公幹的官員及隨屬歇腳休息。於是驛站對於接待官員這種工作是不敢怠慢的，非但如此，驛站還不可避免地要應酬那些貪官污吏，一句皇命在身，就是頂大的帽子，扣了下來，誰敢怠慢。於是過路官員的需索可以是猖獗的，貪得無厭的，如有不從，立即控以阻差辦公的罪名，誰又受得了。於是為了息事寧人，總是對過路官員必恭必敬，連小官都可以順手拈便宜，就不要是鳴鑼響道的一羣大員了。

林則除此舉是異乎尋常的。

就在林則徐將近到達南昌時，已是年底，快過年了。管驛站的官員雖接到林欽差的那道傳牌，商量着辦時，有一位小官員忽發小聰明道：

「林大人雖說是食宿從簡，但都快過年了，如果招待太過簡慢，總是失禮吧。人家是客氣也好，傲慢也好，我們總得擺齊酒肉，供他享用。就是他不吃，他的屬員也要吃，我們也得順便揩些油水。」

這麼一說了也沒有人反對，就照舊大排筵席以迎欽差。

林則徐聽了康福的報告，良久不作聲。

康福於是建議道：

「老爺，反正是過年，民間小戶也能吃一頓豐富的年夜飯，你就領了人家的情吧。」

林則徐聽了，忽爾高興地說：

「說得對呀，那就召集了附近的鄉民，由你主持，開開心心地跟他們吃一頓團年飯吧！還有，康福，趁各人酒酣飯飽之時，向他們打聽一下各種鴉片遺害民間的故事作為資料，能伸冤的給他們伸冤，能救援的給他們救援，否則也用為資料，把故事傳開去，好作警惕。」

就這樣，一頓原本打算討好欽差大臣的佳餚美酒就讓村民過了一個快樂的除夕之夜。

翌晨，林則徐穿戴整齊，一品朝服在身，恭恭敬敬的面北叩首，向皇帝拜年，再而在康福隨身攜帶的祖先像前下跪行禮，再上征途。

自此，驛站是恭敬不如從命，只為林則徐和隨員備辦家常便飯，因為知道這不是討好欽差大臣的方法。

其實，要取悅林則徐是說易不易，說難不易。他最緊要還是堅持把公事辦妥。

這南下的六十多天，林則徐毫不鬆懈，跟在他身邊任事的人，已經開始沉重的禁煙工作，以討他的歡心。不但搜集了各種民間有關鴉片毒害的疾苦，更重要的是明查暗訪，準備協助欽差將煙商煙販一網打盡。

林則徐人還未到廣州，他手上已掌握了一份貪官污吏的黑名單，包括了各級水師官吏和衙門役胥，且更包括了英國頭號和二號毒梟渣頓和顛地，也在林欽差決意追捕之列。

風聲的確是相當緊的。

在廣州城內，不論商館抑或聯興街內的錢莊，氣氛無可否認是比平日緊張得多了，所有出現在人前的笑容都分明顯得有點緊張，可是，英商們以及英商的屬員們是沒法不維持輕鬆的態度的，否則他們的面子就不知往哪兒掛了。

羅拔臣就不住地對來探聽消息的人說：

「我們難道就未曾聽過中國皇帝要禁煙，要打擊煙商，要追捕煙販，要懲治煙民嗎？到頭來呢，不還是現今的這個樣子了？

「傳出來的消息都是以訛傳訛，毫無準繩的，我們並不見得就沒有消息，告訴你們呀，千真萬確的消息是伶仃洋面還是依舊繁忙，細數着這最近開到的有『亞達西爾』號、『穆罕默德』號、『格蘭特夫人』號，都裝了三千箱鴉片，還有即將駛進洋內的『紅色海盜』號、『阿里穆』號又都有上千箱的貨，你們要賺錢的話，就跟我們如以往的交易吧！」

他說的都是事實，只不過羅拔臣沒有把全部英商的情況向外公告。英國四大商行之中，其實無一不在經營鴉片生意，只不過以渣頓為首，顛地次之，再下來是端拿與林賽。故而傳出的消息是林則徐絕對不會放過渣頓。

渣頓身邊的人對這個消息，反應相當強烈，紛紛向渣頓進言。其中分成兩派，一派主張渣頓及早離開險境，實行君子不吃眼前虧；另一派則認為蛇無頭不行，渣頓一走，軍心更加散漫，士氣必然低落，故而慫恿他千萬不要賣棹回國。

渣頓身邊得力的助手叫米爾，是渣頓的智囊。在林則徐尚有幾天就抵廣州時，主僕兩人挑燈研究敵情，討論去向。

渣頓很直截了當地問米爾的意見：

「你認為如何？走還是留？」

米爾沉思片刻，道：

「走。」

「為甚麼？」

「以策萬全。」

「這欽差大臣真的如此厲害？」

「如果我們得到的消息是千真萬確的話，此人是中國罕見的清官。他的政績足以證明一切。」

渣頓冷笑：

「中國會有清官？我的經驗告訴我，人人都有個價碼，問題是我們肯不肯出那個對方要的價碼，只要抵得住肉刺，我們在此地幾曾試過失敗了？那姓林的也必有個價。」

「這是常情的推論。」

「我們不應以常理審事嗎？」

「中國幅員廣大，有很多人口。」

「你這是甚麼個意思？」

「一樣米養百樣人，百萬人中出一個英雄，百年之內有一個好漢，不足為奇。」

渣頓沒有作聲。

米爾繼續説：

「新官到任三把火，風頭火勢何必與他硬拚，讓他的那點官威發在顛地身上，這種鋒頭何必與他爭？」

渣頓與顛地都是英國規模龐大的商行。然而渣頓一向看不起顛地，無他，門第之見在任何一個以封建為根本的國家都是無可避免的。

渣頓家族在英國皇庭之內可以探索出血緣關係來，這一點就在英國很值錢。英國人很奇怪，也可以説是很貪心。他們一方面表揚和平和文明世界內的民主作為政治體制的根基，於是實行君主立憲；另一方面又眷戀不捨源遠流長的皇室威勢，有任何跟宮廷貴族扯上關係的人事，立時三刻就升價百倍。

社會人士的眼光對於皇朝血統的尊重，可以大大出乎外人意表。在此，英國本國人就對渣頓家族的尊重，稍為凌駕於顛地之上。

渣頓聽米爾這麼説，禁不住要探查清楚顛地的動向。

「你知道顛地會不會走？」

「大概不會。如果他看見你走，他更加會留下來。」

「留下來當英雄？」

「有危險要冒的英雄，不當也無不可。」

「這會不會便宜了他，讓他乘機聲譽鵲起？」

渣頓是個習慣蠻橫的人，他的商業王國在倫敦的皇室與首都府內都有一定的分量，故而一直縱容着他。

他唾棄的骨頭，分明已扔在地上，但仍然不願意給與鄰居的狗吃。

對渣頓來說，有他的一套解釋，商場與戰場，自己無用的據點，最好還是銷毀，否則一個不留神，被對手改裝改良而成為有利陣地，是最能令自己恨得牙癢癢的。

西方文化中的經濟觀念決不是建築在道德的基礎之上，這對渣頓來說是無可厚非的。

他很相信有他這種思想與行為的人在商場內很多，唯其他決不是獨一無二的，就更要加倍小心防範。

他的手指用來挖金。

同時，也要用來防止別人挖金。

米爾當然熟悉他這個老闆的性格，於是說：

「只要你以一個更威皇的藉口離開廣州，就起碼不會輸這一仗給他了。」

「你說得明白一點吧！」渣頓有點浮躁，把手中的酒一飲而盡。

「中國派來這個欽差之前，廣州就已亂成一片，商館賭場內草菅人命，把我們的貿易對手許金水處決，偏要選擇我們經常出入的地方當刑場，就是集野蠻與變態於一身的行為。如果來了個甚麼欽差，竟然聲明要拿問西方一等強國做正常貿易生意的頭頭，你說這不是應該回國去聲討及請援的事情嗎？」

米爾的話說到這裏，渣頓已經大力拍打他的肩背，表示極端讚賞。

畢竟英國本土才是渣頓的地頭，他不可能放棄在國內出的鋒頭。

出洋是為打好公司與家族的經濟基礎。

國內的名聲與聲譽是政治本錢，二者各有重要，同時唇齒相依。

一經計算，渣頓就暗地裏安排在林欽差抵達廣州之前，上了一艘直航英國的貨船，揚長而去。

渣頓毫不介意錯過了林則徐抵廣州的一番熱鬧。

林則徐到達廣州，是在一八三九年三月十日，他首先抵達廣州天字碼頭。碼頭上恭迎欽差的隊伍早已經排列開來，為首的一位是兩廣總督鄧廷楨，跟着是廣東巡撫怡良、水師提督關天培、海關總督張厚奄，以及廣東將軍德克金布等全體廣東的高級官員。

欽差一上岸，九響禮炮就連續響起來，表示歡迎。

鄧廷楨迎上去行禮，林則徐慌忙扶住了他雙臂。

「嶰筠公不必多禮。」

鄧廷楨比林則徐年長二十歲，而且論功名，又是鄧廷楨先林則徐三科而中進士，故此林則徐尊稱他。

「不敢，不敢。」鄧廷楨一聽林則徐對他如此稱呼，不禁有點不安，畢竟如今的官階是以欽差為首，於是道：「林公言重了。」

林則徐立即回答：

「言重的是你。」

他這麼一說，鄧廷楨就知道指的是甚麼。

當林則徐尚在北京之時，曾以事論事，在道光皇帝跟前把他的其中一件憂疑坦誠相告。

他跪稟皇帝說：

「奴才當效犬馬，事必親躬，鞠躬盡瘁，死而後已。但若真要大業得成，總不能靠一人之思，一人之力，皇上聖明，知我者諒我。」

林則徐的意見就是要皇帝鼓勵所有與他共事的臣民，都持衷誠合作的態度，唯有無分彼此地悉力以赴，時艱始可克服。如果要他分神對付任內的各式人事鬥爭，調解各款人際關係，那真是費時失事之舉。

道光皇帝立心全力支持林則徐，於是立即下旨，以六百里快馬傳遞有關臣民，着令各人配合林則徐的政策，聽從他的囑咐。

道光皇帝的聖旨寫得直率而且清楚：

「林則徐到粵後，自然會遵旨盡力查辦，以清弊源。着鄧廷楨等振作精神，絕不可觀望推讓。……總督當更加勤奮，盡除成見，應分別辦理的各盡己責，應協商辦理的會同奏報，趁此大好機會，力求從前過失積習永除，斷絕根株。想卿等一定能體諒朕的用心，為中國消除鴉片大害也。」

道光皇帝的諭旨放到鄧廷楨手上去時，他真有點誠惶誠恐。怕林則徐到廣州時，會認為他不肯屈居次位，予以悉力合作。

於是量大而同時敏感的鄧廷楨，早就找機會表現自己絕對會忠君效國，必會聽命於林則徐，盡己所能在禁煙上幹出成績來。

他除了在林則徐未到達廣州之前，就特派手下千里相迎，護送進城之外，還親自手書一函，摯誠地表達心意，其中且有一句說：

「所不同心者如誨。」

這句話的意思等於誓言與林則徐共同進退，如果有不與林則徐同心的話，就但願自己死無葬身之地。林則徐接函，不是不感動的。

他是太需要手下與他一同並肩作戰，尤其是鄧廷楨，以總督的身分首先表態，這真令他感動。

因而一見了面，他就表示鄧廷楨是言重了，他林某人實實在在承恩深重。

無論如何，林則徐到達廣州，有了一個異常良好的開端，他發覺鄧廷楨以下的各級官員都有充足的心理準備，也已在備戰狀態，對禁煙一事是義無反顧的。

林則徐上了天字碼頭，立即開始投入工作。

首先他就辭謝了為他準備的總督署所，挑了跟商館區相當接近的越華書院作為欽差居停。

越華書院是相當簡陋的，林則徐毫無嫌棄，他只着康福為他掛起了一幅不論官於何處，都必定隨身帶備的對聯：

「郊原雨足云歸岫，台閣風清月在天。」

林則徐樂於他所擁有的一個寒儒的家當，尊重他的人也只好隨他去了。

官室簡陋之外，他又謝絕酬酢。

除非見面談公事，能向他提供禁煙與利民的方案和建議，如果單純為禮貌而設宴，為應酬而敍面的話，欽差大臣是決不奉陪的。

連吃進肚子裏的宴會都固辭，就更遑論會收受任何物質的餽贈了。

林則徐在抵達廣州後的那個星期，是一個全城的話題。

對於外國人，他更是一個謎。

當顛地和羅拔臣捧着翻譯好的一份林則徐貼在越華書院門口的告示閱讀時，他們幾乎不敢相信自己的眼睛。

如果顛地忍不住問：「你們有沒有翻譯錯了？」那就未免露了小家子器。否則的話，他真會衝口而出問這句話。

那張告示在林則徐住進越華書院的翌日，就由康福親手貼在門上，寫道：

「本部堂奉命來粵查辦海口事件，現在駐扎省城。不久會出巡各口，行動會縝密安排。所有隨從人員，不許隨便出入；行轅中的專吏人等，館內提供伙食，不得借口來去。凡各文武官員公事來訪，都予及時接見。……如有假冒欽差隨員在外招搖者，所在地方官立即嚴拿重辦。公館一切食用，均得自行置辦，不收地方供應。」

這紙告白張貼了整整一個星期，卻都不見林則徐有甚麼其他動靜。

要探悉林則徐底細的人包括了翹首以待的人民、誠惶誠恐的行商、靜候指示的官僚、半信半疑的外夷等，他們除了非常努力地想知道林則徐的個人虛實之外，且又急不及待地等候林則徐向他們發招。

林則徐不是甚麼都沒有做。

他是一腳踏入越華書院，就日以繼夜、廢寢忘餐地開始工作。

但要打勝這場仗，必須知己知彼，才能百戰百勝。

要做到知己知彼，就要組織起一個強大周密的班底，才可以探測敵情。

這個班底除了林則徐身邊帶來的親信之外，還要在當地物色。

林則徐深明猛虎不及地頭蟲的道理。

要探入敵軍腹地，索取資料，探聽情報，就要當地人的參與。

只有他們才瞭解民怨民情，只有他們才明白英夷腦子裏怎麼想，也只有他們知道對付英商解除民困的步驟應該如何。

得知他們的意見、利用他們的網絡、遵隨他們的渠道、利用他們的方法等等，都是取勝的根基。

沒有自己組成的基本班底，也容易被出賣。這一點，在離京上任時，摯友龔自珍已在給他的「錦囊」內寫得很清楚。

於是林則徐首先就延攬人才。

第一位是文士梁廷枬。這位年紀不大，四十剛出頭的學者，精通的是西方問題，正正是林則徐最需要的助力。

林則徐在未抵廣州城，便已經查探出梁廷枬的大名。甚至梁氏應前兩廣總督的聘請，為他撰寫了中國第一部《海防匯覽》，把中國海防在洋船洋炮的跟前，面對何種困難與問題，都有比較詳細的分析，這林則徐都知道了。此外，梁廷枬著的《倫敦偶說》，《合省國（即美國）說》、《耶穌教難入中國說》等作品，都提供了不少有關海外社會的各方面資料與知識，對西方政治體制有一定程度的瞭解，更使林則徐頓生敬佩之心。

於是，在他卸下行裝的翌日，第一個要找的就是這位西方問題專家。

梁廷枬當然知道欽差大臣駕到廣州，他只是沒有想過林則徐會親自來拜候，而且還是在越華書院安頓的翌日就出現了，這可見林則徐對自己的器重，更可見他對禁煙與海防實實在在有十分誠意要辦好。

客套話也沒多說幾句，林則徐就誠懇地對梁廷枏說：

「梁先生必須幫我。」

這麼一句簡單的説話，打動了梁廷枏的心。

他也極之爽快地答：

「願效犬馬之勞。總之大人為國為民，鞠躬盡瘁，我是知無不言，言無不盡。」

「梁先生，萬事起頭難，我這個頭更是難上更難。」林則徐嘆説。

「大人這個頭，非速起不可。」

「我也是這麼想。一經就緒，我就不客氣了。」

「這麼多國的夷人之中，以英夷最難應付。事實上，過往經驗，不管是葡萄牙與西班牙也有過進犯我土，強求通商的例子，經我國我軍強硬對付之後，也還算禁制得住，只英國人最難應付。」

「請教請教。」

「他們的霸權心理太重，美國自他們掌握之中掙脫了，獨立之後自成一國，對他們的刺激更大。難得發現中國版圖宏大，人多物阜，只要能侵佔一部分，就可為國家國庫增援不少，故而，他們不會放過我們。」

「嗯，英國持此野心，對付他們就要既大膽又小心。」

「大人所說甚是。我接觸到的英國人多是生性陰險，反而美國人比較坦誠開朗。雖然我也相處過英國的傳教士，品德尚是仁厚的，但怕在朝為官與在野傳教的是兩種不同背景的人物，不可相提並論。」

「天朝從來自給自足，根本不需要與外夷通商，沒有他們的商品供應，我們的日子照樣過，且會過得更安穩，是他們強迫通商。這還罷了，就為着貿易上，他們買我們的貨多，我們光顧他們少，才做成他們要埋沒良心把鴉片輸入我國。我已經看了統計數字，英商的鴉片生意佔總額絕大部分，擒賊擒王，目標必先對準英商。」林則徐道。

「這個方向是對的。西方國家也有值得我們仿效的優點，可惜，我在英國人身上看到的好處就不多。」

「美國你又如何看法？」

「大致上他們是文明守禮的人，就別多為難他們吧！在他們建國之後，最注重法治，總統由人民公選出來，定時更換，任何一任總統上場都要學習國法，遵守國法。這種以法治國而非以人治國的方式，我們只會嘆為觀止，但總可見得他們是講道理的一個國家吧！」

梁廷枏嚮往民主精神與以法治國，因而坦誠說出自己的感受與意見，其實是極之信任林則徐的表現。

二人談得實在投契，梁廷枏把自己儲存的書稿資料等全都抬到林則徐跟前來奉獻。

林則徐真可謂滿載而歸，以後幾乎每日都與梁廷枏相聚，共謀決策，共襄大計。

梁廷枏也誠意地向林則徐推薦了幾位精通英文的文士，以強林氏之幕僚陣容，袁德輝等年輕幹練的翻譯能員就是其中的表表者。

「梁先生為我引薦的人都成了我不可缺的助手。」林則徐由衷的感謝。

「大人仍然要在民間物色多一兩位熟悉鄉事與百姓疾苦的人，以便能為你明查暗探，將一些隱憂問題挖出來根治。」

梁廷枏這番提點，正合林則徐心意。

事實上，這初到廣州的幾天，他除了出門拜會幾位有心結納的能員義士，例如梁廷枏等之外，林則徐都是埋頭於案卷之上，翻查審閱各種文字資料，以能在極短時間之內吸納大量數據、憑藉和消息，他也很想抽空到外頭去逛逛，算是微服出巡，以視察民間境況。

於是他只帶了康福，穿上件布衣素服就去逛廣州城。

實在也是緣分，林則徐逛了城內鬧市之後，已是黃昏，還是意猶未盡，要到江邊去蹓躂。忽見遠處有人在打架，好像以一敵眾，那個被圍毆的青年可勇猛非常，不但沒有被打倒，而且愈戰愈勇，五個彪形大漢均非他的對手。

其中一人手持鐵鏈，不斷向年輕人的下腿襲擊，可幸年輕人的腿部功夫相當了得，鐵鏈抽動時引起的一陣風稍為掃過他，他便跳躍而起，腳底有如鑲箝了彈簧般，揮灑自如。

他手持的武器也不過是艇上的搖櫓罷了，力敵各人手上的鋼刀利劍，依然無法被他們其中任何一人打倒。

在年輕人的腳下放有六箱重物，看來他維護的就是它們，而其餘幾名面肉橫生的惡漢，似也是旨在那幾箱不知裝載了甚麼的寶貝。

正戰得難分難解，林則徐就走過來了。他那父母官的意識令他自然地要插手管一管當街打架的勾當，也對幾個人夾攻一個人看得實實在在不順眼。

誰知他一走上前去，被那青年瞥見了，立即高喊道：

「你們這班走私販毒的惡棍，還不快逃命的話，別怪我們擒拿你們歸案。看，連欽差大人都微服駕到了。」

他這麼一說，面前的五名惡漢果然停了，連林則徐與康福都微微一愕，奇怪青年人怎麼會認得他們了？

念頭還沒轉過來，只見五名大漢之中的一人道：

「走吧，貨不是我們窰口的，別冒險。」

隨即四散而逃，那年輕人終於鬆了一口氣，拍拍身上的灰塵，乾脆一屁股坐到那幾箱貨物上頭竭息，還管自自語道：

「再走遲兩步，我就把你們這班賊子打死為止，別以為我是好欺負的。」

林則徐好奇，走上前去給那年輕人點頭打招呼，道：

「小哥兒，你好。」

年輕人看到是他，不期然地站起身來，有點難為情，很禮貌地點頭微笑。

「小哥兒，你認識我？」林則徐問。

「我？我不認識你呀！」那年輕人答，然後他省起了，道：「啦，對不起，先生，我剛才查截那幾個販毒的匪類，跟他們糾纏起來了。他們人多勢眾，我怕時間熬下去會對我不利，剛好瞥見你經過，人急智生，把你說成欽差大臣，實行狐假虎威，怕他們是心虛之故，竟被我嚇跑了。」

「原來是這樣的。」林則徐說。

那年輕人把衣袖捲下來，說：

「欽差大人聽說是來了，要等到他老人家來懲治毒販，怕不知等到甚麼時候才有成績呢，倒不如各出奇謀對付他們，還能見點效用。」

他這麼一說，就引起林則徐的興趣來了，問道：

「那你用甚麼方法對付他們呢？」

「很簡單。我知道有一兩個煙販是專供幾個窰子的貨色的，我就跟蹤他們，看他們從哪兒把鴉片扛上岸，出其不意地截查他們。有時哄他們說是林則徐特派的先頭部隊，他們不信，抵抗了，極其量就跟他們打個落花流水，以決勝負。好像今天，我運氣好，贏了，就得了這幾箱寶貝。」

年輕人用腳踩在那幾箱鴉片之上，繼續說：

「他們是經常幾個人押一隻小艇的貨往一個小窰子運，我對付不了那些快蟹，一隻快蟹偷運到岸上來的貨很多，押解的人也多，那真非等欽差大臣出馬不行。可是我截劫得一箱是一箱，也算為民除害。」

林則徐心中大喜，便問：

「小哥兒，這些鴉片劫到手了，往哪兒送啊？」

「我曾經往官府送過。可是，也試過被他們沒收之後又從後門溜了出來，照舊賣到煙檔去。冒着生命危險得來的毒品，到頭來是給貪官污吏做了個大人情。我再不肯這麼笨了，一搜到，就把它們綑好拋到海底裏去，或者一把火燒掉。」

「小哥兒，你可真疾惡如仇。」

「先生，你不明白，鴉片害得我們家很慘。」

「是的，鴉片根本就是害慘了整個中國。你願意把你的故事告訴我嗎？」林則徐問。

年輕人立即回答：

「願意，當然願意了。把我們家的悲慘遭遇傳揚出去，讓多些人知道鴉片的遺害，明白我們已經進入一個如果不自愛就會被害的危險時代，是最重要的。我告訴你吧，我姓顧，我叫顧力……」

顧力把他們家的故事詳細地給林則徐講敍到入夜時分，才把故事講完。

林則徐嘆口氣，拍拍顧力的肩膊，道：

「真難為你了。」

「先生，」顧力說：「我們家還不算太慘了，最低限度有我一人生還，而且知道鴉片的遺害，還可以用我的餘生在這事上盡點力。還有很多很多中國人的遭遇是殘酷得難以形容。」

「你真是個有上進心的年輕人，中國有你這樣的子民，肯定是有希望的。」林則徐很真心的說。

康福看早已日落了，當時他們倆說着話，就不好打擾他們，現今看是告一個段落了，於是康福說：

「老爺，時候不早了，該回去了吧！」

「嗯！」林則徐點頭向顧力道：「你的這幾箱賊贓太重了，燒掉或是拋到大海裏都是挺繁重的工作，我看你就相信官府一次，送官處置吧！不是說欽差大臣已經到了廣州，下榻於越華書院嗎？你就去求見讓他處理吧！看你對禁煙先就有了自發性的行動與成績，說不定欽差大臣會留你在他身邊辦事呢！」

顧力笑：

「這我倒不奢望了。送去給林則徐倒是正辦，希望他真如外傳的是個好官吧！」

康福立即答應：

「他是的，我敢這樣說。」

顧力倒沒有在意康福的語氣，搖頭道：

「這年頭，好官等於曇花，難得一現。」

「顧哥兒，你試試吧！」

顧力忽然想起：

「不成。」

「怎麼不成呢？」林則徐問。

「我跑去找林則徐，誰替我看管這幾箱鴉片了，等會兒那些㝉裏的人派人來拿回去，我怎麼辦了？」

話才說出口來，岸邊四圍就人聲鼎沸，且漸漸的燈火通明。

「糟糕！」顧力叫：「他們派人來攫回鴉片了，我們太輕敵，以為他們不敢回頭，我們錯了。」

康福見到岸邊遠處，果然朝着他們走來大隊人馬，那可不是官兵，必是賊匪無疑。

那隊人馬，一手持兵器，一手持火把或燈籠，聲勢浩盪，殺氣騰騰。

顧力立即對林則徐說：

「先生，你與你的家人先走吧，別管我了。這班寨子的惡棍，發起狠勁來可不會是件小事。而且，我也沒有能力保護你。」

林則徐泰然道：

「那麼就由我來保護你吧！」

顧力還來不及細味他的那句話，寨子的人馬已經來到了，為首的一個蛇頭鼠眼的，正是蔣七。

怕是蔣七已經紮了職，當上了小寨子的大阿哥了。其中一個，顧力認出來是先前押運毒品，與他交過手的大漢，對蔣七說：

「七哥，就是他。他把我們運了上岸的箱子劫去。」

「好大的膽子。呸！我真不相信你有欽差大臣做你的護身符。」

顧力說：

「不需要欽差大臣出馬，只我一人就夠了，你們害慘了我全家，剩我一條賤命，任何時間都預算跟你拚了。你斬我一個，我殺你兩個，有我的便宜，即便是一條命換一條命，也叫做為民除害，值得之至。」

「狗崽子，你吠完了沒有。」蔣七道。

「他說完了，現今輪到我了。」林則徐挺身而出。

「先生！」顧力要阻止也來不及了：「你怎麼呢，叫你走，你怎麼不走？斯斯文文的一個儒生，辦得了甚麼事？只有礙事罷了。」

「林則徐根本就是個文官呀！」林則徐笑着說。

「哈哈哈！」蔣七大笑：「你真是林則徐？你別開這種玩笑好不好？欽差大臣哪兒會像你一樣，衣服都不光鮮到哪兒去了。」

其他隨員看到頭目縱聲狂笑，也就不禁隨着大笑起來了。

他們笑，林則徐也笑。

一個堤岸邊，燈火月色之下，盡是笑臉，笑聲充塞着整個黑夜和空間，反過來忽然有種怪異而凄厲的氣氛，使人驚駭之餘，不寒而慄。

只有顧力獨個兒站在這麼大笑不已的人中間，有點手足無措。

林則徐忽然大喝一聲，各人的笑聲立即終止，周遭在瞬息之間回復絕對的寧靜，氣氛嚴肅得令人屏息以待：

「你們難道就見過欽差大臣嗎？」

「呸！」蔣七初而被林則徐的威儀震懾着靜了下來，隨後他回復舊時的精神狀態了，道：「就用不着分辨甚麼欽差大臣。貨是我的，我自然要提走，你是欽差大臣不是且不管，你只要讓路就是，否則，欽差大臣除非拿出關防來照保，否則格殺勿論。」

林則徐不再笑了，道：

「好，話是你說的，你們見了欽差大臣的關防，就立即給我下跪。」

才這麼說了，林則徐就給康福打了一個眼色，康福立即從背包內摸出了一塊黃緞包裹着的東西來，黃緞一經打開，裏面就是一面金光四射的「欽差大臣關防」。

蔣七這類人的知識根本不足以使他們分辨出關防的真僞來，只是他們忽然意識到今時今日，不大會有人跟他們開這種玩笑。

與此同時，再定睛細看眼前這位自稱是欽差大臣的人，雖粗衣素服，卻難以掩蓋他那種不住外溢的高貴氣質與懾人氣派。他的確是濃眉大目，不怒而威，人一站出來，手捧關防，那番架勢就如京劇中掛帥的穆桂英，因是男子漢之故，少了一分英雌的霸氣，且添上了揮之不去的英雄氣概。

不可能是冒充的。

這個念頭才鑽進各人的腦袋裏，耳畔又立即聽到人聲與銅鑼響道的聲音。

各人回頭一看，這次是如假包換的成營官兵洶湧地自四周擁上來，包圍整個堤岸。

為首的一人正是廣東將軍德克金布，見了林則徐，立即行禮：

「大人安好，越華書院通報說大人外遊遲遲未歸，怕你遭逢意外。所以我到外邊來找大人，請恕卑職來遲，害大人受驚。」

林則徐隨即還了禮，很從容地答：

「何驚之有。生平不作虧心事，就沒有甚麼可以嚇倒我的。今兒個晚上可真熱鬧，並得了個意外的收穫，無端檢獲了這些鴉片，算是個非常好的兆頭了。這班開窰子賣鴉片，運毒品進廣州城的匪徒，通統給我關起來問罪。至於鴉片，帶回縣衙內看管，半分不可少，以後再集中處理吧。」

德克金布自然領命遵行。

林則徐回過頭來，對着駭異得有點目定口呆，又強忍住不敢發笑的顧力，和藹可親地說：

「這麼巧，我果然就是林則徐。」

這麼一說，包括顧力在內，旁邊的人都笑起來了。

林則徐道：

「這兒的事他們自會處理，你就不必費心了，回家去好好睡一覺，醒過來後就到越華書院來，看有甚麼差事你可以幹的。」

顧力凝神把林則徐的說話想了一遍，才曉得卜通一聲跪下來感謝欽差大臣的賞賜。

就這樣，顧力也成為林則徐在廣東任職時的幕僚一員。實在，顧力有他的建設性好處，就是他原本來自民間，就很能深入民間，探查民間的疾苦，並且知道那些疾苦的虛實，以及分辨得出百姓困擾的緩急，這對於林則徐在照顧民生方面是有很大幫助的。

顧力得了這份在林則徐幕僚中的差事，正好發揮他的抱負，總算是撥開雲霧見青天的一份好際遇。

當他每次上墳，去給父母妹子獻花默禱時，心中就說：

「你們安息吧！皇上派來了林則徐，廣州有救，中國有望了。」

顧力並不是誇大其辭，林則徐沒有令那些對他寄予厚望的人失望。

在他屯居於越華書院作了各種充足準備之後，他開始行動了。

第一道命令發下來，就是要見十三行的行商首領。

十三行又叫公行，在明末清初時已有這種巨商組成的行會組織，開始時一共是十三個行商，故亦稱為十三行。發展至後來，公行數目當然不只十三間了，也就沿用十三行的稱呼。

十三行其實是中國政府在維護天朝尊嚴，不願直接與夷商交往的心態之下，容許建立，作為權宜之計的一種商業組織。

中國傳統思想，重文輕商，對於從商者，素來不喜將他們推舉到社會高層位置，更別說要與他們親密來往，直接談買賣講交易了。

做官的就更加高高在上，哪有輕易與民間從商者往還之理。

還加上是夷商的話，差不多要退避三舍，以示清白，以表高貴。

可是，外商來華，要求通商，多少也得要應酬洋人，在這種迫不得已的情況之下，折衷辦法就是容許社會上產生一種華族官員與外族商賈二者的中間人，於是行商得以誕生了。

行商的社會地位是微妙得很的。他們客觀條件委實太有利了，等於把一種專利權平白雙手奉送給他們。

中國天朝體制攸關，不容失禮，故而不與夷商直接議事，全由行商負責把消息傳遞，這其中可造的文章就大了。簡單點說，行商幾乎是授命兩頭都可兜售利益。

只要把事情辦妥，哪怕行商從中取利，而且取的是厚利。

別說官府與商館之間的交易是巨利之所在，就算夷商要在中國境內買些甚麼，買辦就是行商。總之，一切交易，公私事務，非通過十三行不可。

這種商業上的專利權，須由中國政府規定，行商亦隸屬戶部管理，只是發給牌照經營，卻不照顧行商的盈虧。

其實這是絕對不必擔心的，在道光朝，鴉片戰爭前廣州城的首富，不折不扣，眾所公認的就是行商長老伍浩官。

伍家的財產連顛地都羨慕，而且怪異地對他的英國朋友說：

「中國人真是不可思議，擁有很多很多萬銀子家資的大富豪，見了官要打恭作揖，匍匐在地，不但被認為毫無地位可言，連他自己都真心地自慚形穢。」

難怪顛地與其他英國人大惑不解，基本上中國天朝跟英國強國的政治基制就是完全不同的兩回事。

英國在經濟掛帥的資本主義社會內，商政是難以分家的，有一半以上的倫敦大商行主腦家族，會得派代表入駐國會成為議員，做家族與公司利益的保障工作。就算不直接由家族成員從政，也必然勾結議員，作為自己的喉舌，在議會上發出對自己的商業有利的聲音。

這種政治遊戲規矩，中國人當時想都沒有想過，如何叫他們明白。

同樣，要英國人瞭解中國人的心態與崇尚的傳統，又是一項艱巨和如今都未能全面成功的工程。

當時，英國人覺得實在很莫名其妙，像伍浩官這種坐擁巨資的財閥，若然是在倫敦的話，他怕有資格影響整個政黨的在位抑或在野。英皇恨不得有事沒事就請這種財閥來飲杯下午茶，瞎聊一番，聯絡感情，或甚至到郊區行宮去打馬球，通過遊戲，加強關係，日後國家或家庭有甚麼大事，比較容易跟他商議，得到對方的支持。

那有像中國這些富有的行商，一聽皇帝派了欽差大臣南下，就驚得屁滾尿流，動彈不得，老躲在家裏候命。

直至林則徐下令召見了，以伍浩官為首的公行頭領們就如期準時到達越華書院。

一進門，立即分成兩行，由伍浩官排頭，立即跪倒在青磚地面，先向仍然虛位以待的欽差大臣座椅叩頭請安。

然後靜待大人出來，坐好了，再請安。

林則徐本來不是個刻薄的人，但委實是太痛恨、太憎厭、太蔑視這班唯利是圖，置國家利益於不顧，視民族尊嚴如無睹的敗類了。也為了要來一個下馬威，不只是給這些行商看，也實在是要給洋人們看，於是決心要賣弄官威，作弄行商，懲罰奸商。

林則徐這位欽差大臣一直沒有升堂亮相，又沒有交帶下來，行商可以站起來等候，於是這班平日在英夷跟前還算有體面，在平民百姓跟前趾高氣揚的公行大富豪，足足在凍冰冰的青磚地上跪足了六小時，跪得頭昏腦脹，腰瘦背痛，快要熬不住就昏死過去之前的一刻，才聽到聲如洪鐘的衙差喊：

「欽差大臣駕到！」

於是行商們重新振作，挺一挺已經差不多挺不直的腰，準備叩見欽差大臣。

首先進堂的依次是巡撫怡良與總督鄧廷楨，分兩邊坐好，當中正位才是林則徐的位置。

林則徐也真的不客氣，一坐下來，就嚴厲而直率地把所有行商教訓一頓。

林則徐說：

「你們捫心自問，朝廷為甚麼要設公行呢？無非是為了要你們安心辦事，不准有官商勾結，不准禁物得以入口。

「現在的情況呢，你們心知肚明。歷來查驗夷船入口，都由你們負責擔保，每次都聲稱沒有攜帶鴉片，才准開艙進口的。朝廷絕對信任你們，從沒有發回你們擔保的夷船，結果如何？弄得鴉片充斥滿城，毒流天下。可想而知，都是你們暗中受了大量夷人利益，以致讓他們明目張膽地把鴉片運上岸，賣給無辜人民。

「十多年來積下的走私陋習，究竟怎麼個公然地把白銀抬走，把鴉片抬來，都不必細數了。總之，你們擔保走私已是死罪，再加相約不予舉報運毒，又是罪加一等。

「你們平白辜負朝廷深恩，甘為漢奸，真是萬死不得以蔽其污。」

欽差大臣如此盛怒斥責，所有行商無不一邊哆嗦一邊叩頭，冒請大人息怒。身為行商輩分最高的伍浩官，只好出動他一向最有效的技倆，看能不能壓一壓林則徐沖天的怒氣。

伍浩官稍稍跪前兩步，以他的這番動作，表示他有話要稟。

然後他等林則徐靜下來了，有一個空隙時間，便立即叩頭說：

「請大人汪涵海量，饒恕無知，願以家資報效，從此洗心革面，改過自新。」

伍浩官說那句「以家資報效」時，聲音很低，不知是不是故意含糊，抑或是心裏頭實在捨不得。

姑勿論如何，伍浩官還是相當清醒的，他唯一的板斧就是以家資報效，但究竟是報效國家，抑或報效林則徐，這就不好說明了。總得由林則徐決定如何分配才是正辦。

但求欽差大人肯笑納了，就等於保得住生命。

留得青山在，哪怕沒柴燒。

況且伍浩官一副身家雖是盈億過萬，但說到底真要充公的話，他也沒有那麼笨，全攬上身，現今跪在青磚地上的又不只他伍浩官一人，當然是平分責任與罰款，換取全個公行的平安了。

誰知他這個念頭才生，就已立時三刻破滅。

林則徐更加憤怒，就是這種行賄的念頭充塞着所有行商的腦袋，才會有今日幾百萬煙民在黃土地之上。

他厲聲喝罵：

「本大人不要你們的錢，卻要你們的腦袋！」

此言一出，所有行商都俯伏在地，不斷叩首，個個驚至全身冷汗，牙關打顫，連話都不曉得回答。

林則徐這才稍稍平了氣，道：

「殺了你們這起辜恩負義、危害社稷的人，已經太遲，現今運到國境洋面上來的鴉片必然還有很多，他們不都是要找出路嗎？那很好，我就給他們先安排一個永恆的歸宿吧！」

林則徐稍停一停，清清楚楚地說：

「本大人給你們三天限期，傳我的話給各夷商，務必要在三天之內，把他們已運抵我國洋面的鴉片，全數交出，任由本官處置，別說一箱不准漏網，就是一方鴉片也不准流失。你們且帶罪立功，或有對你們網開一面的可能，否則殺無赦。」

林則徐訓令完畢，即行回到後堂去，繼續伏案疾書，把到任後的情況，書寫清楚，送呈道光皇帝。

伍浩官經過這場審問，精疲力竭，兼且年紀已是不少，再無力跟英商周旋說項，於是先回家休息，着令伍紹榮帶領各行商，趕到商館區的英人商館內，與顛地等大英商議事。

伍紹榮與各人已經嚇得魂不附體，五音不全，言語不清地把剛才被林則徐召見的遭遇相告，並請他們合作，以挽救他們的身家性命財產。

伍紹榮等平日真有點恃財傲物，仗勢欺人，今日完全是兩番光景。非但個個面無人色，手抖腳顫，而且沒有了半點理智謀略，全面向林則徐投降。

這種態度看在各英夷眼中，只覺新鮮刺激，卻引不起他們的緊張關顧。

說得難聽一點，羅拔臣等簡直覺得伍紹榮等的表現過分誇張，因而覺得可笑。

也認為中國行商提出的要求是荒天下之大謬。

哪有這麼輕易，一句說話就把萬里駛來的商船上的貨無條件交到林則徐的手上去？

這算哪一門子的規矩？

又算哪一門子的法律了？

西方國家有證據才可以人贓並獲。

他們無法瞭解在東方的這個天朝大國，皇帝的命令就是法律。

當然他們不願意去明白這個關鍵性的問題，也在於他們要迴避一個屬於道德範圍內的交代。

故而，最好是把良知仁義這等人類的優良品質收藏在公正嚴明的法律之後，然後還加上民主的精神作掩護。

於是顛地代表所有的英商表態，說：

「別說這是一宗毫無公理，亦無法律根據的要求，而且我們沒有領事館代表我們的權益，而實實在在我們單方面也作不了主，一切應由國家派來這兒的代表義律上校出面與中國政府商議才成。」

雖則義律現今在澳門，但顛地仍然裝模作樣的，請各人投票，認為是否應該等待義律來作代表進行交涉。

這種一人一票的結果跟預期的完全沒有差異，一致通過了議案。

也就是說，林則徐這三天是白等了。

他是三月十八日初次召見行商的，到了三月二十一日，沒有得到順利的成果。

當晚林則徐連飯都吃不下嘸，他不是不曾預料事情會相當棘手。老實說，如果一出馬，三天之後就能把英夷手上的所有鴉片一網打盡，也真是天方夜譚的事。

林則徐之所以食慾不振是他過分忙碌，以致謀殺了胃口。他已經細心估量過英國人所可能作出的反應，對待他們的方法，亦已與梁廷枏詳細討論過，不能只硬攻而不軟化。

先迫他們驚醒鴉片問題是必須妥善處理的，然後又緩一緩，令他們知道這次做法已經是天朝大國一次少有的宏量表現。

在運用這種張弛交替的政治手腕的同時，林則徐還要親自執筆，寫明他行事的因由，讓英夷清楚他的立場，不必中間人把話傳歪而生任何誤會。

況且白紙黑字的寫出來，還可發揮一重作用，那就是作為一個紀錄。這些檔案是終歸要傳達到皇帝御前，讓他過目的。

這也就是林則徐非把馴服洋人的招降書慎重地寫好，而不惜廢寢忘餐之故。

那班以外僑商會名義召集了「諭帖」傳達的會議上，大家都對林則徐所寫明的各項要求和情況看得清楚，但卻不認同。

首先林則徐和藹地對英夷重申天朝對他們一直以來的恩賜，企圖提點他們，要在感恩之餘，知所進退：

「夷船到廣東通商獲利甚厚，不論帶甚麼貨來，都容銷售；想買甚麼貨物，無不立即辦理。因此以前每年來船不過數十隻，這年已達上百隻之多。我大皇帝一視同仁，准許你們貿易，才得沾此利惠，如果封港，各國有甚麼利惠可圖？況且茶葉大黃，如外夷沒有這些東西，便以為命，但仍由你們年年販運出洋，絕不吝嗇，恩莫大焉。」

在這種天朝施恩的情況下，偏是洋商恩將仇報，把鴉片運進來，毒害天朝人民。

這種行徑必須知過能改，則快快大度的天朝，答應不究既往。為此林則徐又鄭重聲明：

「感恩即須畏法，利己不可害人，怎麼能將你們國家不吸食的鴉片煙帶來內地，騙人錢財害人性命？幾十年來，你們以鴉片蠱惑華民，所得不義之財不可勝計，於此人心所共憤，天理所難容！……如果追究過去積年販賣的罪行，已是不可姑息，但念及究竟遠來夷人，從前不知有此嚴禁，今天再次申明約法，不忍不教而誅。」

至於如何處理已運到境內洋面，在躉船上的那些鴉片呢，林則徐也清楚提供辦法，把問題解決掉：

「存貯許多鴉片，無非是要私行售賣，但現在海口如此嚴拿，還會有甚麼人敢為護送？各省亦皆嚴拿，還有甚麼地方敢多銷售？此時鴉片已遭嚴禁，人人知是鴉毒，何苦還要存貯躉船久碇大洋，既枉費工資，又恐懼不測風火。」

林則徐認為他是在循循善誘，陳明利害，英夷明理者自然會按他的要求遵行。對於接受規勸者與頑抗不馴者自然也有不同的對待方法，於是亦清楚說明：

「如果遵從諭示，已來的盡數呈繳，未來者斷絕不來，將奏請大皇帝格外施恩，酌予犒賞，獎其悔懼之心，此後照常貿易，仍不失為良夷。如執迷不悟，還圖設法私售，搪塞不繳，即是存心違抗的奸夷，怙惡不悔，必遵照新例，一體從重懲罰。」

至於林則徐的最終立場如何，他更是大筆一揮，寫道：

「此次本大臣自京面承聖諭，法在必行。且即帶關防，得以便宜行事，非尋常查辦他務可比。若鴉片一日未絕，本大臣一日不回，誓於此事相終始，斷無中止之理。」

洋洋灑灑寫好的告示，對林則徐而言，既是嘔心瀝血的肺腑之言，傳達到以顛地為首的英國大商行頭頭手上，幾乎是當他在放狗屁。

別說內容非他們所能認同，那種天朝大國的神威凜然，事事盡皆賜予的口氣，令英夷反感之至。

這又是兩國文化習慣不同所產生的一道難填的鴻溝。

中國和英國從這些年開始，就註定是怨家了。

在這麼一則不明中國體制為何物，二則心存厚利不願割捨的英夷，聚合起來會議，也無非得出了一個預期的結果。

那就是不理會林則徐。

在會議上偶然有過一點轉機，就是與會中有美國商人，曾站起來語重心長地解釋道：

「我當然明白各位的立場，但在我們堅持自己的厚利，維護本身的利益之同時，縱使不需要理會中國官員的狂妄自大，一廂情願，但總應該為我們一直以來合作愉快的夥伴着想一下。」

顛地於是問：

「你指伍浩官？」

「何只是他。連他如此有經驗，年事也不輕的行商頭頭，現今都已惶恐至生不如死，這種表情是裝不出來的。人身上的血與牛奶一樣，一旦潑瀉在地上，就真沒有轉彎的餘地。我們是否應從人道立場，也從長遠合作的觀點出發，再考慮一下，有甚麼是我們可以做的，直率點說，是我們可以讓步的呢？相信大家總不至於看重口袋裏的錢多於朋友的頭顱。」

既是美國商人出口相幫，如果英商們仍然採取愛理不理，任由行商自生自滅的態度，那就有點說不過去了。

於是各人就決定裝模作樣，又要所謂民主花樣，實行投票決定，終於以大比數贏的一方，決定組織專案小組，着實研究林則徐提出的問題與解決方法，然後把他們討論的結果與建議的方法，提交商會，再由商會交行商轉告欽差大臣。

與此同時，他們也聲明，在粵進行各種買賣貿易的外商，應及早與鴉片斷絕關係，不要惹出更多的誤會來。

當行商試行把這些回覆帶到越華書院之後，林則徐大怒。堂堂大國的全權欽差大臣，當然的說一不二。哪有這個空檔與心情，跟他們這班洋鬼子玩推三擋四的遊戲。

林則徐完全不能領會洋鬼子就算肯讓步，也有一個所謂互相探討、彼此議論的民主過程，他們很不習慣一言堂的作風，等於林則徐不滿也不明白為甚麼一件分明是違背良心的勾當，也需要這麼長的時間去辯證。既已是在別人的國土之上行兇，還不快快叩頭謝罪，簡直是豈有此理。

於是欽差大臣的威風便出來了，擊案有聲，道：

「回去跟夷商說，他們儘管借辭規避吧，如不答應繳煙，本大臣就於明天早上十時親臨公行，措辦一切，看他們怎樣應付我！」

是夜，商館又再舉行緊急會議。

至此，公行商人們全都到齊，幾乎是聲淚俱下的懇求夷商們讓步。

顛地對這班一直以來幫他打天下的行商，沒有太大的好感，一直以合作生意的心態對待他們，真正是人盡其才，用得着的，哪管他雖無過犯，面目可憎，一樣與他在互利互惠的情況下相處下去。一旦飛鳥盡的話，縱使對象是良弓，也不必多客氣了。

為此，在如今的麻煩當中，還要為照顧他們而犧牲利益，其實心裏是很不舒服的。

聽到伍浩官對他說：

「顛地先生，這位欽差大臣非同小可，他真會斬我們的人頭！」

「你怕？」顛地瞪着伍浩官問。

「當然怕。難道你就不怕？」

顛地冷笑：

「他敢？」

「他對你不敢，只為你是英國人。我是中國人，他就沒有甚麼不敢了。」

伍浩官說完此話，立即老淚縱橫。

羅拔臣慌忙拉開了顛地，靜靜的說了這番話：

「這起賣國賊，實在是不值得可憐的。如果我們發覺有英國人把鴉片運到英國來，老實說，恨不得撕他的皮，食他的肉。但，現今情況相反，中國是隻會生金蛋的雞。」

顛地點頭道：

「讓步就讓步吧！伍浩官這等如假包換的奴才，讓他們活得長久一點，好替我們養肥這隻生金蛋的雞。」

於是重新會議，決定繳出一千箱鴉片。行商美言為這是英夷表現愧悔的決心，以後再不會做危害中國之事。

這種變相的韓肇慶把戲，在林則徐跟前要是不會得到預期效果的，反而只有令林則徐更加憤怒。

「他們真以為我國的官員會是愚矇若此嗎？」

林則徐要的是鴉片的斬草除根，求的是英夷的永遠臣服。

先行爭取到第一項，自然有機會令第二個目的實踐。

他決心之大，遠遠出乎所有人之預料之上。

因為林則徐的計劃不是片面的，而是整體的。

他的策略不是單方面的，而是全方位的。

他的手段不是柔弱的，而是決斷的。

他的目的也不是暫時性的，而是永久性的。

他的志向亦不是低俗的，而是崇高的。

在林則徐一開始接見行商，要他們知會英夷時，他也同時作出了詳盡的軍政兩方面部署。

三月十九日，海關監督便配合林則徐行動，發出通告：

「當欽差大臣駐粵期間，在徹查英商與內地人民的結果尚未確定之前，禁止一切夷眾前往澳門。」

三月二十日，數千兵勇已在廣州城郊集中，這是軍事上的一項明顯的部署。

三月二十一日，由於英夷仍然推搪塞責，於是，商館門前的江面上，成羣滿載兵士的船隻，已在停靠待命。

這種陳列兵陣的做法，無非是告訴所有人，林則徐已非常的準備先禮後兵。故而，英夷到了二十二日的期限，仍只是打算把繳煙的數目限制在一千箱之內，林則徐就知道這個現行統領英商的頭頭顛地，是毫無悔意，而且是囂張傲慢的。

他忍不住對身邊的顧力說了一句話：

「英夷真的以為我無奈他何嗎？」

顧力雖然身受英夷之害，但畢竟未曾經歷過這等國家大事的處置，因而不敢作聲，怕回應不對，反而失禮。

其實，林則徐並非要他回應，他早已胸有成竹。

於是，這一次行商來見，就傳達了他要逮捕顛地的決定。

林則徐的命令非常清晰，他說：

「速將顛地一犯交出。」

已經把顛地這毒梟視為罪犯，這一仗就已是如箭在弦了。

行商們要傳達這個信息也真是為難的。於是伍紹榮等相議之後，把口氣改為輕鬆一點，對羅拔臣說：

「欽差大人希望能召顛地先生進城，面對面的議事，或者能得出一個結果來。」

雖然這種口吻是可以接納的，但當顛地知道林則徐所作的一應軍政部署時，他的警惕性就相當高了。

他跟羅拔臣商議：

「這位欽差大臣果然有些手段，我們不能掉以輕心。」

「對，他現今把箭頭指向你，要你一個人來負起責任，居心叵測。」

「我想他在實行分化政策，首先離間我和其他商會的人，這手段很毒辣。我看如果我不進城去跟他會面，他的分化就會成功。再有進一步對我們有所行動時，我的合夥人、同伴與朋友，都會認為我膽小，不夠義氣，因而連累了他們。」

「可是，輕易答應，等於送羊入虎口，並不適宜犧牲了你，而且還一樣會於事無補。」

「那麼，你認為如何？」

二人一籌莫展之際，在一旁靜聽着的羅拔臣心腹卡爾，就插口說：

「兩位先生，可否提出要對方作擔保，保證顛地先生進城的安全。」

一言驚醒夢中人。

羅拔臣說：

「這是個兩全其美的辦法。聲明要保障你的人身安全，沒有對同伴不起，商會諸公肯定贊成，難道分明要你送死不成。如果林則徐同意作出了擔保，我相信他必守言諾，但如果萬一他心謀不軌，不作出承諾的話，你不進城，也沒有人敢怪責你。」

顛地是騎上虎背了，渣頓一走了之，現在各商人中要數他最有分量，自然是林則徐要針對的對象。

於是，立即着行商回去，提出條件。

「顛地需要欽差大臣以他的關防蓋印，擔保二十四小時之內把他平安送回商館才肯進城。」

林則徐連半秒鐘思考也沒有，立即回答：

「回去轉告顛地，本大臣的關防只用於拘捕令之上。」

真的已經勢成水火，幾乎無可轉寰了。

連伍浩官與他的子姪，都為了要強迫顛地讓步，為了打動其他商會成員的心，竟在三月二十二日得到了這個信息之後的翌日，特別將自己打扮一番，實行披枷帶鎖，表示自己已經到了要琅璫入獄，等候處決的狼狽階段，希望顛地能答應進城一趟。

情勢發展到了這個地步，其實更令商會成員擔心，說不定林則徐真要殺雞儆猴，要了顛地一條命而後已。

於是連夜開會商議，畢竟還是不敢讓顛地進城，但總不能全無表示，令雙方的關係更加惡化。

羅拔臣只好硬着頭皮，安排了自己、卡爾和另外兩個商會成員，進城一次，算是代表顛地謁見林則徐，看能不能平了欽差大臣的氣，事可轉寰。

他們也真的是太不識林則徐的心了。

林氏為人其實慷慨大方，個人的恩怨他從沒有上心，現時關係的是民族存亡，國家榮辱，非同兒戲，也不是三兩句討好説話，就能令他改變方針。

他，是如此的矢志不渝。

他，又是如此的誓不言倦。

是非要達到最終的目的，不會罷手的。

於是，四名英商無功而返。

他們在晚上入黑之後已經平安抵達商館，只帶來一個更壞的消息。

如果顛地在翌日仍不自動進城，即行拘捕。

是夜，整個英國商館的人，都不可能閉上眼睛睡覺，人人都似在惡夢之中，既不能強迫顛地進城，這無疑是強他上斷頭台無異，但也不能坐以待斃。

人人明知顛地是罪魁禍首，他一天不讓林則徐將他治罪，一天這商館便不得安寧。

非但不得安寧，且隨時有不測之巨變，危及他們的生命資產。

若是從此客死異鄉，也是挺冤枉的。

外頭江上是一輪明月，照得見那高大身型、面似兀鷹的顛地，已是一臉蒼白，兩眼青光盡露，浮現着的不安和憤怒，竟然令他很顯老。

栽在中國人的手上，是太不光彩、太不堪的事了。

顛地在想，寧可死在白種人手上。

這些中國人，人畜不分似的留了條辮子，為官的亦趴在地上自稱奴才，臉黃土似的，骨瘦如柴，知識又是普遍膚淺得叫人發笑，要是被他們整倒了，是太不甘心的一回事了。

顛地發誓，只要他捱過這次難關，他必傾盡全力，向準一個目標進發。

他要自己的國家來對付林則徐以及林則徐的主子。

顛地相信其道不孤。

或許渣頓一抵國門，就會立即展開這種游説工作。

在控制和凌辱這隻會生金蛋的雞上，他與渣頓的心思和利益都是相當一致的。

現今最大的問題就是如何脱險。

似乎只有一個人像奇蹟般儘快出現，顛地才會有救。

那人就是英皇派到中國來的代表義律上校。

他雖是人在澳門，但這些日子來發生的事，已給他照會得明明白白，他是瞭如指掌的。

他如果肯出面來廣州一趟，事情就有轉機了。

畢竟他的身分與林則徐是對等的。

英商館內這一夜，人人自危，個個心驚，夜不成眠已是肯定的事了。

奇蹟總不會在半夜三更出現。

唯有等白晝來臨，希望黑暗之後突然有黎明。

果然，顛地還是有一點其實他不該有的福氣。

他盼望的奇蹟在最後關頭出現了。

義律頂着他的大肚子，毅然決然地從澳門趕到廣州來了。

義律當然也不是一盞省油的燈。

他最近是英國外交大臣巴麥尊的寵兒。

當英國派了律勞卑作為第一任駐華商務監督的時候，義律的官職很卑微，只是律勞卑身邊的一位隨員。

眾所周知，律勞卑在中國是相當的不得志的。他在廣州大動腦筋，因宴會的座次問題與廣州當局鬧得不愉快，老實說，當時的義律連座位都未排得上。

偏是律勞卑不久在澳門病逝了，又派遣了另一位英官魯賓遜來接任。

魯賓遜的態度與律勞卑就不一樣了，他比較溫和順從，事事委婉，慢慢與中國官員建立起比較良好的關係，但卻在本國跟前失威，英商們無不投訴他過於懦弱，過於順從，不能為英國人在中國爭得更大的好處。

其時，義律已升了職，是魯賓遜身邊的左右手，因此而能攀得上資格與英國當時得令的鷹派人物巴麥尊通信。

義律為人相當深沉，他看清楚了情勢，抓緊了機會，在與巴麥尊的通信中，不斷認為應以強硬的手段與中國周旋，甚至對抗，才會得到他們心目中要獲得的好處。這種口吻太合巴麥尊的脾胃了，早就對他留了好印象。義律亦同時在其他英商身上做功夫，慫恿他們不斷反對魯賓遜的柔弱政策，並且鼓動他們把意見反映給英國總部。

終於巴麥尊決定罷黜魯賓遜而改為起用義律。

官場上的你爭我奪，遍地陷阱是無分中外，盡皆如是的。

自從繼位以來，義律其實沒有甚麼突出的政績表現。他當然的希望能建奇功，於是曾經試圖以他的新身分，也就是英皇在中國的代表，跳過行商，直接跟中國官員交手，他一接觸的大員就是鄧廷楨。只要他成功地取得了這種前所未有的特殊地位，那麼，他就升價十倍，聲音洪亮了。

很可惜，天朝還是天朝，鄧廷楨沒有給他開例。

他到達了廣州之後，仍不放棄，繼續努力爭取與天朝官員平起平坐，直接交往的地位，但始終不得要令。

中國官員甚至頗討厭這個並不肯安分守己、妄自尊大、諸多請求的夷目，一於把他視為英商之一，並無特殊禮待，兼且不客氣地以書面聲明，他必須與英夷相同，都要通過行商才可向中國提出任何請求。

氣得義律走回澳門去，不管甚麼欽差大臣駕到。

自然，欽差大臣駕到之後的一連串發展，又引起了義律的關注。

一則為職責在身，不管中國怎樣對待他，他儼然以領事的身分自居，自認為有責任挺身而出，保護僑居中國的大英帝國子民。

二則他難得抓到這個機會，發揮他的抱負。

他曾明明白白的向他的上司巴麥尊建議道：

「對待中國，要得到平等對待，只有訴諸武力。」

話是這麼說，總不能無端端動武。

好了，現今初而口角的機會擺在目前，只要催谷到繼而動武的地步，就是建功立業的時候了。

於是，他火速動身回來廣州，主持大局。

三月二十二日，義律其實已經作了一些功夫。

他在知悉雙方交涉的內容，以及林則徐所作的陳兵舉動之後，他也不示弱。

義律做了幾件應變的措施：

其一是下令英國商船立即開往香港，置這些分分鐘會被搜查的商船於停泊中國海面之英國船隊保護之下。

其二他已修函至廣東總督，投訴廣州居然作出備戰姿態，這是嚴重威迫他們英國僑民的。

其三他也得照會自己國民，因而大登通告，讓所有僑居的英國人，作出心理準備，必要時要一齊對付已經備戰，或以備戰的陣容去壓迫他們的中國官員。

其四自然是向倫敦交代，他認為回應態度與口氣都必須強硬，才能穩定局勢。

全部部署妥當之後，他便趕赴廣州。

他是於三月二十四日黃昏抵達十三行街的，隨即受到熱烈的歡迎。

英國人在不知所措之中，盼得了救星，他們可以安心把所有難題塞到義律手上去，由他去周旋處理了。

義律也非常樂意的當他的英雄，接受所有人給他的掌聲。

他下榻於隆順行之後，乾脆把欽差大臣要的人犯顛地接到他的住處去，由他親自保護。

無疑，義律的出現，使整個情勢轉變。

英國人視此為轉機。

然而，轉機是中性的。

轉安為危，轉危為安，都可以視為變機。

英國人做夢也想不到，今時不同往日，他們的對手太強了。

林則徐依靠的不只是那個金澄耀目，懾服萬眾的欽差大臣關防，也就是說他的堅持不只為了皇帝給他的權力支持。

林則徐的力量與信念來自內心。

代代出英雄，宋朝岳飛如是，明朝鄭成功亦然，到清代，有了林則徐。

他之所以堅強不屈，是他知道作為一個中國人起碼要有的尊嚴，那是不容侮辱的。

來到我邦，用我邦的貨，買我邦的物，騙我邦的錢，還害我邦的人，這是太太太侮辱民族自尊的一回事了。

是可忍孰不可忍。

林則徐自覺與顧力沒有太大分別。

他們都是用自己手上擁有的條件去保護家園，顧力只能有力量去跟三幾個地痞拼，搶幾箱鴉片；他林則徐力量比較大，就多做一點功夫而已。

大家心上的原動力都只為愛國。

於是，當林則徐知道義律來了，他要存心保護顛地。林則徐立心跟他周旋到底，實行玩貓捉老鼠的遊戲。

顛地不是林則徐最終獵物，只不過是弭，用來給英夷惹更大的麻煩，迫令他們全面交出鴉片。

現今義律來了，棋局就變了。

因此林則徐再不把重心放在顛地身上。

他只輕輕的交帶顧力說：

「我現今把精力人手放在全方位對付義律和他保護的商館之上。區區一個顛地，我交給你去對付。你也只可以用你的方法去整治他，不宜操於過急，也少動用我的火力，以免擾亂視聽。」

顧力說：

「顛地知道你要追捕他，他可能會設法逃走。」

「他走的話，你就追。」林則徐把這個光榮任務給了顧力。

林則徐非常明白，顛地在整場戰役上已成了個次要角色，就由顧力獲得對付英夷的這番享受吧！

他相信目前顛地已經相當孤立，沒有人有空理會他，這樣更適合顧力睜大眼去看管他了。

林則徐集中火力去對付義律，等於對準英商集團來開火。

他通過行商發出了異常嚴厲的諭帖：

「前已命令將鴉片全部繳官，限三日內立下保證書，至今仍無答覆。這分明是意在觀望，存心違抗。因此，即將停泊黃埔貿易的各國夷船先行封艙，停止貿易，一概不准上下貨物。各色工匠、船隻、房屋，不許給夷人僱傭租借。如敢違反，地方官立即嚴拿，照私通外國例治罪。所有夷人的小船，也不准攏靠夷大船私相交結。省城夷館買辦及僱用人員，一概撤出，不許僱用。如若違抗，本大臣即奏明請旨，永遠封港，斷其貿易。」

這諭帖下達之後，還有一連串的措施立即雷厲展開。

林則徐已經下定決心以封鎖整個商館區的鐵腕手腕去迫英夷就範。封鎖的工作非常迅速而有效地實行。幾乎在義律一腳踏入了十三行街後不久，上千名的官員就出現在商館區地帶，將商館區內通往城內城外各個通路都把守着，不准任何人進出。

與此同時，派出通事，在商館區內逐家逐戶拍門，通知所有在商館內之中國人，說欽差大臣下令封鎖商館，限時限刻讓中國人立即撤離商館。

商館廣場在前些時因處決許金水而發生萬人大示威，英夷卡爾和羅渣就從商館的屋頂逃跑成功。這次也作出了縝密的部署，連商館區外的屋頂上也布滿了監視商館行動以及防止商館中人逃走的士兵。廣場一邊對着的江邊，已有數十隻結成弧形防線的駐有重頭兵之大船，任何船隻通過都要備受查驗。

當商館內的中國人飛也似地捲蓆撤離之後，商館區立即鑼鼓喧天，由廣州城附近的番禺，南海二縣知縣帶領了士兵，在商館周圍巡查示威，一直喧鬧至黃昏日落，才鳴金收兵。

入夜後的商館區寂靜無人，與下午時的喧嘩形成一個非常強烈的對比。

別說是閒人不可妄進，就是供水供食的買賣者都不容到商館區來。

住着數百夷人的商館，從這一刻起被迫與外頭世界斷絕，他們只能進用身邊餘下的糧食，直至他們全面投降，繳出全部鴉片，才會再有接濟。

這是一項在外夷眼中認為極之可怖的野蠻行動。

林則徐是硬着心腸實行了。

對一些先不講道理來對付自己的人講道理是行不通的。

一天不封鎖商館，讓他們面臨飢餓疲困，甚而糧絕生病死去的危機，他們不會後悔，不會屈服，不會請降。

難道這麼些年，為吸食鴉片而受苦受難，以致捐出生命的人還少嗎？

煙商看到煙民的屍體時有心動過沒有？看到中國人傾家盪產時有流過眼淚沒有？

如果答案是否定的話，今時今日以絕對強硬的手段來對付煙商，是不必多所顧忌的。

林則徐估計，英商在義律的率領之下，首兩三天還是會撐得下去的，第三天開始就要考慮軟化了。

故而，林則徐準備用這三天的功夫，趕做一些既是分化也是教化的工作。

他竭力地從一大堆外國商人之中，分開「劣類」和「良類」來。林則徐跟鄧廷楨、怡良會議時很慎重地指出：

「也有些外國人是真誠地看重我們這個市場和中國的各種好貨式而前來通商的，這些人當中，英國人也有，美國人尤其多。良莠不齊在所難免的話，我看要好好分辨，不要連累無辜。」

鄧廷楨回答：

「這個辦事的原則講清楚了，就不會以為我們只是盲目地要達到目的，不擇手段。不妨對願意澄清誤會，聲明從不走私鴉片的夷商詳加調查，若果屬實，則可以另行優待。」

怡良是比較沉默的，林則徐交帶下來的工作，他準會一一辦妥就是。

實際上，林則徐的思路很謹慎，很周密，也很全面。沒有甚麼他是想不到、想不通、想不透的。

尤其是當一個人的時運高，意氣好之際，每一個層面，每一個角度的人事都似乎不易出錯。

林則徐不必下屬多所提點，他就知道還有一件跟奏稟道光皇帝同樣重要的事要做。

他需要對英國國王作出一個交代。

畢竟他現在的作為是無可否認地在對付着英國人。

如何去向英國國王解釋，如何保存英國的面子，如何得到他的諒解甚至支持，都是不能不思考、不可不爭取的。

林則徐意識到，如果這件事處理得不好，大可以升級為國與國之間的紛爭，那就成了個國際問題，以後的麻煩就會不斷。故而，當前的另一要務，是要把事件控制在鴉片貿易的爭端之內，不可以讓事件演變為兩國之間的矛盾。

這點顧慮林則徐是有的，同時也得到了梁廷枏的鼓勵，於是立即挑燈疾書，草擬了照會，詳細而得體地把情況，甚至可以說是苦衷告知英國國王。

林則徐把販買鴉片的責任全放在一小撮英國商人身上，說是「貴國所屬各部落鬼域奸人私行造作，並非國王令其制賣」，而且還懇請英國國王幫忙，以便「禁其販賣，禁其製造」，以「絕此害人之物」。

林則徐把這份照會重託了開往英國之其他商船帶到倫敦去交給英王。

他的顧慮無疑是周到，他的做法也是正確的。

可惜，他能想到了要把鴉片問題局限在民間糾紛的範圍之內，以免多生枝節。與此同時，也有人想到可以將禁煙行動擴展成為兩國矛盾的焦點所在，早晚要將鴉片問題升級為外交上的爭執，以便從中取利。

此人，不消說，就是商館內的義律。

要他很容易就範，根本是不可能的事。

義律在英國商館內主持商會會議，說：

「中國的欽差大臣已經囂張到了極點，他已下令水師和砲台加強戒備，並且嚴密防範英國兵船闖入內河，又將挨緊我們的人民遷移。總之目的就是要斷絕對我們的一應可能接濟，對此，我們要有充足的迎戰心理準備。」

在二十四日、二十五日兩天，義律在會議上極盡挑撥離間的手段，亦得到了相當良好的反應。

因為英國商人的肚子還未餓，他們仍然有水喝，只不過僱用來服侍自己的中國人都跑得精光了，生活上產生了不方便罷了。

忍耐到二十五日的中午，問題愈來愈嚴重了，他們正要自行動手燒飯充飢時，發覺已沒有剩下可燒之材料，連裝食水的器皿都已見底，開始要飲用洗澡用過的水，這真是令很多有潔癖的英商嘔心的。

於是在焦急的情況下，不滿中國與不滿現狀的情緒同時被挑起來了，甚至有些人對顛地的態度就不怎麼樣。

其中對顛地有微言的是一位英商義占士，他對其他同胞嘆氣道：

「來廣州營商一段日子了，發覺廣東人有些俗語比方很傳神，聽過『白狗偷食黑狗當災』這句話沒有！」

他口中指的白狗自然是顛地，畢竟顛地與渣頓兩間公司販運鴉片的數量最大，獲利最豐，其餘的英商並不以鴉片為主力，這位義占士尤然。

回應他的是美國商人湯姆士，道：

「如果你也算是黑狗，那我們被牽連在內，豈不更冤枉了？」

這些已說得頗為露骨與刻薄的說話，被卡爾聽到了，慌忙向羅拔臣報告。

羅拔臣沉思片刻，問：

「卡爾，你有甚麼高見？」

「顛地先生的處境真是危險的。渣頓先生就聰明，他早已離開險境。」

羅拔臣會意了，立即找着了顛地，對他陳明利害，道：

「我並不是危言聳聽，我只希望有備無患。如果各人情緒不穩定，忽然間有哪一個發起神經來，主張顛地先生要犧牲小我，成全大我，那可為難了。」

聞言驚心，顛地想到了可怖的一幕。

反正人類本性涼薄自私，到了自己生死榮辱關頭，哪怕把他顛地綑了出去獻寶似的給了林則徐，也是可能的事，那可糟糕了。

生命誠可貴，自尊價更高。

顛地忙問：

「我們應該怎樣對付？」

羅拔臣想了想，答：

「跟義律商量，由他安排你逃走。顛地先生，好漢不吃眼前虧。這情勢發展下去，怕連義律也會有機會出賣你以作緩兵之計。」

不是顛地重要，而是可以拿他稍緩局勢。

這句話現實得使顛地震驚，他難過得幾乎忍不住溢淚。

由羅拔臣跟義律商議，義律倒也通情達理，說：

「顛地先生能逃出這個惡劣的環境也是好的，最低限度減輕我的負擔，免去我會左右為難的危機。但是，現在外頭風聲鶴唳，如何走得了。」

「那就要靠你的威信了，老實說，再密的屏風都會有個洞透透氣，辦法只要想，不會沒有的。」

「這話倒是真的，這樣吧，事不宜遲，我跟伍浩官說去。他就要來了，替他的欽差大人看看我們被迫死了沒有。」

最末的一句分明是義律的晦氣話。

伍浩官不錯是奉欽差大臣之命，每天都要來跟商館聯絡一次，當然有招降的成份在內。

而且也是林則徐為他們預留的一個缺口。

這是用兵之計，不能全部把他們對外的通訊可能堵死，沒有了透氣的孔道，張弛就不可自如。

譬如說，林則徐雖明令斷絕對商館的飲食供應，但他讓伍浩官等兩三個行商代表，免檢入商館之內，就是由得他們偷運一些食物給義律和幾個伍浩官特別有交情的商人。

明知兩三個人所能帶的食物不足以分給幾百人，那麼放行又有甚麼相干呢！

反而是幾個得着了額外接濟的人，會提高了全體人等對解禁的意慾。因為人人見了伍浩官偷偷帶進來的廣州福隆店的蒸魚和素鵝，就愈發想吃想得瘋了。

義律甚而厭煩地對伍浩官說：

「你別犯這規矩了，冒了生命危險帶進來給我吃，我吃得了嗎？都不知分給誰好，倒不如別多此一舉。」

伍浩官知道義律的心情，便唯唯諾諾地說：

「是的，是的，我們知道大人大公無私，愛民如子。只是昨天羅拔臣先生囑咐，說顛地先生喜歡吃素鵝，我看這也應該給大人你多買一點。」

「顛地先生需要的東西很多，我看你要幫他、照顧他的話，就請徹底一點。」義律說：「你明白我的意思嗎？」

義律的表情令看慣眉頭眼額的伍浩官看得出個所以然來，他只好凝重地說：

「現在怕是遲了一點吧！」

「今日之後怕會更遲。」義律的口氣很強硬。

「這有一定的危險與難度。」

「你不是平日很講交情與義氣的嗎？」

「這個……」

「聽說你曾慷慨地跪在林則徐跟前要把你的家資報效。老實說，安排顛地離開險境，並不需要你整副身家，為何厚此而薄彼了。」

從義律的這番口氣，就可以看到伍浩官這種奔走於中國與外商之間的漢奸小人，其實有他兩面都要逢迎，而經常又是吃力不討好的下場。

伍浩官如果在這個時候説個「不」字，他以後怕就沒法子在洋商之間立足了。就算明知自己做了豬八戒，兩面照鏡子都不是人，也叫做沒法子的事。

於是只好一力承擔，道：「我們分頭去準備。你可要叫顛地先生預備委屈一點。」

當顛地聽了義律的傳話，有點不高興地説：

「怎麼個委屈法？」

羅拔臣趕快讓他這位上司平平氣，於是就説：

「你總不能堂堂正正、大搖大擺地走出去呀，伍浩官的意思是得化妝一下。」

二十五日的晚上，對商館內很多人來説，是非常非常的難過的。

因為他們開始肚餓，也有在飲用了污水之後，身體不適，嘔吐大作。

在個個人都唉聲嘆氣，氣息奄奄的晚上，商館更加淒清得有點似鬼影幢幢，令人不寒而慄。

羅拔臣與卡爾，甚而義律都陪着顛地乾坐着等候伍浩官的消息。

等得不耐煩了，顛地就問：

「伍浩官這隻老狐狸會不會說話不算數？」

義律道：

「他如果只看今日，不看明朝，就不算是老狐狸了。」

顛地看義律如今還有點躊躇滿志的樣子，心上就有些不忿，而且畢竟要準備逃亡，未免心情緊張，人就益發暴躁，說：

「你倒還輕鬆，充滿自信。」

「我相信黑暗盡頭必有黎明。對中國這塊肥肉志在必得的人多得很，我才不操心，自然有人為我們拿主意。別以為現在林則徐在趕狗入窮巷，我說呀，他弄到有一天迫虎跳牆，中國就知道滋味了。」

「誰是那隻老虎？」顛地問義律。

「誰在對內閣的首領位置虎視眈眈了？」義律反問。

這就提醒了顛地，他們今日在中國的這場戲，不但是演給中國人看，也是演給他們老家的英國人看的。首相梅爾本的本錢是外交大臣巴麥尊，他要對抗政敵，不讓首相的位置喪失，要靠巴麥尊，而巴麥尊靠誰？

難怪顛地一聽這個分析，心情就輕鬆了一點。

畢竟巴麥尊也要看英國那些手握巨資的英商臉色，他們間接控制着國會內的很多個議席。

這種君主立憲制度下的政治遊戲，不是當時的中國人所能明白，正如要義律他們了解中國皇權政治一樣，也有一定困難。

如此這般閒聊着，時至深夜，伍浩官才着親信胡廣來接應。

胡廣給顛地說：

「我們買通的官兵，只知道是偷運食物進來，並不知道是偷運人，尤其是偷運顛地先生，所以，請顛地先生先更衣。」

「為甚麼？」

顛地看到胡廣手上拿的一套女服，就已嚇了一跳。

「沒辦法，」胡廣說：「我剛帶進一個女人來，表面上是讓她走私食物進來，等下我把她留在此一宵，待明天伍大爺進來，才把她帶走。明天下午，官兵交班，且又受過我們的好處，看只是個粗婦，不會太大留難。現今呢，就請顛地先生易裝，跟我出去，出了廣場，上了船，過了南邊分流，就安全了。」

顛地很難為情，但實在沒辦法，一邊改裝，一邊粗暴地問：

「為甚麼伍浩官不買通官兵，乾脆放我的行？」

胡廣說：

「今天啊，最貪心的人都不敢行這個險，而且說是要放顛地先生出去的話，那個通行數目就算有人敢收，也沒有人付得起。林大人連伍大爺的一副家當都看不在眼內，而且啊，一旦知道偷運的人是你，一個兩個人放行也保不住安全呢！」

胡廣是儘可能給顛地解釋要他改易女裝的原因，可是真有點愈描愈黑，愈說愈糟，令顛地心上更不舒服。

當平日威風凜凜，不可一世，更自以為一表人才的顛地，穿起了中國農婦的衣服，還加戴一頂寬邊草帽，樣子實在太可笑了。

在顛地身邊的卡爾和羅拔臣忍笑忍得很辛苦，無論多麼辛苦，他們也不敢笑出聲來，顛地說到底是他們的老闆。但義律就沒有這種顧慮了，他看到顛地那個模樣，立即轟然大笑，拍着對方的肩膊說：

「我說呀，你真是贏在身型好，如果是我，這麼個大胖子，要扮個苗條的中國農婦就沒法子扮得來。只要你別昂起臉走路，讓那些中國官兵看到你的廬山真面目就成，看背面尤其看不出破綻來，太棒了。」

顛地為之氣結。

胡廣把個藤籃遞到顛地手裏，示意他要拿着，然後說：

「時候不早了，我們得啟程呢！」

走出了商館的門，寒風颯颯，滿地清光，連一管針掉在地上怕也會聽得見。真是一步一驚心，甚麼時候有哪一個人忽然地大喝一聲，說要截查，那就完蛋了。

胡廣與他另一個親信周忠，領着顛地，急步的認着每幢商館的屋簷，直走到廣場通去江邊的出口，就有官兵在巡哨。

胡廣故意走前幾步，對那官兵說：

「劉大哥，我們送完飯菜出來了。」

「嗯。」那姓劉的官兵應了一下，正想走上前去打量。

胡廣又忙拉住他的手，把好幾碇銀子塞到他手裏去，說：

「請劉大哥幫忙，明兒個晚上我們照舊來送點吃的給裏頭的洋鬼子，也就是我們兩個和我的女人而已，沒有別的，你請照舊通融。」

這麼一說，的確分了官兵的心，就點頭道：

「快走吧！別給人看到你們從我這關卡走出來啊，否則多賺這些小錢，卻保不住腦袋，可不得了。」

「是，是，多謝關照。」

於是三個人故意垂着臉，急步走過關卡，直奔江邊。

江上已有小舟在接應，胡廣把顛地扶進了船艙，道：

「你且坐好，別出來。」

然後船頭有把男聲問：

「人到齊了沒有？」

「到齊了，搖我們走吧！」胡廣答。

「一直往南走是不是？」

「是，繞過那營弧形的官船後頭走，成不成？」

「成，怎麼不成？」對方答：「別擔心，他們跟我熟諳，已經打過招呼了，伍爺吩咐的哪有不妥當呀，就是打從他們前邊走，也不成問題。」

「那就別嚕囌，快走快走。」胡廣催他。

這麼一說，那船伕也不說甚麼話了。

小艇箭也似的在江心往前去，未及一個時辰，已經出了支流，再往南靠岸。

「要不要在這兒上岸，上了岸就是福香棧的後門，怕你們肚餓，可以買點甚麼東西吃。」那船伕這樣建議。

胡廣一想，說：

「不，不去買東西吃了，愈快轉車走陸路去澳門才是正辦。」

可是在船艙內的顛地聽說有東西可吃，心癢難熬，剛才心情緊張，甚麼也沒吃，這些天來也實在沒有甚麼好吃，這對平日饞嘴好食的他也真是夠淒涼的，於是便壓低聲浪說：

「你派個人去福香棧買些食物充飢也好，到澳門去的路不簡單。」

胡廣於是改變主意，對船伕說：

「你給我們到福香棧買東西，我們在後門等着，再上路。」

「成。」船伕答得挺爽快。

船泊了岸，顛地被扶上岸，幾個人走了一段小路就到了那家廣州城近郊，出著名燒元蹄的福香棧。船伕對他們說：

「你們三個等在這兒，我進去翻一翻有甚麼好吃的，那廚子是我家的親戚，他就宿在棧上。」

這樣說了後，快步就推開後園的竹籬走進去。

不一會，船伕走回來，身邊還跟來了幾個男人。

胡廣與周忠微吃一驚，問：

「甚麼事？」

那船伕吃吃笑：

「是好事，原來福香棧在擺喜酒，我那親戚請我們一道去大吃一頓，把你們幾位都請在一起。」

胡廣有些不悅，答：

「我們不去了，要趕路。」

「趕路也不差這麼一頓飯的時間嘛。」

胡廣的臉沉下去，道：

「我女人身子有點不舒服。」

船伕一聽，緊緊地用手圈住了顛地的臂彎，道：

「嫂子哪兒不舒服，怕是餓壞了，跟我們進去吃口香飯就自然舒服了。」

胡廣看着顛地想掙扎又不敢掙扎，連頭都不敢抬起來，於是只好囑咐周忠說：

「我們走吧！別吃飯了。」

「不吃飯怎麼成？來呀，來呀！」

那幾個跟船伕走出來的漢子齊齊上前簇擁着各人從後門走進去。

胡廣和周忠都覺得不對勁了，但實在沒有辦法擺脱得了幾人的糾纏。

一走進前廳之後，發現燈火通明，滿廳都是人，男女老幼，一應俱全，看到他們幾個進來，都大聲叫囂喝采鼓掌狂笑，甚麼歡樂的形態也有。

那一直把他們領來的船伕當眾說：

「各位鄉親父老，聽我顧力說一句話，這頓好飯好菜好酒是欽差大臣慰勞各位的，大人說過誰把那英國人顛地抓住了就有功勞。我們坊眾同心合力把所有逃走的可能渠道都堵塞了，而且難得各把關的人都不貪污，實行通風報訊，我們才把他逮住呢，不管顛地是男是女，欽差大人都會算我們的功勞呢！」

說罷了，旁邊的人已經忙不迭地把顛地的帽子扯下來，看到憤怒至額上青筋跳動，滿臉漲紅，眼珠子怕要跌出來似的顛地，全廳的人歡聲雷動，喝采不已。

二十六日上午，官兵從顧力和一班鄉眾手上接過了顛地，把他送回商館區去。

與此同時，林則徐也着令行商把連夜書寫好的回條諭帖，張貼在商館的牆壁上。

內容和語氣大致上仁愛祥和，也有一點恩威並施。諭帖的重點是說：

「你們離家數萬里，一船來去，大海茫茫，如雷震風暴，蛟鱷鯨鮑，時有危險，天譴可畏。我大皇帝威德同天，今聖意要絕鴉片，便是天意要絕鴉片也。天之所厭，誰能違之？……以前大班利佛企圖佔澳門，隨即在澳身死；道光十四年，律勞卑闖進虎門，旋即憂懼而死；馬地臣暗中撥弄，當年亦死；而慣賣鴉片的曼益，死於自刎。……天朝之不可違就是如此！

「恭查大清律例：化外人有犯，並依律擬斷等語。……若販鴉片，直是謀財害命。現所謀所害，何止一人一家！此罪該死呢，還是不該死呢，你們好好想一想。

「你們遠涉大洋，來此經營貿易，全賴與人和睦，安分保身，才可避害得利。你們售賣鴉片，即鄉閭小民，也多抱不平之氣。眾怒難犯，甚可慮也。出外之人，所持的是信義，現在天朝各官皆示你們信義，而你們反倒毫無信義。……禍福榮辱，皆由自取，莫要說沒有言之在先。」

回條諭帖只表達一個目的，就是要英商答允繳出全部鴉片。

不管他寫得如何動聽，說得如何有理，一旦要各英商犧牲本身利益，反抗性就大。

義律心中籌算，目前情勢是林則徐控制大局，他完全斷絕了商館與外界溝通，根本就無法請到援兵，連食水及食物都已成嚴重問題，依靠行商暗地裏接濟，那是極有限度的。到了這個田地，他只好再與各英商切實地談一次：

「肯不肯繳出鴉片？」

答案在二十六日黃昏時仍然是否定的。

其中一位英商說了句最動聽的話：

「你是我們的代表，先給我們弄一點吃的喝的進來再討論其他吧！」

此言一出，所有人都非常贊成。

餓着肚子議事，實在太辛苦了。尤其是這班鮮有受過苦的富貴中人，才餓了兩三天，對他們已是酷刑。

當晚，伍浩官因為連日來精神壓力太大，已經不支病倒，親信胡廣又與周忠被關進牢裏去，實在沒有太多人敢應命再真正偷運糧食。

迫不得已，伍浩官抱病也要走這一趟。於是帶了幾個壯丁，藉口要去看看英商們對林則徐新貼上的諭帖的反應，其實各人的袋裏都裝滿了饅頭。

走到通商館的西面大街時，就見有兵丁駐守。伍浩官走過前去，人還未出聲，對方就說：

「伍爺，你要帶多少人進去，要運多少救濟品進去，你且自便。不必我給你方便，也不必予我們甚麼好處。」

伍浩官奇怪地問：

「你這是甚麼意思？」

「伍爺，千百對眼睛在光天化日之下盯住你幹這出賣中國，幫助煙販的事。你肯幹，那麼，廣州城的百姓也只能對你笑笑算了，不是不能對付你，是不屑。」

說罷了也就別過頭去，沒打算再跟他說話。

西大街兩行，長長地排列兩隊官兵，個個瞪着眼看伍浩官領着幾個家丁，一步一步的向前走，誰都沒有喝止他，由得他走進商館區去，但這班年輕官兵的目光比他們的配刀還要銳利。

他們以不屑管他，不屑理他，不屑拘捕他，不屑阻止他，比較將他就這樣轟出商館區去還要令他膽戰心驚，汗顏無地。

伍浩官停住了腳步。

他想起了昨天晚上福香棧的那件事，他打冷顫。

原來中國人團結起來可以是這個樣子的。

他從來都不會認為自己孤立。

他也從來都認為自己有辦法。

只到了今時今日，他忽然覺得自己是無助的，是完完全全無計可施的。

只消他直往前走，他就要很具體地知道有多少對眼睛正在盯着他做一件至大的醜事。

任何惡行之所以進行，都必須隱閉，就是行事者終究不會有勇氣在光天化日之下違背良心。

伍浩官驚奇地發現，他也不可以這樣做。

為此，他回轉頭來，跟那幾個隨員說：

「我們回家去吧，我實實在在的頭暈眼昏，撐不下去了。」

撐不下去的人在商館區外的是伍浩官，在商館區內的是絕大部分外商。

他們開始對義律抱怨：

「難怪林則徐也說，你當甚麼商務總監抑或領事，也不過是個虛名罷了，連我們的生命財產也保不住，算是哪門子的事了。」

義律的壓力受夠了，同時，他也暗地裏認為是時候動手了。

義律在學校唸書時，最喜歡運動中的拔河比賽，他覺得挺有意思的。雙方角力，旗鼓相當，突然之間，一方面發現再支持不下去了，就這樣鬆了手，放棄了，讓對方贏了，全場都為勝利的一隊鼓掌。沒有人注意到其實輸的一方突然放了繩子，害得對方立即發生骨牌危險，全都相繼地摔倒在地，大腿小腿全擦傷了，連屁股都開了花呢。

義律同意把鴉片全部繳出來，這些英國商人不肯的話，他就把政府拖下這個陷阱，答應將來由國家出面辦交涉，把英商的損失加倍奉還。有了這個安排，才忽然投降了，就是要令林則徐在所有人的掌聲之中，摔個兩腳朝天，等到他爬起來，慢慢的檢視傷勢時，發現原來皮肉開了花，已經太晚了。

到了二十七日的早上，義律代表全部英商，答應林則徐把已運抵中國洋面的躉船上的鴉片，全部繳清，任由處置。

林則徐在短短的日子，由三月十八日開始行事到二十七日，都未滿十天，就已竟全功。

林則徐接過了義律以英國領事身分送呈中國欽差大臣的稟帖，寫道：

「英吉利國領事義律具稟欽差大人：

轉奉諭大皇帝特命示令遠職帥將本英國人等經手之鴉片悉數繳清，一俟大人派委官憲，立即呈送，如數查收也。義律一奉此諭，不得不遵，自必刻即認真，一體順照。緣此恭維稟請明示，現令裝載鴉片之英國各船，應赴何處繳出。至所載鴉片若干，繕寫清單，求俟遠職一經查明，當即呈閱也。謹此稟赴大人台前查察施行。」

林則徐讀罷義律的稟帖，自覺恍如一場夢幻。

才不過是幾天的功夫，風雲變幻，雨過天青。

幸好原來是一場美夢。

不消說，立即以六百里快馬將這個消息遞送京城。

這幾年，舉國上下為了鴉片的拔本塞源，爭議紛紜，誰想到只這麼轉眼功夫，就成大業。

林則徐的聲名顯赫，事在必然。

消息傳到京城去之後，表面上是家家慶賀，人人歡暢。

連穆彰阿在軍機處也對各軍機大臣建議説：

「是向皇上遞如意祝賀的時候了。」

舉凡國家或皇室有值得慶賀的大小事，臣下都有個習慣，就是請旨遞如意，表示祝賀。

身為首輔，當然要有此胸襟與宏量，不能讓任何人看得出他心上有一絲的酸溜溜。

在皇宮中亦然，皇太后不能不和顏悦色地對她的一雙兒媳説：

「林則徐果真有點本事，皇帝看人看對了，這可真是好事。」

道光皇帝打從心裏歡喜出來，道：

「托皇額娘鴻福，林則徐可以馬到功成。」

皇太后點了點頭，表示領情，再道：

「洋人的不法惡行不錯是鎮壓住了，這是祖宗積德和先帝庇蔭所致。可不能為了一時的功績，而上忘父蔭，下略民情。我看，善後的功夫如做得不妥當，依然會有別些危機。」

皇太后這麼一說，其實是很潑皇帝冷水的。

站在皇帝身旁的皇后，神情也有些不安，認為這個婆婆太不體諒皇帝的苦心了。

多艱難才熬到有今日，連他的功勳和興奮都要給打折扣，這又何苦呢？

皇后心裏頭只有一個皇帝，她當然沒有注意到，皇太后這番話，還影響了林則徐。

道光皇帝是比較多疑的，這麼一說了，他就會額外緊張起林則徐的善後工作來，立即將已立下大功的林則徐，降到以觀後效的田地，未免是冤枉了一點。

之所以說伴君如伴虎，是真有點道理的。

皇后是個溫柔得來心無城府的女子，她並沒有將每件發生在身邊的事，每句聽到的話，都剖析詳盡。因而，她基本上是個快樂的人。

只要皇帝不太操勞國事，也就等於國泰民安的話，她對着丈夫，帶着兒子，身邊有那佳作伴，控制自己不要多想宮闈內各種是非和可以隨時而至的禍害，她就已經算是相當幸福了。

那佳這天也特別的興奮，攜了皇四子奕詝到來，給皇后道喜。

那佳恭恭敬敬地跪下來道：

「奴才恭喜主子，禁煙成功了。」

「起來，起來，是大夥兒的喜事了，再沒有鴉片的話，中國就富強了。」

皇后說完了，就拿眼看兒子道：

「看你，真是有點福氣的，皇上辛辛苦苦地把國家治理好，才交到你們這一代手上去，叫你們享福。」

奕詝一聽，就說：

「我不要享福，我要好好的跟那佳一同學好武藝，然後幫林則徐去打洋鬼子。」

就因為孩子的語氣還是幼嫩，說的可又是成年人說的話，聽得人禁不住發笑了。

那佳在冰玉庵拜師學藝多年，武藝的確不錯。到宮裏來後，被皇后發現了她這點底子，認為是可造之材，反正皇子們總要被培訓成文武雙全的材料，便派那佳跟宮裏頭的幾個授武予皇子的諳達學習武藝，也算是給皇子作個伴。

皇四子奕訢，甚至皇六子奕訢都是男孩，活潑好動，自然都喜歡跟諳達和那佳習武。每每就愛把可惡的洋人作假想敵，因而會這樣對皇后說話。

皇后慈愛地捉起了兒子的手，道：

「別亂說話，給人聽了就要說你不懂規矩。甚麼洋鬼子？外國人也如同我們中國人般，有好人有壞人，不能以一竹篙打盡一船人，不然就是太魯莽、太不講道理了。你想想，如果你成了個黑白不分的人，怎麼好幫你皇阿爹治理天下呢？」

「皇阿爹不是派林則徐去收拾英夷嗎？」

「是去跟那些專門販賣鴉片的英國商人交涉罷了，只要他們肯改過來，也還是要跟他們做生意的。」

皇四子奕詝忽然歪起頭來道：

「如果有一天我當上了皇帝，要怎麼跟洋人打交道了，皇額娘你要好好的教導我，別板起臉孔來說我呀！」

皇四子說這句話時，還頑皮地學着他祖母皇太后說道光時的那副表情，讓皇后禁不住哈哈大笑，樂不可支，也就忘了教導兒子，清朝皇位，不一定居長者繼承，必須賢能的才會當選，現下不但是言之過早，而且應該忌諱。

皇后沒有想過母子之間在深宮中說上這麼幾句無傷大雅的閒話，都會招惹是非。

他們的說話很快被扭橫折曲地搬弄給原本已跟皇后有心病的皇太后知道。

在皇太后的寢宮，也就是圓明園三院之一的萬春園內，翁濤把聽回來的話轉告：

「皇后對四阿哥將來繼承大統早就有了計算，聽她的口氣似乎已成竹在胸。」

「哼！」皇太后額上青筋盡露：「怎麼了，來不及要想坐到我這個位置來嗎？她要真坐上來，我還沒有死的話，她更不可一世了，就欺我要管也管不着。」

清朝政制家法都是極端尊崇皇太后的，至於太皇太后，雖然能長享富貴，但在權力上反而比不上皇太后。

影響朝政的皇太后幾乎在以往各朝都有出現，可沒有誰會抬個老太后出來管事。

為此皇太后對皇后教導皇四子的表現，很不以為然。

「皇后之所以這麼熱情地勸皇帝推行禁煙，無非也是一片苦心，為四阿哥爭多一點功勞。」翁濤一邊為皇太后裝煙，一邊這麼説。

「哼。」皇太后輕哼一聲：「就因為她得寵，便認為皇帝一定傳位給她的親生兒嗎？未必，那還是很久以後的事呢，她敢擔保恩寵不衰？她又敢保證自己長命過皇帝嗎？」

翁濤是那種會得輕巧地説一兩句表面無傷大雅，骨子裏已放了毒針的人。

唯主子之命是從，專門推波助瀾，逗主子開心似乎是太監的專業技倆，翁濤聽得出皇太后喜歡在這話題上磨下去，於是又提供更多的資料，道：

「現在皇后心情大好，所以説話比較輕鬆直率吧，如果她大力推許的林則徐辦不出甚麼成績來，她在皇帝跟前的説話，以後就不那麼響亮了。」

這就是説，現在林則徐打了一場勝仗，以後皇后在皇帝跟前的分量就更重了。

翁濤其實在提點皇太后，她這個媳婦的權勢可能愈來愈大，所以她才會儼然以儲君之母，未來皇太后自居，也顧不得忌諱犯禁，忘了這些宮廷規矩、皇宮法則了。

皇太后自然是聽曉翁濤的話，也因此而上了心，道：

「你有便得叫人傳句話給穆彰阿，總得留神一點。一則朝廷內的權力永遠不宜一面倒，需要平衡，誰絕對的得寵都非國家朝廷的福分。他身為首輔，就得注意權力的均勻。二則禁煙雖好，廣東海關的稅收現時給內務府的是八十多萬両銀子，將來可也別少於此數才好。三則洋人這次是屈服了，究竟是暫時避一避風頭火勢，將來還會伺機鬧事呢，抑或真的知錯而能改呢，這二者就相差太遠了。我知道穆彰阿也有線眼在英國，叫他隨時留心，並且告訴他，我對這些事還是挺關注的。」

這最後一句話，等於囑穆彰阿隨時把消息及情況匯報。

畢竟皇太后是有身分的，她不便明令臣子向她述及朝政，只能以這種口氣暗示。

跟慣達官貴人，很容易聽出弦外之音來。

從宮廷內這次對林則徐政績的反應，就可知做人一定是有得有失。歡樂的背後會有悲哀的暗湧。

成功只是表面，內裏極有可能是失敗的蘊釀。

當一個人有了一個朋友時，很可能他也同時已接收了一個敵人。

這些不是甚麼難明的理論，都是可以套進林則徐身上去。

皇后無疑是皇帝跟前的一股對林則徐的支持力量，她願意成為林則徐的朋友。

與此同時，就因為皇后支持他，不支持皇后的皇太后也下意識地不以林則徐的功績為然。

當皇后建了一功時，皇太后更加要伺機抓她的小辮子，因而很可能會殃及池魚。

無論如何，林則徐這次禁煙是全國轟動，風光四溢，威名遠播的。妒忌的人只能屏息以待，等林則徐的時運稍差，再謀發洩。

他本人也着實安於做繳煙的種種目前與善後工作，沒有作出任何準備去迎戰一場可能的慘敗。

義律表示了會全數繳清鴉片後，林則徐還是小心翼翼的戒備。

他首先與鄧廷楨起草了轉交義律的「示喻」，最重要是命令對方呈報鴉片的確實數字，而且初步擬定了收繳鴉片的日期，估計鴉片箱數很多，當然不是三朝兩日就能辦得完的，故此，他們就定了一連串的規矩。正如鄧廷楨說：

「對於英夷，我們絕不能掉以輕心。他們這麼快就投降屈服，我們也不能這樣就取消封鎖政策。」

林則徐對鄧廷楨的說話很聽得進耳去，他是感激鄧廷楨的輔助相幫，也敬佩他的雅量胸襟。

畢竟林則徐以後輩而晉身為鄧廷楨的頂頭上司，他還如此恭順體恤，合作無間，是十分難能可貴。

若要林則徐在這個主要階段還分神去應付內部黨派之爭，那肯定是他的沉重負累。

現今鄧廷楨的衷誠合作態度，使林則徐的工作事半功倍。

於是林則徐點頭回應說：

「我們是需要貫徹始終，強硬到底，必須以繼續包圍商館作為落實繳煙的保證。」

有了這個大原則，就好辦事。

欽差大臣於是發出了命令，先對商館各人賞賜牛羊食物，以示對他們答應繳煙的回應。然後繳煙分幾步來進行。從擬定的繳煙日期開始，繳出了四分之一，就會安排原先在商館工作的僕役和買辦復工，以便外商們重新有人服侍和照應；再按期繳煙之半數，就可以允許英商乘坐舢舨出外；又再繳至總煙量的四分之三，就可以恢復其他貿易活動；直至繳煙工作完畢，一切回復正常。

事實上，繳煙的整個過程是一堂現代商場管理學，把這麼貴重的貨物，大量地自躉船運至岸上，再轉到欽差大臣能監管控制的臨時倉庫內，真不是一件容易事。

整個繳煙的場面是壯觀宏偉，令人驚嘆，教人敬佩的。

二十二艘鴉片躉船，接受命令，從伶仃洋陸續駛進虎門外龍六洋面。

躉船是相當高大的，自然不能直泊到岸上來，要指派無數的小艇來往躉船與灘頭，這些小船好比一隊英勇的小兵，從一個汪洋大盜身上，掏出他的贓物來。

林則徐還特派水師戰船排列兩行為這些擔任實際運輸工作的民間漁船助陣。這兩行的官船滿身都插滿彩旗，官兵在船上打鑼打鼓，夾着那些被命令排成一行直線開進虎門來的躉船，真是威風八面，顧盼自豪。

顧力和很多民間船家都參加了這項有意義的工作。

他們一邊把鴉片箱扛到小艇上，搖近灘面，再送上岸，一邊哼着富有民族情懷的民謠，力量不覺愈來愈大，工作得愈來愈興奮，心情愈來愈暢快。

林則徐和鄧廷楨只要一有空，就到虎門來，站在崖上，看着這幅代表中國有前途、有希望的壯麗畫面出神。

林則徐看到廣州人民自動自覺羣策羣力，協助他完成這浩大工程，曾忍不住熱淚盈眶。是的，誰能看着過萬箱的鴉片被扛到灘上來而不感動呢？

尤其是林則徐。

偌大的灘頭都堆滿了鴉片煙箱，當然要編制了日夜看守的士兵隊伍，組成了層層嚴密保護的警戒圈子，以防有一點漏洞。

然後廣州市民都樂意把民間，以及近灘的廟宇、學堂、祠堂等騰出來用作臨時倉庫。

不消說，除了有漁船可以連人帶艇的報效之外，其餘的農民就成了陸地上的免費腳伕，不停地穿梭往來，務求早日安置了這些害人害物的毒品。

林則徐和鄧廷楨一手編制出來的整個繳煙工序過程，包括接收、檢驗、入庫、上賬、看守、巡查等六個關口，每個都由特派親信把守，一班文官負責帳目之外，武職的就帶着旗下兵勇無分日夜交更在庫倉區內巡邏。

林則徐對鄧廷楨說：

「誰說我們中國人不團結？誰又說我們中國人最愛貪污？」

鄧廷楨笑道：

「現在誰敢偷走一口鴉片，都要被整個廣州城唾棄。」

甚麼叫做萬眾一心？

體會到的人，是真的會感動至落淚的。

滿清皇朝這些年來受到的窩囊氣，都一下子吐盡了。

繳煙的行動，終於完成了，總計有一萬八千一百九十七箱及有幾千袋鴉片。

林則徐這天傍晚，寫完了這個繳煙大功告成的奏摺之後，擲筆長嘆，道：

「今兒個晚上，睡得一定特別香了。」

在他身旁的康福問：

「老爺要杯茶麼，我去給你沏來。」

林則徐忽然想起了鄧廷楨剛送來的兩籮荔枝，便興致勃勃地，也像個小孩子般說：

「我要吃荔枝。鄧廷楨不是送來了荔枝麼？」

「是的，是的。」

康福隨應隨取，在林則徐跟前擺了一盆紅艷艷的荔枝，還備了另一盆清水，讓欽差大臣吃罷荔枝時洗手之用。

林則徐快快的連剝了幾顆荔枝，肉厚核小，汁多味鮮，真是棒極了。

林則徐回過頭來，對康福說：

「備墨吧！」

康福一聽，就皺眉頭：

「老爺就息一息吧，怎麼又要伏案工作呢？」

「詩興來了呀，怎能不寫。」

原來林則徐不是公幹，而是玩他最喜歡的遊戲，要作詩填詞去了。

康福磨好了墨，潤好了筆，恭恭敬敬地遞給林則徐。

他想了一想，一揮而就。

寫的一首詩是這樣的：

「戀洋煙兩暗伶仃，忽捧雕盆顆顆星；

十八娘來齊一笑，承恩真及荔枝青。」

林則徐的一生，怕是這天的晚上最為暢快了。

今夜之後，仍是無數個艱巨辛勞的白天。

繳煙工作還是林則徐以他的智慧才幹控制得頭頭是道的工作。

可是跟着下來把這份巨大如城廓的財富處理得妥妥當當，就真是件挺考功夫的事了。

他與鄧廷楨在這問題上思考多天，終於下了這樣的決定：

「還是全部押運到京城去吧！」

鄧廷楨一愕，道：

「途長道遠，貨多人少，押運肯定是勞民傷財之舉，最麻煩的是……」

鄧廷楨沒有再把話說下去，他看到了林則徐一臉為難，他就知道，自己所指的麻煩問題，林則徐是知道的。

不但知道，而且顯得無能為力。

過萬箱的鴉片，從躉船運上岸，就近存進民居的臨時倉庫，尚且要動員眾多，層層把守，道道保護。若然運上京師，中途有甚麼失閃，這個責任可大了。

珍珠寶貝，金錢白銀在解運上尚且要如臨大敵，重聘保鏢，只為賊匪猖獗，難以保安，更何況是如此觸目且極難照顧的萬箱鴉片。

誰都知道把鴉片在廣州就地銷毀，是最乾淨俐落。

可是，皇帝這一關最難過。

林則徐好比英勇擒賊的清官，若然自行把贓物消滅而不充公，等下惹起懷疑，以為他從中做了手腳，勾留起部分贓物變賣以中飽私囊，那可真是太冤枉了。

辛苦經營，難得立下汗馬奇功，怎能忍受這般屈辱？

林則徐再有英雄氣概和膽識，都不至於慷慨至冒這種冤案的惡險。

他的苦衷盡寫在臉上。

他的委屈也浮泛在眉宇之間。

鄧廷楨終於也嘆了一口氣，不必再把話說下去了。

果然，當林則徐的奏摺抵京，請求把鴉片解京驗實之後，道光皇帝立即批道：

「這批煙土，數量很大，等待收繳完畢，立即查明實在箱數，委派精明幹練人員解京，以便覆驗。」

皇帝究竟是沒有考慮到解煙上京的種種不便與短處，抑或他壓根兒就不相信為國為民鞠躬盡瘁的林則徐呢？

即使是後者，又如何？封建制度下的君主，擁有着不必論功行賞，毋須感恩圖報，可以有風駛盡帆的特權和專制。

或者，林則徐早已看透了這一點。

又或者，所有為臣者都已有相當充足的心理準備。

無疑，皇帝的這個決定是有他的支持者的。

那是皇太后。

皇太后在萬春園內受皇帝的請安時，對他說：

「皇帝，你怎樣處理那些洋人舉繳的鴉片煙了？我勸你呀，這一等一的大事，總應該多點親力親為，處理不好，就白打這場勝仗了。」

皇帝唯唯諾諾，當然聽從皇太后的意旨。

皇太后又道：

「你說，林則徐在廣州挺出鋒頭的。這倒無所謂，那本來就是給封疆大吏耀武揚威的地方，只要他有本事把地方搞好就成。來到京城呢，就是天子威風的時刻了。」

這就說得更明顯了。

皇帝對皇太后這番話的理解是，她希望皇帝在鴉片煙運抵京城之時，面對着戰勝品，盡情地顯一顯天朝天子的威勢。

有哪一個母親會不喜歡看到兒子威名遠播，萬民敬仰。所有天下的功績都屬於皇帝，一應天下的苦勞都歸於民間，那就對了。

皇帝做夢也想不到皇太后之所以贊成鴉片押運上京，是一個巨大的陰謀。別說皇帝不知道，就是皇太后本人也只是被利用了而不知不覺。

事情是馮驥與翁濤聯手擺設的好計謀。

馮驥在內務府行走，可以說是在天下最黑暗的衙門裏當差，江湖上甚麼三教九流的人物都有路子走通內務府。

別的大買賣且不去說它了，年中宮裏的寶貝古董流失的就不計其數，為甚麼會這樣呢？還不是「日防夜防，家賊難防」那句話。好東西偷出來了，如何脱手，這就得靠些旁門左道的網絡了。

據內務府的人說，他們也是在做幫人的好事。

好些宮裏頭的前朝妃嬪以及不得寵的后妃宮娥，還有老太監，逢年過節就要弄些零用錢，只好把上頭曾經賜給之物拿出來，託內務府的人變賣了。

這當然也是實情，但更多的盜竊贓物由內務府的外通路子流溢到外頭世界去，是肯定的。

為此馮驥認識的江湖黑道人物説少也不少。

其中有一幫是青龍幫，頭頭章三刀是馮驥的拜把兄弟，突然遠道而來，拜會馮驥。

實則是密謀大計。

章三刀把他的想法與計謀詳述了一遍，聽得馮驥既興奮又惶惑。

這的確是一宗大買賣，也是一筆大財富。

「可是，能行得通嗎？」馮驥問。

章三刀冷笑：

「只要你有辦法令到皇帝堅持要把那大批鴉片押運上京，我們就可以攔途截劫。各施各法，各出奇謀，我保證你會袋袋平安。而且……」

章三刀故意賣了一個關子才把話説下去：

「你想一想，你有甚麼險可冒，只不過依靠你的門路與口才，別讓皇帝教林則徐在廣州把那一大堆寶貝銷個精光就成了。出生入死，刀來劍往地把那些鴉片搶到手的人是我們呢！」

章三刀一拍胸膛，臉上的橫肉隨而擠在一起，血管更顯得突兀而使面容益發兇惡。

章三刀是他的綽號，聽說他的武功了得，腰間寶刀一出鞘，三招之內就取對方性命，從沒有失手過，故以此為名。

對他，打劫官府押解的毒品，像是易如反掌似。

「我告訴你。」章三刀說：「我們真不必把鴉片全部劫到手，只須劫一部分就已經足夠我們享多年福了。」

馮驥心動了，並且開始興奮地照這個計劃的好處想下去，他忽然一拍大腿，笑道：

「三哥，你的設計真棒。只把鴉片劫一部分，皇帝跟前，誰敢擔保報失的數目是千真萬確的，說不定林則徐在廣東時就是虛報，或為邀功，或已中飽，二者都會引起皇帝的種種思疑。哈哈，單是弄得他們疑神疑鬼，互相猜疑，就已經非常好笑了。」

章三刀再催谷道：

「千載難逢的機會，現今市場上不知多缺鴉片，被林則徐這麼一攪，認真是水漲船高。我們到手的煙，轉賣出去，可以比平時的價格高起碼三倍。」

「成，就這樣決定吧！」

章三刀忽然吃吃笑，道：

「以你老兄的才具，總有辦法在皇帝跟前説句有力的話吧，我聽説朝中有人要反對如此長途跋涉地把鴉片運進來，如果皇帝聽信了，我們就走掉一筆大買賣。」

馮驥有點不高興了，道：

「我説成，怎麼會不成？如果你對我不信任的話，何必遠道來找我了。」

「對，對，有你這番話，我就安心了。只因為事件大，我要調度別的兄弟營中人手，那是相當費勁的事。如果一切部署妥當，皇帝忽然改變主意了，非但我們沒有了甜頭，而且未免叫我在眾兄弟跟前太面目無光了。」

馮驥道：

「我也怕在你跟前面目無光，對不對？」

就這樣説定了之後，馮驥立即直接找着了翁濤商議：

「公公你不幫我，我就成不了大事了。成了大事之後，對公公的孝敬不會少，那就不用多說了。」

翁濤想了一想，問：

「皇帝不是已經有了旨意，要押運鴉片嗎？你還擔甚麼心？」

「誰都知道皇帝善變的，他身邊說話的人可不少呀，如果不加我們這邊的聲音，恐怕有變。聽說，那林則徐其實挺反對把煙運上京來，只是他不好主動就地銷煙，怕皇上多疑。我們看，日子下來，林則徐怕就會鼓動輿論，令皇帝改變初衷。」

翁濤點頭：

「連你的拜把兄弟都立即發現這是一口肥肉，別的人沒有理由想不到，總會有人在皇帝跟前提出這個可能性的，那就功虧一簣了。」

「對了，所以要倚仗公公的威信了，否則就面目無光呀！」

這「面目無光」四個字威力真大。

中國人的面子，重要性很多時凌駕在金錢物慾之上。

翁濤和他的乾兒子是更貪心了，他們既要面子，也要銀子。

於是就由翁濤找了個機會在皇太后跟前說話：

「皇太后這陣子可要開心了，皇上托皇太后鴻福，果然禁煙成功，顯了天朝的威風，神服四方，震懾英夷，這種光宗耀祖的事可千萬要皇帝知道他才是整件事的主腦人才好。」

皇太后點頭，道：

「皇帝是有勇無謀的，我已經提點他了。」

「皇太后聖明，真要多關照皇上，他身邊的人說話有時沒有瞻前顧後。」

「他身邊的甚麼人？是後宮抑或殿前？」

「這奴才就不敢說了。」

「就是你不說，我也知道是哪些人。在禁煙這件事上，他們又有個甚麼說法了？尤其是後宮的那一位。」皇太后與皇后的心病也太深了，不論有甚麼事，皇太后都會扯到皇后身上來。

「奴才怕說了惹皇太后生氣。」

「你不說，我悶在心上，不知就裏，就更生氣。」

「皇太后千萬別生氣，奴才說就是了。聽外頭有說是林則徐其實不願把鴉片押運上京來，那是因為他根本沒有繳到那麼多鴉片呀，抑或其他原因，可不知情了。只知他的確要走宮裏頭的路子，他的兒子和那班在京裏的詩友，說皇帝最聽身邊一個人的說話，由她去勸皇帝，十拿九穩。」

宮廷中的是非，可以如此無中生有，以曲為直，真是恐怖。

皇太后的偏見早已根深蒂固，對媳婦的妒忌已如活火山，到了可以隨時借一度壓力就爆發的地步，幾乎一聽皇后的壞話，就要治她以死罪。

所以她根本不會為皇后分析攻擊她的壞話之可靠性。

反而皇太后對林則徐的看法還保留三分公道。她說：

「我看呢，林則徐這人是不會把繳來的鴉片扣起，從中取利，曾放在他手上的肥缺也真不少，他還沒有半句把柄被人抓住呢，我看極其量是稍為虛報數字，擴大功績罷了。最可信的反而是他不願把鴉片運京，那是極之吃力不討好的工作，中途如有閃失，這責任可大了。他辛辛苦苦制服了英夷，到最後關頭栽在莫名其妙的人手上，怎麼甘心。」

翁濤心上有鬼，忙道：

「誰敢在押解路上做手腳了，那是皇帝的戰勝品，比任何寶貝還要寶貝。」

皇太后說：

「林則徐希望鴉片無風無險地就地正法，他可以安樂，這是很合情合理的個人想法，可惜，他所託非人。」

翁濤一聽，高興了。

他就是要揑造這個假局，挑起皇太后對付皇后的心思，從而令皇太后去落實自己的意願，達到自己的目的。

實際的情況是，林則徐哪會走甚麼路子去勸皇帝收回成命。

自從南下禁煙，到繳煙的這段期間，大氣候是對林則徐有利的，但官場經驗老到，再加品性忠誠的他，是不會有風駛盡艃，更曉得從小處去觀察自己處境的變易。

朝廷內羣臣對英商答允繳煙，雖相當一致地認為是天朝威信確立的大事好事，可是建議禁煙條例，仍有意從輕法落，這就是林則徐順流之中的暗湧。好在皇帝始終維持原議，決定以重典懲治。

又開始繳煙後，朝廷論功行賞，道光批下來，將林則徐與鄧廷楨的升遷交吏部建議。吏部對兩位有着驚世駭外大功的大員，只不過建議「各加一級」，也還是道光皇帝朱筆改為「各賞加二級」，這個結果距離極之風光是有一段距離，比起他們對國家建立的功勞也並不相稱。

由此林則徐可以知道，他萬不可能倚仗既立的功業，就稍為忘形，在天子腳下當差，仍要永遠的如履薄冰，步步為營。

林則徐是絕對不會走甚麼路子去企圖左右皇帝對鴉片的處置。

他早就已經召集鄧廷楨、關天培，研究把煙箱全數解送北京的技術問題了。

正是黑白兩路人馬，也就是提督關天培與綠林大盜章三刀都在密鑼緊鼓地布下陣勢，分配人手，去達到各自的目的時，情勢突然有變。

誰也想不到中途殺出一個程咬金來。

這個程咬金，又是如此合了道光皇帝的脾胃。

程咬金是浙江道御史鄧瀛，他上了一張奏本，實際上是一份賬目，讓皇帝清楚地知道他要把鴉片押運至北京，是如何勞民傷財之舉。

單是海上就需要船百餘艘，護送隨員要二千之眾，水路至安徽，就得上岸改為陸路，又要籌備千輛火車，民伕腳伕千餘，再加馬匹騾子，少說也要達萬頭，這筆總賬等於多少白花花的銀子？到了京城之後，還不是一把火燒掉？

道光皇帝一看數目就慄然心驚，他是清室開國以來，最最最節儉的一個君主，這是一個禮貌的說法，如果直率點說，他的吝嗇是名聞朝野上下的。

要花這麼多銀子看一場熱鬧，道光認為太不值得了。

反正誰的威風也不可能及得上皇帝，難道鴉片在廣東銷毀了，洋人就敢蔑視天朝的皇權，百姓就不知他才是唯一的主子？

一念及此，立即打消了要把鴉片運京的主意。道光皇帝立即御筆親批，要林則徐把所有鴉片立即就地銷毀。

聖諭上要林則徐作如下交代：

「收繳完畢後，立即在當地督率文武員弁，公同查覆，目擊銷毀，並使當地沿海居民及在澳夷人，共見共聞。」

這也可見皇帝的難於相處。不管他多信任的人，也還是要以各種方法加以監管制肘的。

皇帝的皇權最重要是用來確保唯我獨尊的帝位。

當皇帝辦完了這宗大事，他才省起了皇后一直在等他，於是傳召了愛妻。

這陣子的皇后大概是人逢喜事精神爽，舉止輕盈，體態婀娜，回眸生輝，未語先笑，一舉手一投足都那麼動人，那麼明媚。

看得道光皇帝禁不住抱擁她，連連輕吻在皇后的粉臉之上。

根本完全沒有跟皇后提及過有關他的銷煙決定，皇帝忙着跟皇后耳鬢廝磨，恩愛纏綿去。

翌日是皇帝向軍機處宣示旨意，再傳回宮裏去，皇后才知道這回事的。

她倒是很自然地對身邊的那佳說：

「皇帝真聰明，鴉片煙這麼多，怎能途長路遠的運進京城來呢？難保中途有很多人要混水摸魚，生上好些紕漏，那可不得了。」

那佳答應着：

「皇上鴻福齊天，又有皇后給他祈福，有甚麼事他會想不通透的呢！」

皇后笑：

「也真的難為皇上，人們都奇怪皇上身為萬乘之尊，何解會如斯節約？唉！真是家家有本難唸的經，宮裏頭的開支難道還少嗎？別的宮娥妃嬪可以不吃不穿，哪怕皇帝妻妾的用度也可以省。但萬春園就一定要供奉得好才是正經，那要多少錢呀？故而做皇帝都要量入為出才成，就在廣東把鴉片煙銷毀了就好。」

誰會想到皇后這言之成理，也是恭順孝敬的一番話，傳到皇太后的耳裏去，就完全不是那回事。

皇太后聽說是：

「皇后認為皇帝不是不想把鴉片煙運到京城裏來，親自監看着這些害民之物銷毀，他可以好好的樂一場。只是皇后自覺有責任提點他節儉之道。也就是說，皇后認為就算宮裏頭所有的人厲行節儉，也不能叫萬春園省一丁點兒，每年內務府那八十多九十萬銀子大半都得挪動到皇太后的宮裏來，供老人家享用去，只好放棄很多賞心樂事不幹了。也虧皇上皇后有這番孝心。」

說這番話的人一定是老狐狸。

也只有翁濤有如此功力和資格，可以在皇太后跟前搬得動是非。

他的話才剛說完，皇太后捧着茶碗的雙手就因盛怒而不住戰抖着，若不是翁濤眼明手快，立即上前給她接住了，這個在康熙朝製成的御用茶碗，必然粉碎。

皇太后從牙縫裏鑽出字音來道：

「我要那女人的瞎巴結，她儘管找機會踩我吧，我就不相信她腳上的花盆底可以硬得過我手上執掌的無形鋼刀。總有一天，我要了她的腦袋，叫她不用如此辛辛苦苦的節儉經營去。我還能忍她時，她居然嫌棄起我來了。」

翁濤心裏惦記着自己的大事，道：

「皇太后聖明，既是皇后這麼在皇上面前說話，奴才倒有個建議，倒不如皇太后就給皇上說，鴉片還是運押到京師來好一點，別掃了他的興，也別以為萬春園用節儉來做藉口，平白委屈了皇太后。」

皇太后想了想，回答：

「我可不要在這件事情上發表甚麼意見了，就由得他們怎麼說就怎麼說，怎麼辦就怎麼辦。我犯不着再惹是非，總之，誰對我如何，我心裏有數。」

這麼一說，翁濤的計劃就落空了。

皇太后不受他的教唆，那是沒有法子的事。

一般的情況是，主子如果在某事上有自己的一套想法，要動搖它就很不容易了，除非皇太后本身對整件事還是拿不定主意，才容易受旁的人唆擺。皇太后對皇帝最後主張林則徐在廣州銷煙一事，不提出反對意見，是她知道把鴉片押解上京，要花費很大，若果因而讓帝后抓到藉口，真要乘機削減宮中開支時，難道她身為皇太后就不支持嗎？那是切身的利益問題，她不會中這種計。當然她做夢未曾想過翁濤另有個人陰謀，所以翁濤的離間只不過是在皇后身上已長的一個毒瘤上再加一分，把她害慘了，卻不能令搬弄是非者得到絲毫實際好處。

至於他如何的去交代馮驥，馮驥又如何的交代章三刀，就不必再去理會了。

總之，道光皇帝這一決定，就使廣東的虎門成為歷史上一個無人不知不曉的地方。

林則徐經過深思熟慮之後，決定在此進行銷煙。聖旨一到，林則徐就在虎門海灘上選定了一片平整高凸之處，派了幾百兵勇開始挖掘銷煙池，同時建造棚廠，作衛護池區之用。

銷煙這件大事也真要講智慧和技巧，才能辦得妥當。

平日銷毀查禁的鴉片，都是拌以桐油，然後火化，但燒過之後，殘毒會滲入土層。有些不法之徒，把那塊土挖起來，重新煎熬之後，仍能提煉出些少鴉片來。如果是那麼大批的鴉片，沿用這個辦法銷毀，則等於後患無窮。

於是林則徐跟身邊各人商議之後，決定掘池銷煙，把灰燼全部沖入海中，點滴不留，永除後患。

林則徐在禁煙的決心上是絕對值得敬佩的，事實上更令人驚駭的是管治才華的出眾。沒有這種高度行政管理的頭腦和手法，前時的封鎖商館與今日的掘池銷煙就不會進行得如此順利、如此成功、如此出色。

林則徐先就組織了一隊銷煙委員，由省府藩司、臬司、運司、糧道四大員分別帶領，分班交替做着嚴謹的查驗工作。按照林則徐定下的規則，準備進行銷煙。

這班人的責任是嚴密監管流弊，以防鴉片有點滴的流失。

當銷煙行動開始之時，所有的銷煙池及池旁工作的人，都只准穿一條短褲。上而裸身，下而赤腳，以防把鴉片藏在身上帶走。每日收工時均要接受詳細的全身檢查，哪怕有人企圖帶走一口煙的鴉片分量也成空想。

銷煙池之所以有兩個，是每月輪流替用，一池用過之後，必須在官兵監管之下，將池清洗，哪怕每條細縫都要沖刷乾淨，才可以再用。

除了組成的輪班隊伍之外，上至總督鄧廷楨、巡撫怡良，下至廣東省的各高職官員都有當然責任，不住到場督察，把不可預見的漏洞找出來。

這邊廂是廣東官員總動員，為銷煙做好準備。那邊廂是林則徐絞盡腦汁，去撰寫《祭海神》大文。竟然要把大量毒品餘灰沖入海中，總應照會海神一聲，除了無可避免的迷信心態之外，也是當時文士對大自然尊重的一種行為，正如韓愈的《祭鱷魚》文，一樣是力求與大自然的和諧、和洽相處而下筆寫成的。

林則徐寫就了祭文，擇定了六月一日早上吉時，就率領文武百官，恭謹地來到了已經完竣的銷煙池，就按官階排列開來，向大海焚香跪拜，朗誦他的《祭海神》文，把他們禁煙的目的、銷煙的過程與必須將鴉片灰燼流入大海的苦衷，清清楚楚地讀出來，祈求海神諒鑒。

祭海神之後，就宣布在六月三日開始銷煙。

虎門銷煙之日，整個廣州城空了。

所有的官民，都湧到虎門來。

就連虎門附近的省縣，為了這件中國的大喜之事，都分別取水陸兩路而來，非湊這場光彩的熱鬧不可。

於是省河船舶如流，縣路人車滿徑，海灘之上真的成千上萬羣眾，都歡天喜地，興高采烈，拖男帶女，扶老攜幼地盼望作為中國歷史上輝煌一刻的見證。

連外國人都好奇地要來看一看中國官民是否真的有秩序有計劃地完成這次繳煙之後的銷毀大行動。

美國人自然比英國人在這次特殊的觀禮和舉動中瀟灑一點，都大方地帶齊了在華的家眷，通過行商而得到了優待，讓他們佔有一個在沙灘上的好位置，作為客觀的目擊證人，以證明中國天朝大國，真有震懾萬民，言出必行的威望。

林則徐在這銷煙的第一天，自然要帶頭坐鎮。

他的心情是愉快而又迷惘，能夠目睹把這些害國害民，而又是自己親手繳來的鴉片赴諸流水，是他畢生盡忠愛國，為民拼流血汗的最具體證明。在完整地證實這份對民族對國家對人民的忠愛之心意時，他突然間覺得生而為人，原來是這麼有意義的。

在以後的人生之中，還有沒有機會讓他再切實地感受到今日的那種無悔無愧無懼無憾與無言的絕頂快慰呢？

他不知道，也不需要去尋覓答案。

林則徐只覺得就是這一刻，他突然的暴斃，也有了一個無比痛快的人生。

一百七十多箱的鴉片，每塊都已切成較小的瓣塊，倒進了其中一個銷煙池內，由溝道把海水引到池中，又把大量的食鹽撒入池內，一起浸泡和溶解着這堆萬惡不赦、害人害物的鴉片。

直忙至下午，太陽是火辣辣的，毫無顧忌地灑在海灘與站滿在灘頭和周圍海崖上的百姓身上，人人都汗出如漿，口乾舌燥，照道理是異常辛苦的，然而，無人以此為苦。就是那些在母親襁褓中的嬰兒，被拖帶着而來的小孩，都沒有發出過半句哭聲，他們都知道今天是笑的日子，而不是哭的時刻。

萬眾一心，準備迎接公認為生命中重要的一刻。

大夥兒都屏息以待，且已把略為焦急的眼光望向山腰觀禮台上去，看他們崇拜的欽差大臣何時下令銷毀這池毒害民身、民生與民心之鴉片。

果然，就在林則徐一聲令下，幾百個早有準備的役伕，一齊將一桶桶生石灰，往銷煙池倒下去。

剎那間，濃煙滾滾，直往上冒，絕對有一股衝入雲霄的氣派，有如虎門灘頭上每一個中國人的志氣，慷慨高昂，高與天齊。

人民的那陣雷動的歡呼，如洶湧的波濤，一浪接着一浪的湧上來，才低下去了，又再湧現，一直不知滾動了多少次，才至西山日落。

在山腰觀禮台的不遠處，默默地沒有歡呼，沒有尖叫，也沒有喝采的有一個人。

那是顧力。

他太太激動了。

他激動得如怒潮翻動，血脈沸騰得似火山溶岩四溢，把他的喉嚨堵塞了，把他的神經鎮壓了，把他的感情凝固了。

腦海中只有一個影象，多月前他回到家裏去，看到母親緊緊地擁抱着父親，早已死去。

那個畫面，那次印象，那番悲痛，那陣哀傷，那種委屈，他一輩子不會忘記。

現今，仇恨報了，恥辱雪了，眼淚乾了，心氣平了。

顧力與很多很多灘頭上，曾有過顧力類同遭遇的人，都認為已經是撥開雲霧見青天的日子了。

人們之所以喝采，是為了公認為如此難應付的英夷都被征服了；之所以歡呼是為了他們以為無法根治的鴉片已成灰燼了；還有甚麼困難是天朝大國，君民同心所不能克服的呢？以後的日子是光明的，前途是遠大的。

所有的人，包括了林則徐，都沒有意識到最嚴重的關鍵在乎時代已經變遷。中國要面對的歲月是如何應付東方整個文化的被騷擾？如何抗拒天朝閉關自守的被挑戰？如何熄滅外來勢力征伐中國以謀巨利的野心？如何抵禦比鴉片還要惡毒犀利的帝國主義？

五

整整的二百三十七萬六千二百五十四斤鴉片被中國人義無反顧、興高采烈、義憤填胸地徹底消滅了。

這時的義律已經帶領了商館裏的英國人和黃埔港內的英國船盡數來到澳門。澳門這塊莫名其妙地成了葡萄牙租用的土地，也糊裏糊塗地庇護着這班密謀大計，反攻中國的英國官民。

義律對他身邊的侍從官夏利說：

「知不知道現今中國人銷毀的鴉片，從種植、加工，到運至中國來登陸，成本共六百多萬銀子，銷售所得的利潤最低限度兩倍。這筆賬給我清清楚楚地記下來。」

義律還繼續囑咐：

「你通知所有的僑民與商人，擬好一份清單，陳列所有這次因中國禁煙而招致的財物損失。至於精神方面受到的磨難，也可酌量以物質補償過來。叫他們放心好了，鴉片反正是要賣出去的，誰買去了有甚麼相干。不是中國煙民買，就是英國政府買，利潤可能更多。」

連夏利都忍不住笑起來，難怪英商們歡天喜地的一次過把大批鴉片繳出，其實是當作賣斷了給自己的政府。

真難得義律想到了這個計策，把銷售鴉片的責任轉嫁到英國政府身上，而英國政府照道理是應該忙不迭地承擔這個責任的。既是難得有照顧海外僑民的責任，還是一次夢寐以求、伸張霸權、拓展領土的大好機會。

這個推測，真是雖不中不遠矣。

英政府習慣先行製造一番醞釀，然後掀起輿論，最終他們是在順從民意、尊重民權、保護民利的大前提之下，發動一次世紀之侵略戰。

這醞釀的第一個階段已經在林則徐發揮才智和威風之下完成了。

第二個階段是需要在英國本土上加以催谷，把民間的疾呼聲讓議會內的成員聽到，造成一個政治上的賭局，迫令政府當權派下注。

早已經回到英國老家去的大鴉片商渣頓，已經急不及待地做起煽動國會議員的功夫來。

渣頓身為英國當前的四大貿易集團之首，他分布到下議院去的勢力是相當大的。

不是每一個從政者都是政治家，更多的是政客。

政治家和政客的最大區別是前者謀取權力，在乎忠公為國，這是他們鞭策自己要努力達到的政治目的；而後者一旦有權有勢，他就不介意利用他手上的條件鞏固他之所有和拓展他之所有。任何可以令他之所有愈來愈多愈好愈穩當，他都樂意為之。

商家人能利用的往往是政客。

終有一日駕馭得住商家的是政治家。

誠然，哪一個國家都是政客多，而政治家少；哪一個時代都是政客橫行無忌，而政治家謀定而後動。

為此，一個下議院內，糾集一定數目去幫渣頓説話的議員，實實在在是不少的。

渣頓把他倉皇回國的憤慨隱藏起來，在他那古堡似的宏偉府邸之內，設宴招待那些願意在他商業王國庇護之下繼續保有勢力的議員們，並且以一種非常民主的態度勸說他們：

「你們別只聽我一面之辭，向你們的朋友查詢意見，對英國人在海外的商家利益如何獲得有效維護、英國人在海外的人身安全如何肯定受到保障等等問題，都作出一些建議來。」

崇尚民主的英國人因為太熟悉民主，於是曉得如何在民主範圍內耍他們的把戲，以達到他們私有的利益，因此渣頓駕輕就熟地給了眾議員一份家課。

他這個開明的老師，出的課題是：如何維護和如何保障英國人？學生不能答錯題。換言之，如有認為英國人的安全與利益不需要受到關注的，或者這次與中國的衝突是咎由自取的，請勿作答。

渣頓還清楚地說明了他需要的問卷，是應該由這班議員的朋友作答。

渣頓的這種方法，對英國議員大人們也不會是陌生了。各人領命而去，分頭進行，怎會令渣頓失望。

自然，以渣頓的地位，他不只能發動議員去進行他的民意調查，甚至可以直接約見外交大臣巴麥尊，跟他共同商議大計。

他相信在這件事上，他與巴麥尊是會談得來的。

因為彼此的利益一致。

也尤其是巴麥尊用對了人了，義律已經把英國商人的損失轉到巴麥尊要管、要交代的範圍內來了。也就是說已成功地把英國商人的私人生意困境，轉變為國與國之間的外交困擾上頭。

渣頓很凝重地對巴麥尊說：

「大人很清楚這近年來對中國的外貿赤字。要放棄這個幅員廣大的國家對英國可能產生的厚利，你知道是多麼可惜，也是不可能的事。」

英國人喜歡很冗長的開場白，說了幾車子的話，久久仍未點題。

巴麥尊反正已經收到義律有關林則徐封鎖廣州商館區，迫令繳煙以及銷毀鴉片的報道，他早已胸有成竹，渣頓不求見，他也要聯絡他，謀求官商攜手，創新天下。

在外交上若能贏這一仗，巴麥尊在政壇上擁有的注碼就多了。他不可能放過這個機會。

於是，反而他有點不耐煩，想早一點踏入正題：

「威廉，你一直都是我的好朋友，比較我更知道那國家和該國人民，就坦率地給我一些意見吧！」

「很好。」渣頓説：「不可以放棄中國，這是原則；不可以不採取強硬手段，這是方法；不可以不放眼前方，計劃未來，這是目的。

「義律的報告對中國這次對付英國人的行動敍述得很詳細，他們真是野蠻之至。我們要求公平貿易，請他們多設口岸通商，容許領事居住，照顧僑民利益，這通統是再正常不過的事。他們不但一味的在沒有理由支持之下推卻，根本是漠視世界大勢。還不住的把他們的茶葉和絲綢塞給我們的商船，也很難怪責商人們要平衡貿易的差額距離了。」

這番話是怎麼一個意思呢？人窮了，沒能吃飽食醉，如何是好？那就不如搶劫吧！就是這個意思了。

渣頓很意氣激揚地說：

「我告訴你，以我的親身經驗告訴你，我們把鴉片運進中國去，他們由上至下的官員，沒有一個是不與鴉片沾上各式關係的。」

既是同流合污有人，那就反過來證明這作奸犯科的行為沒有甚麼大不了吧！

兩個人愈說愈投契了。

渣頓也就很乾脆地說：

「我們四十七名英商，早在一八三〇年時，已經聯名上書，要求政府要以保障我們的利益和安全着想，必須佔領中國沿海島嶼一處作為我們營商據點，你們一直沒有反應。或者你認為時機仍然未曾成熟，但如今，是突破的時候了嗎？」

「要我向有損失的英國人負責，最好我是處在被動的位置，這樣我更容易辦事。」巴麥尊直接了當地給了渣頓一個方向辦事。

就這樣一言為定了。

巴麥尊不愧是個政壇高手，他要渣頓這班商人為他製造了輿論基礎，他才出手，這樣就算手段強硬，也有支持後盾。

渣頓這樣跟巴麥尊說定了之後，他也決定隱在幕後操縱一切。

於是鼓動了另外一個在林則徐銷煙行動中也蒙受了大損失的煙商馬地臣，催促他那在議院中佔有一席的親外甥若翰查爾，在國會中提出了動議：要負責外交的巴麥尊對中國貿易情況以及英國僑民最近的遭遇，作一個詳細的匯報。同時提出他的一個具體建議，如何確保英國人民在海外的性命與財產，並維護英國的尊嚴。

這動議一提出來，幾乎是無異議通過的。

於是，義律的條陳就引起了巨大的關注，他建議英國政府立即派兵來鎮壓與營救，也有了一個很能贏得同情與附和的基礎。

真是事有湊巧，就在英國朝野上下在興致勃勃地討論中國禁煙所引起的紛爭之時，在中國南方的香港，發生了一件人命案件，令英國人更有藉口佯作憤怒，發起更多要保護僑民的聲音來，為出兵攻華作出天衣無縫的助陣吶喊。

那件命案是在七月發生的。從六月三日起，林則徐下令銷毀鴉片，需時兩個星期才全部完工。

與此同時，林則徐最緊張是要義律簽下甘結，所謂甘結，就是承諾書。

林則徐認為自己南來的職責，認真來說，只完成一半。

鴉片這可惡東西，必須治標同時治本。

把目下英船上的鴉片銷毀，無疑只是治標的行動罷了。

以後夷船仍可以運來無數的鴉片，從不同的海岸登陸，依舊殘害中國人民。

天朝不可能在每一個海口都派遣一個類似林則徐的官員，同時組織到很多隊有如廣州禁煙隊伍般上下一心的監察勁旅，去看守着遼濶的國土。

只有一個辦法是有希望把毒品根治的，就是英國國家的代表，簽具一份承諾書，保證他的英國國民不再把鴉片運到中國來。

這個希望，在林則徐單純的道德觀念之中，是合情合理，應該不難辦到的。

這好比叫鄰家的父母，答應看管他們的孩子，不要再為了饞嘴而要偷別家的東西。

天下間哪有父母是願意兒女作賊的？

又哪有父母知道兒女作奸犯科而不履行責任禁止的？

在這個想法上，林則徐無疑是天真了。

他沒有從另一個角度去考慮事情。如果父母不認為孩子拿了別家的東西是一種搶掠或偷竊行為呢？

姑勿論對方是否在自圓其說，但人是有自由利用自信的觀點去衡量是非、去決定行為、去擬定道德、去管治良知的。

由於這種心態上的疏忽與幼稚，林則徐希望義律簽具的甘結，就一直落空了。在義律方面，他也真有一套西方的法律思想、人身自由與責任觀念，叫他無法令林則徐如願。

因為林則徐要他簽具的甘結，也真是太苛刻、太決絕、太嚴厲、太無轉寰的餘地了。

那份要他具名的甘結是這樣寫的：

「結得英吉利國及所屬各國夷商，文在粵省貿易，沾天朝恩澤，樂利無窮。只因近年有等貪利之人，私帶鴉片煙土，在粵洋躉船，寄頓售賣，有干天朝法紀。今蒙大皇帝特遣欽差來粵辦始知禁令森嚴，不勝悚懼，謹將各躉船所有鴉片，盡數繳官，懇求大皇帝格外施恩，免既往之罪，其已經起空之躉船，均令駛回本國。現在義律等稟明本國王嚴示各商，稟遵天朝禁令，不得再將鴉片帶入內地，並不許製造鴉片。自本年交稱以後，貨船來粵，查有夾帶鴉片者，即將其全船貨物盡行入官，不准貿易，其人亦聽天朝處死，願甘伏罪。至現春夏兩季到粵之船，其自本國來時，尚未知查辦嚴禁，如有夾帶鴉片者，不敢稍有隱匿。合併聲明，所具甘結，是實。」

這無疑是要義律擔保所有來華經商的英國人與英國商船之操守，而一經搜出了毒品，就無權申辯，即被拘捕，受到中國法律懲治的情況，更非西方國家的人所能認同。

說得公道一點，萬一有插贓嫁禍的事又如何？總不能船一進中國洋面，就完全沒有了人身自主權與安全感。

這一點為義律提供了不可輕易具結的主觀條件。

客觀條件，不論是眼前的，抑或長遠的都對他有利。眼前是大難已經過去了。人在澳門，所有的商船已駛至香港海面，這已經可以說是不在最危險的前線，而退到有支援的大後方來。澳門現由葡萄牙管治，香港洋面也有英船可以駛至，應他求援而來自東印度的英船已至。

從長遠而言，他請求國家派兵的函件已經到達巴麥尊之手，巴麥尊只要通過一些英國人習慣使用的政治程序與手腕，相信不日就會大軍壓境了。

有了這些有利客觀條件，義律就把甘結之事拖住了。

當彼此在盡可能忍耐對方而在甘結一事上作拉鋸戰時，忽然香港發生了一宗英國人殺死中國人的命案來。

在林則徐銷毀鴉片之前，香港的洋面已經有鴉片躉船在停泊。在義律帶領着十三行街內的英商移居澳門，英國商船就更多停泊在香港洋面。

七月七日那天傍晚，英船上的一批水手上岸來，到尖沙咀一個小飯店內吃飯喝酒，帶着幾分酒意的這班英國水手，好歹抓住了一個小藉口，就跟店外路上的其他幾個中國人發生口角。

這幾個遠離家鄉的水手，心情本來已經浮躁不已，加上近日來鴉片銷毀之事，活脫脫像打了英國人兩記耳光，新痛猶存。於是藉故欺到中國人頭上來是受了一點心理壓力使然。

同樣，中國人心想，今日還容得了洋鬼子的欺侮了？二百萬斤的鴉片尚且要付諸東流，英國船被趕至香港的洋面上來，幾乎是走頭無路了，還敢在中國的領土上作威作福嗎？

於是彼此有了這些合乎邏輯的矛盾淵源，就如乾柴烈火，一擦就燃燒起來。

一場打鬥的混亂之中，被水手用木棍毆至重傷的一名中國人叫林維喜的，當晚被抬進家中，翌日就一命嗚呼了。

林妻傷心痛哭之餘，自然受鄉眾的慫恿，立即報告官府，要求拿辦兇手。

闖出了事的幾個英國水手，在酒醉之後，也有點着慌了。

他們當然意識到今時不同往日，那位聲名顯赫的林則徐還坐鎮廣東，一直鍥隨不捨地要義律出具甘結。在這種依然劍拔弩張的情勢之中，弄了條人命出來，真是可大可小的事。

最安全的方法還是惡人先告狀，先趕緊把自己的一套故事報告義律，請求庇護。

義律一聽到這個報告，心中就有兩個想法。其一是作最好的推測，不難運用一些手段，就可以把事件擺平。息事寧人，也是要努力爭取的。因為在等候英國政府最高決策層是否出兵壓境的這個過渡期，香港洋面是不可失的英船棲身之所。事緩則圓是目前他要緊守的法則。

其二是作最壞的打算。如果中國官員，主要其實只是指林則徐，在這件案上採取強硬的態度，自己應如何應付。利用它成為英國人在中國的安全又受到威脅是一個基本辦事方向。這是險中求勝的一着。

於是英國水手的陳辭與命案發生的真實過程都不是義律所要研究和關心的，他決定先下手為強，立即從澳門趕到香港去處理這件事。

義律囑咐了親信夏利，把苦主家庭調查一下，然後把死者的長子林伏超找來，好好的跟他說：

「我們對你父親的不幸，實在很覺遺憾，但追查兇手，於你們一家只不過是精神上一點安慰。老實說，死者已矣，別說是真相無法查明，你們也不是目擊者，目前真是公說公話，婆說婆語。倒不如實事求是，由我們補償你一點治喪費用，既算是一份歉意，也算是一份支持。大家就把事件平息了，不再提以往的事，你認為如何？」

夏利找翻譯把這番話告訴了林伏超。這林伏超根本就是個煙精，自從林則徐繳煙行動之後，鴉片乘機漲價，他已自覺受到牽累。吸煙者除了那口大煙，有甚麼叫做孝心與道義？能夠由英國政府的代表跟他議價，很有點求之不得。

於是討價還價之餘，很快成交。

當義律把一千五百元用右手塞到林伏超的口袋去時，他的左手同時接過林伏超的一張字據，清楚地寫道：

「父親維喜，在於九龍貿易生意，出外討賬而回，由官涌經過，被夷人身挨，失足跌地，撞石斃命。此安於天命，不關夷人之事。林伏超母子甘心向夷人哀求，幸夷人心行惻隱，幫回喪費銀少許，與伏超母子並親人等。……日後伏超母子兄弟並叔伯房親等不得生端，圖賴夷人，各表良心。恐口無憑，故立遵依一紙，與夷人收執存照。

立遵依人男林伏超。」

義律心上冷笑，任由林則徐如何努力銷毀鴉片，他都沒有本事根治已經植根於千千萬萬中國煙民心中的毒癮，其所能引發的禍害，小至埋沒良知，不顧親情道德，大至喪盡天良，不知民族廉恥。

這林伏超就是一個典型例子。

正當夏利要打發林伏超走時，他又提出了一個額外的要求道：

「請問義律先生，我這一腳踏出你這兒，就會有很多官吏坊眾可能知道我收受了你的施與，他們也要來分一杯羹的話，如何是好？」

義律一想，雖明知林伏超又找藉口多要補償，但也還決定給他一點補貼。這林伏超的顧慮不是誇張的，如果做不到面面俱圓，有一方面失閃了，說不定生出來的麻煩可不是多花幾百元就能了斷。

防範從來勝於治療。

於是義律點了頭，多給四百元讓林伏超去處理那班乘機賺死人錢的坊眾。

林伏超才歡天喜地的走了，夏利就有些不甘，問義律：

「這姓林的是貪得無厭，你為甚麼多給他四百元了?如果旁的人要敲詐，他大可以從已到手的一千五百元中應付。」

義律笑道：

「我國政府不欠缺那幾百元，而且用這麼少的錢，看到這些中國人醜陋之極的嘴臉，是太便宜的一項娛樂節目了，是不是？」

義律忽又想起，道：

「我看反正是插手管了這事，我們就做到無懈可擊為止。林維喜出事時，也還有好幾個受傷的鄉民，不是嗎？都給他們各自施捨一百元，好塞他們的嘴！且還要懸紅二千元，作為捉拿兇手之用。」

夏利應命去處理了。

在英國人的觀念裏，這件事已然圓滿結束了。

義律並立即修函致英國巴麥尊，同時也照會了在英國正為他的侵華大計拚命奔走呼籲的幾個大商家，包括渣頓和剛回到英國去的顛地。

與此同時，他也正常地發出公函給廣州知府，報道他已經在懸紅之後，獲得線索，擒拿了命案的疑犯，並將在香港停泊的一艘英國船隻上審判林維喜命案的幾個涉嫌鬧事的英籍水手，審判結果必會對證明有罪的人給予應得的懲罰，無罪者立即釋放。他還大方地邀請知府可以派官員來旁聽審判。

這齣由義律自編自導自演的戲，在八月十二日，以一艘香港洋面上的英國貨船作為臨時法庭，親自審訊義律認為與命案有關連的五名在英船上服務的印度水手。判處了其中三人監禁六個月，各罰款二十英鎊，另二人監禁兩個月，各罰款十五英鎊，同時聲明監禁在英國監獄執行。

林則徐自命案發生後，已一直着令義律協助找出真兇，送官究治。義律呢，到了這公開聆訊的一天，竟然出示了林伏超的「證據」，宣布林維喜的死純屬意外，與人無尤，就此結束全案。

這就真令一直為了把甘結取到手，而忍耐着的林則徐惹怒了。早一陣子，義律連中國水師的船在尖沙咀一帶巡邏，也提出抗議，認為令他們不安，林則徐也都不願增加雙方矛盾而予以遷就了。到今日這人命關天的大事發生了，怎能如此的讓英國人目無中國法紀，自把自為？

於是，林則徐重施故技，在義律自行於英船上審判林維喜命案之後三天，就宣布斷絕對澳門和沿海船上的英國人一切接濟，同時命令所有為英國人服務的中國僕役在三天內撤退。

林則徐在維護中國主權的莊嚴使命驅策之下，毅然決定再與義律展開另一場爭鬥。

在義律方面，他對林則徐激烈的反應不致於毫無心理準備，但也有些駭異。林則徐會用如此強硬的手段，他認為這是一個講道理的中國高官所不應該有的行為。

英國人早就已經嘗試過中國法律的苦頭，遠在幾十年前，英國一艘名為「休斯夫人」號貨船在抵達中國之後，為慶賀行程順利，靠近珠江岸邊鳴放禮砲，殊不知把岸上一個中國人炸死了，於是那個負責放砲的砲手就在英國人認為毫無殺人動機之下，給強硬地抓去砍掉了腦袋。

這種事令英國政府堅持治外法權，不肯再讓自己的國民受到任何損害。義律是完全肯定自己會有祖國的支持，才決定開庭審判的。

林則徐之所以跟義律對立，既為中國人那種法律不但要保障生者，也要為死者報仇雪恨，才算公平的觀念，也為他對《萬國公法》作過一定程度的研究，及從其中獲得了對中國行使主權的支持和保障。他不可能不為天朝的法律主權與行使主權所帶來的尊嚴而對義律發出怒吼。

不同文明文化背景的社會體制內，自然會出現不同法律論據和觀點，在這個基礎之上，林則徐與義律是無法取得協商可能的。

發展至此，已經超逾了一條民命所牽引出的是非之外了。

再加上，林則徐下意識地希望能通過又一次的強硬手段，懾服了義律，可以一併解決甘結的事情。

義律呢，他已有充足的心理準備，再熬一次苦難去加強他要英國政府跟中國算總帳的注碼。

為此，他鼓勵又要面臨缺水缺糧，開始徬徨無措的英國人，請他們忍辱負重，祈盼將來。

義律和林則徐的決裂，愈鬧愈厲害。

八月十五日，林則徐抵制英國人所有供應之外，延至二十四日，義律的態度毫無軟化跡象，而且乾脆由澳門遷居到香港洋面的貨船上去。林則徐也就再不猶豫地連在澳門居住的五十七戶英國商民都驅逐出境。

葡萄牙駐在澳門的官員不願意插手在這日益惡化的中英關係之中，故而只好遵照林則徐的意願，把那些拖男帶女、提箱背囊的英國人送到英國貨船上去。

義律面對着這上千的落難的僑胞，他也有他的惶恐與狼狽。單是解決他們的食水就是一個嚴重的問題。

滯留在貨船上的英國僑民心靈上有着一種朝不保夕的恐懼，肉體上又要備受飢渴煎熬，一片無助無奈無告的淒涼氣氛瀰漫着幾乎整個尖沙咀對開的洋面，整整的三天。

到了八月三十一日，英船上所有的人一朝醒過來之後，果然發覺黑暗之後就見曙光。

當他們發覺義律向駐印總督求援有了回應，在地平線上出現了兩艘英艦時，所有貨船上的英國人都把手中的東西往天空中扔去，跟着爆出了雷動的歡呼，有些英國婦女簡直如重見天日的囚犯，開心得泣不成聲。

義律認為手上有了一艘裝有二十八門大砲的「窩拉疑」號與另一艘也裝了十八門大砲的「海阿親」號，就有了實際與中國水師討價還價的本錢。

現時，他最迫切要解決的就是糧食與食水問題。為此，他就率領着這兩艘英艦，直迫負責查禁向英人和英船接濟飲食的中國水師船隊，提出嚴重抗議，要他們立即解禁，火速提供他們需要的糧食和用水。

中國水師自然的無動於衷，於是義律發怒了。

他下令英艦向準了中國水師船開了第一砲。

於是，九龍之戰的序幕揭開了。

英艦開砲之後，駐守九龍山的大鵬營參將下令迎擊，於是一場事先毫無準備的海戰就在九龍對開的洋面發生。中國砲台也發揮了英夷意想不到的威力，在連連接戰之後，英軍戰敗，逃回尖沙咀南面。

九龍之戰的勝利，令林則徐一則以喜，一則以懼。喜者是香港這麼個小島，駐軍實力有限，竟能在沒有充足防備的情況下，英勇地贏了這場九龍之戰，可見是軍民同心，合力抗敵的結果。懼者是意識到英國人真的毫無悔恨之心，和洽相處之意，日後要生的事端固多，那要他們落實甘結，更是遙遙無期了。

為着應付隨時一觸即發的戰雲，林則徐一方面進行他的改革，既主辦「觀風試」，集合廣州六百五十五名生員，就時事論事，林則徐親自擬題，粵秀書院學生要做文章為「小人懷土，君子懷利」；越華書院的試題則是「毋自欺也，如惡惡臭」；羊城書院則是「能無從乎，致之為貴」等，務求利用文士學生的勁筆，製造出一片煙不可不禁，國不可不強，家不可不整的輿論與氣氛來，好支持他實行大刀濶斧地在對付了英夷之後，再向那些貪官污吏開刀，整肅廣東的官場陋習。另一方面，林則徐汲取了與義律交手的教訓，認為非要立即部署海防不可。故而多方面集資，加強海防設施，在沿海計劃興築砲台、碉堡、火藥庫、營庫等等，同時不斷上奏，請道光皇帝務必訓令各封疆大吏駐重沿海設防。

對於剛剛打了一場勝仗的九龍，也不敢驕矜自恃，立即在尖沙咀及官涌一帶形勢險要地段嚴密布防，準備隨時對付來犯的英夷。

這種做法是完全對的。義律旨在拖延時間，不斷地進犯九龍，造成騷擾，抓拿種種中國對抗的情狀，誇張報道，加深祖國對中國的利益衝突，以便累積成一發不可收拾的一場中英之戰。

這是十一月初，義律有鑑於九龍尖沙咀和官涌山上布防嚴密，不易進攻，於是便派出一批探子攜帶着武器，乘小船偷偷登陸偵察。怎知才一着陸，就被駐守的清兵迎頭痛擊，將這些企圖登上九龍的探子打個落花流水，無法不棄甲丟兵，狼狽而逃。

十一月內，一連在官涌斷斷續續地發生了六次戰役，守土有責的清兵，果然鼓其餘勇，節節將英軍擊退。

義律原本企圖利用英艦來佔領尖沙咀，作為他等候英國皇朝救兵開到的竭息站，看來是無法如願了。且只能邊戰邊退，向尖沙咀南面逃走，流落在青山半島南部的龍鼓、青洲、大嶼山的赤鱲角和九龍長沙灣一帶，依靠着為了金錢而肯划着漁艇來接濟他們的漢奸，久延殘喘。

道光皇帝對九龍與官涌之戰得以勝利，表現得異乎尋常的意氣風發，一向訓令林則徐非迫不已，不要惹起戰事的他，一反常態，批道：

「既已大張撻伐，何難再示兵威。」

在皇帝表示了不可以示弱的情況下，林則徐的情勢就變得勢成騎虎，輪不到他不積極備戰了。

其實，他的憂心是有的。

這一夜，他就為了連月來的軍事煩心，又不好向鄧廷楨等同僚吐露，以免影響士氣，於是決計讓康福去把顧力找來，陪他閒聊一會，以輕鬆神經。

林則徐跟顧力真有點緣分，自從認識了這年輕人，讓他在身邊行走，辦點有用的事，每一次顧力都恰如其分地把事情辦得極好，使他異常滿意。

說實在，長得濃眉大目，方正馴厚的顧力，給林則徐一種很好的感覺。

他心裏想，如果所有的年輕中國人，都能像顧力這個樣子，叫人見着他，像有新希望，像見着一地的陽光般開朗，中國的前途是無可限量的。

「顧力，你將來有甚麼打算了？」林則徐呷了一口香茶，交疊着雙腳，這樣詢問垂手而立的顧力。

無疑，現今顧力與梁廷枏都算是林則徐在廣東的幕僚。但，當林則徐在廣東的職責完成了，任期屆滿被皇帝調派到別個職位上時，這個特定時段特定環境之內設置的幕僚就要曲終人散了。

林則徐有此一問，是合乎常情的，顧力當然明白，他不可能跟着欽差大臣一輩子。

事實上，他也沒有這樣的打算。

於是，顧力回答說：

「大人有用得着小人的地方，我隨時效命。如果雨過天青，大人升官他位的話，我很願意到香港去，打漁為活。」

「你怎麼會想到去香港？」林則徐問。

顧力想想，也不禁好笑，道：

「我也不知為甚麼老想着要到香港去幹活了，這是很多年前就有的想法和計劃。這兒人多，競爭大，幹活艱難，而且從前看到父親那副不長進的模樣，心上有氣，老打算遠走天涯，可是所謂天涯，也不過是香港罷了。」

「你喜歡打漁？」

「嗯，因為我喜歡大海，對着海，整個人的煩憂都會不翼而飛，聽說那尖沙咀的洋面是美麗的，那兒還有很多很多個小島。」

顧力的腦海忽然出現了一幅寧靜而美麗的圖畫，他划着一隻小艇，在蔚藍的天空之下，在清爽的海風之中，在碧綠的海灣之內，一邊輕哼着漁家小調，一邊撒網打漁。那悦耳的曲子，竟是和唱有人，他看到船頭有位美少婦，對着他盈盈淺笑，時而輕拍着背上熟睡的小嬰兒，時而擔着櫓，那是他的妻兒。他們一家幾口，就這樣在藍天碧海和風之中過着簡單而幸福的日子。

林則徐說：

「顧力，你或者能為國家做更多的事。」

顧力這才從迷惘之中回轉神來，恭謹地答：

「大人過譽了，在你的指導下能做一點事，是可以的；沒有了你的栽培，我不過是個挺普通的人罷了。」

林則徐笑道：

「有的，我們真要感謝亂世，只有在困境之中，我們才知道自己究竟是不是個普通人，同時瞭解自己究竟是個甚麼人。」

這是林則徐有感而發的說話，顧力只能聽，也就不好胡亂發表意見了。

「世事難料，明天可能就是一場不測的大戰，也可能撥開雲霧見青天。」

林則徐把手上那碗茶喝盡了，微微的嘆口氣，再對顧力說：

「我們再看着辦吧！」

事實上，林則徐心上有很多難以言宣的擔掛，他才會省起找個開朗的年輕顧力來陪着說話。

當前的形勢，依據他的看法，很有點山雨欲來風滿樓的樣子，不管是義律以及他背後的大英帝國，林則徐自己以及他的君主道光皇帝，都似乎在蓄勢待發。

這個感覺無疑是對的。

在英國，林維喜事件與九龍、官涌戰役之於林則徐禁煙，已如火上加油，迅速令朝野上下不得不正視對付中國的方法，以武力解決中國問題的政治運動已經如火如荼地展開了。

渣頓自從回國後，一直為發動侵華戰役而奔走，與巴麥尊取得了默契之後，他一方面更努力鼓動國會內的議員為他到處説項。另一方面，他聯合了所有在林則徐繳煙銷煙行動中受損害的英商，成了一隊同時在民間與官方有影響作用的游說大軍，為推動爭取賠償煙價而工作。他們甚至集資二萬元作為基金，交給渣頓，作為在國內搞輿論活動的經費。

首先，這批自稱受到嚴重財產折損的英商就聯名寫信給政府，把他們的悲慘遭遇提出嚴重的申訴。與此同時，英國人最懂利用傳媒，運用自由言論的技倆，加上他們的能言善辯以及銀彈政策，使英國的報章頓時熱鬧起來，幾乎所有報章社論都在研究「大不列顛國的同胞遭遇到非比尋常的侮辱」、「女王陛下盡忠的官員及忠實苦幹的英國商人同時被軟禁」、「女王陛下的臣民在海外受到生命的嚴重威脅」等等，一時間真箇鬧得滿城風雨。

渣頓手下的議員們已經有足夠準備，配合着輿論，更加催促有交情的、有社會地位、有發言分量的企業和團體，發表他們的意見。

當時世界上最大的工業中心曼徹斯特六十五間公司的老闆聯名簽署了一份意見書，直接交給巴麥尊：

「中國事態的發展，更加強了我們的信念，即是只有一個敏捷的、強有力的、明確的行動，才能將我們的對華貿易置於光榮的、安全的、永久的基礎之上。」

工業重鎮利物浦亦有五十四家廠商聯名給巴麥尊寫信，說：

「我們敦請閣下能早日宣布政府的政策，以便目前的疑惑停頓狀態能儘早結束，因為這種疑惑和停頓對商業是極其有害的。」

主要工業城市里滋的七十二家公司主席，亦有類同的函件上達，稱：

「希望政府採取有效辦法來保護我們現在的利益，並且將來建立較為鞏固的、較為永久的通商關係。」

首府倫敦亦有近百家公司的頭頭聯合聲明：

「我們不必申述對華貿易規模之大，地位的重要了。我們只要求知道，因貿易斷絕而不得不在廣州的財產或依據商務監督指示，封閉在澳門或尚在海中的貨物，政府究竟採取甚麼辦法？」

整個英國的工商界幾乎是總動員地造成社會主流思想，讓巴麥尊暗地裏偷歡喜的壓力。

在顛地逃回英國之後，渣頓更是如虎添翼，顛地急不及待地加入這場迫令政府開啟對華戰役的鼓吹運動之中，他着羅拔臣為他聯繫所有曾做和現在仍然做着鴉片生意的商人，在倫敦召開緊急會議，那是大概八月底的事。

顛地慷慨激昂地陳辭：

「你們看，我們總算是幸運的，終於能平安回到自己的國土上來。林維喜事件在我們走後不久發生了，分明死者的家屬已經白紙黑字地感謝英國人的慷慨殮喪費，聲明與英國水手無關，鬧事的也只不過是幾個印度水手罷了，也可以引起林則徐那種動輒就要實行封鎖飲食的野蠻行為。你們說，我們還要不要到中國去做生意了？」

會議的結果，顛地也以英國四大貿易公司主腦人的身分謁見巴麥尊，要求武力解決中國問題。

在這種誓要對華開戰的口徑上，顛地決定不讓渣頓獨領風騷，否則將來分肥，他就不可以輕言功勞了。

巴麥尊其實在林維喜事件以及九龍、官涌戰役之後，已認為國內的輿論與國外的情勢，主戰的大氣候已經形成。

在通過國會正式辯論、投案，再請女王批准開戰這些最後的形式步驟之前，他還有一些功夫要好好的部署。

首先，他要確定一下，英軍是不是能在長征之後，仍能有實力戰勝。中國以逸待勞，又是地頭蟲，加上九龍、官涌戰役英軍的失利，都使巴麥尊不得不慎重行事。

他就在星期日上教堂守禮拜之後，把曾到中國傳教多年的傳教士彼得摩西拉到一旁，非常誠懇地向他請教。

彼得摩西拍拍巴麥尊的手背說：

「放心吧，中國海軍設備之差勁，遠遠出乎你的想像。或者那叫做林則徐的中國人，有甚麼神奇力量，偶然創出一兩個奇蹟來是可以的，但絕不可能將奇蹟延續下去，何況中國之大，林則徐可照應之地方太少了。」

巴麥尊聽了，非常高興，很虔誠地說：

「你會為我們國家和國民祈禱？」

彼得摩西答：

「肯定會的。而且我相信上帝會保祐我們。不過，你發動的要是正義之師才成。嚴格來說，我們已有理虧的地方，鴉片的輸入是給中國太大的壓力了。」

彼得摩西這番持平的話，巴麥尊聽進耳裏，他只想確定中國海軍的軍力，而且英國人的上帝會保祐英國人，那就成了。

除了這位傳教士之外，巴麥尊詢問了很多有中國經驗的英國人。其中他也設法跟一位到過中國十多二十次，在中國沿海經商多年的安德魯會面，落實他在給政府函件中，贊成開戰的論據是千真萬確的。

安德魯對巴麥尊説：

「中國是外強中乾的國家，猶如已全是白蟻的一間大屋，只要加點勁，推倒其中一條支柱，便會整間屋塌下來了。」

巴麥尊歸納了各方的意見，得出了一個結論：這個東方大國，已是強弩之末。之所以仍然屹立着，完全是依靠着國家整體系統內流傳着的謊言，互相欺矇，有一日過一日。同時皇權也是靠着一大堆沒有足夠教育和知識，只有傳統根深蒂固思想的子民去支撐着。

巴麥尊肯定中國是不堪一擊的。

到了現階段，巴麥尊的情勢是如箭在弦，非發不可的了。

否則，國內的民憤與商界的利益組合成的浪潮，可以把執政黨整體捲走，可不是鬧着玩的。

以前坐在管治國家的首輔與重臣寶座之上，要服侍的是一位君主。現時，除了女王陛下需要應酬，英國的民主開明政制，叫執政者也要多多討好那些掌握經濟命脈的財閥以及經常受到煽動而不自知的人民。

仗可以打，戰可以開。

但，非勝利不可。

這是巴麥尊堅持的想法。

為此，他更審慎地多了一重他認為很必須的部署。

這天，他在私人書室內單獨接見了顛地。

之所以選擇顛地而非渣頓，只為巴麥尊探到顛地有辦法走得通中國皇宮的路子。

在前些時，巴麥尊把女王陛下賜予他的御用雞精，分了幾瓶予顛地，記得他當時就說過：

「這東西正好用來巴結我在中國一個重要的朋友。」

巴麥尊不經意地問：

「甚麼重要朋友？要真的配得上用這雞精才好。」

原來雞精是在一八三五年由御廚白蘭氏精心泡製而成，他把很多肥雞燉成一種很容易消化的脱脂營養食品，對病後調理最能起到固本培元的作用。

當時體弱多病的英皇飲用之後，發覺十分見效，以後這條秘方就為皇家所專用。

御用飲品當然也有賜賞臣下的，這種規矩中外皆然。

維多利亞女王跟其他女人一樣都愛美，對於太油膩的食物，不論有多大的好處，她都不敢沾唇，於是更加愛上這食用簡便，又能增加體力，卻不會發胖的雞精。

她倒是個相當慷慨的君主，着白蘭氏專心大量製作雞精，好讓她廣贈臣下，對於幫助她治理國政的大臣，尤其多行賜予。

為此，巴麥尊就以此相問。

當時顛地答：

「我認識了內務府的一位朋友，叫馮驥，是去年上北京探路子打關係時結納的。他的路子直通深宮內苑，是當今皇太后的心腹。」

巴麥尊又曾問：

「中國的皇太后還管事嗎？」

顛地答：

「很難說。表面上是不管，實際上只要她管住了兒子就成。」

這番話，巴麥尊記在心頭了。

所有的人際關係資料，都是從政者的寶藏，一旦派得上用場，就會獲利無窮。

巴麥尊招呼顛地坐下，就囑僕人奉上了兩杯御用雞精，待僕人退下，便向顛地舉杯說：

「來，這不是香茶，你在中國，最好的茶葉都品嚐過了，回到本國來，還是讓你飲用我們專有的上好飲料吧！」

顛地一嗅就知道是皇家寶物，道：

「太好了。這雞精你送過給我的，一半我拿去做了人情，另一半慢慢的飲用着，也在月前都就喝光了。這陣子的頭痛事多，精神虛耗量大，多飲這個雞精會有幫助。」

「難得你喜歡，我設法給你弄一些來。」

「那個御廚白蘭氏，現今的年紀不輕了吧，等下他退休了，會繼續有人曉得製造這有用的寶貝飲料嗎？這雞精的秘製方法可要留傳下來才好。」

「不忙，他的兒子和姪子都能繼承他的事業，你不知道嗎？現今女王陛下身邊最喜歡、最常召用的三個廚子，其中一位就是他的兒子。」

「這也算是家學淵源。」

巴麥尊道：

「我這次請你來，也真有件緊要事與你商量，多少跟這雞精扯得上邊。」

「甚麼事．」

「你不是說過，你能走通中國皇帝深宮的路子。」

顛地立即想起來了，便答：

「可以這麼說。如果要跟皇太后說上甚麼話，還是有辦法可想的。」

「即使在今日，你人不在中國？」

「不難，渠道還是在的。有甚麼事，我可以效勞。」

巴麥尊一口把杯中的雞精飲盡了，便說：

「現今以武力解決中國問題的聲音，在你們帶動之下已經十分響亮，這是個好消息。但我們總得在大舉出發之前，甚至在國會討論通過發兵議案之前，爭取多一些決勝的條件才是正辦。」

顛地一聽到會攻打中國，就已經相當興奮，他急不及待地問：

「這與中國皇太后有甚麼關係？」

「我調查到一項很有用的消息，中國政壇也分兩派，一派是禁煙派，自然是以林則徐為首，對立派則是以首輔穆彰阿為首的。我很相信我國對華開戰，在中國也必有主戰和主和兩派出現，不消說，林則徐這等人，必定主張中國跟我們硬拼到底。故而，我們如果能走內線，先做好了籠絡主和派的功夫，在那個聽說是舉棋不定的、朝秦暮楚的皇帝跟前說上一些對我們有利的說話，可以事半功倍。」

顛地打從心裏佩服巴麥尊，他的政治手腕無微不至，無遠不及，真是異乎尋常的精打細算。

於是，顛地明白他的計謀了，是要走通了皇太后的路子，從皇太后再走通穆彰阿的路子，對皇帝作一個裏應內合的包抄，他自然容易屈服。

顛地點頭，道：

「好，我試試。」

「這事是緊要的。每個國家都總有人不介意做些賣國主義的勾當，他們自然會找到義正辭嚴、理直氣壯的藉口，然後堂堂正正、光明磊落地生活下去。」

這番話是說對了。

顛地拜託巴麥尊給他弄來了一大盒的雞精，裝好包箱立即託運至北京，連同一封顛地的密函，交到內務府馮驥的手上去。

馮驥看罷了顛地的密函，手心竟然滲出汗水來。

顛地向他提供的消息，真的非同小可。

馮驥定一定神之後，第一個念頭就是火速找他的誼父翁濤商議。

馮驥分明知道這跟翁濤見面的地方，不可能隔牆有耳，但因為事態嚴重，影響了他的心理，故此他下意識地就壓低聲浪說話。

「公公，這真是不得了的一回事，英國人快要派大軍打我們中國了。」

翁濤本來已是紅通通的臉孔，一聽馮驥這兩句說話，立即火辣辣地漲成紫紅，很有點嚇人的樣子。

「誰說的？」

「顛地。」

「就是那個數一數二的大鴉片商？」

「對，就是他。前年他來北京，曾對你老人家有過孝敬，以後久不久就送一些英國的宮廷玩物來給我們。這次，他也託人帶來了你老人家最喜歡吃的燉雞雞精。」

「他怎麼說？」翁濤趕快納回正題。

「非打仗不可。說林則徐的胡作妄為，令英國人的臉子掛不下來了，而且以後怎麼還能通商呢？」

「他究竟想我們怎麼樣？」翁濤一句就點了題，而且他還慎重地加上註釋：「我是説顛地希望我和你做些甚麼事？」

翁濤是聰明的，他不可能認為顛地只是途長路遠地給他通報一聲就算。

尤其是在顛地倉皇逃返英國之後，他必也是主戰派的一份子。

如今非正式地把宣戰的消息傳到他們的耳朵裏來，目的不會是耀武揚威那麼簡單，更不可能是讓他們先有心理準備。

馮驥有點尷尬地説：

「顛地先生希望我們可以幫助他們。」

兩國交鋒，敵方開聲叫自己幫助他們，等於請他們出賣國家。故而馮驥一時間也有點難為情，不覺面紅耳赤起來了。

倒是翁濤的道行非同凡響，他早已經冷靜下來了，便問：

「怎麼個幫忙？」

而且翁濤非常的聰明，還立即作了補充説：

「如果幫了他，對我們也是有利的話，是可以考慮的。」

這個「我們」，翁濤沒有說明，究竟是指他本人與馮驥，還是國家？這就是翁濤比馮驥犀利的地方了。

薑還是老的辣。

馮驥得了這個指示，整個人都輕鬆多了。他說：

「就是這話，顛地先生說，英國對華開戰，事在必行。之所以無可轉寰，只是受林則徐的侮辱太盛，故而出兵只為宣洩掉一口烏氣，同時謀劃一個長遠的可與中國好好相處和通商的辦法。這就是說，陳兵壓境之後，最好能從速講和，朝廷派個謙和一些、講理一些的人出來，大家在有商有量的情況下，達成一些對長久兩國友誼有幫助的協議，那就是最理想了。」

翁濤點頭，道：

「還未是正題呢，他要求我們怎麼個幫法？」

「顛地先生希望中國朝廷內有幫他們講話的聲音，老實說，遠征是很疲累之事，適宜儘早結束，不宜長久拼搏下去，害兩家都有損失。」

說到這兒，是畫龍點睛的時候了。

馮驥幾乎想笑出來，道：

「顛地先生在信上說得很清楚，打仗是很花金錢的，如果我們能幫助他們縮短戰役，及早言和，那麼，就從軍費之中撥一部分給我們，也值得有餘。」

翁濤聽了，也不由自主地雙眼一睜，太動人的一個誘惑了。

哪怕是把軍費的百分之一放到他們的口袋裏，也是個人可以享用一世的錢。

「如何個幫法，我們得好好考慮。」馮驥說：「甚而是我們究竟是否有能力、有辦法幫他，也得儘快斟酌。」

翁濤答道：

「幫是肯定幫的。能夠互助互利有何不可，生靈塗炭，又豈是國家之福。」

這樣說，就等於翁濤已經把幫助英國的責任放到自己的肩膊上來了。而且他已找到了好藉口，巧妙地把出賣國家的行為正義化了，及為不願看到很多人要在戰爭中犧牲。

馮驥自然沾沾自喜。

「至於怎麼個幫法，那就要審時度勢了。」翁濤補充。

「是的。」

「我看無非從兩個方向着眼：其一是剷除所有主張與英國硬拚到底的障礙，其二是鼓吹以和為貴，對不對？」

「對，對，太對了。」

「這些功夫得精心琢磨。」

馮驥忽然又顯了點為難，道：

「領人錢財，替人消災。顛地先生說，希望我們儘快有實際表現，他好放心。換言之，顛地先生要確定他找我們做內應是找對了。他一旦放心了，報酬立即奉上，先預支這個數目。」

馮驥把密函之後的一行字指給翁濤看。

翁濤這下可真眉舒眼笑了。

「我明白顛地的誠意，但要有實際表現，要有目標、要有機會，對不對？只有我們知道這個秘密，在現階段我們可做的也不過是鼓吹中國不應妄開戰雲的理論，不可能有別的情事發生。」

馮驥說：

「在皇太后跟前多落點藥，讓她給皇帝多一些提點，這肯定是有用的。現今你看，一個小小的九龍之戰，就樂得皇帝甚麼似，還加上那所謂六戰六勝的官涌之役，幾乎要把個林則徐捧到天上去了。皇帝之所以如此着迷，我看是皇后在皇帝身邊給林則徐做了很多吹捧功夫，那是真的。」

一言驚醒夢中人。

翁濤想到了。

幾乎可以說是舊恨新仇一齊湧上心頭來。

那皇后紐祜祿氏真是太可惡了。

若不是她教唆皇帝把鴉片全在虎門銷毀了，他們早已經可以有一筆非常可觀的進帳。

現在不但是落了空，在江湖上的名聲也被章三刀數臭了。

他們的冤屈往哪兒伸訴呢？

翁濤正是愈想愈氣憤，又奈何皇后不得之際，這新的機會來了。

這下，翁濤是有點成竹在胸了，他說：

「我知道了，就等着瞧吧！」

人要計算人，真是防不勝防的。

就像哪兒有鮮魚，自然就會出現饞嘴的貓一樣。

皇后雖然從來都知道深宮內苑任何時候都有着各種不可預測的是非，但她從沒有料想過，在她的生命上會出現如此冤屈與恐怖的一場殺身之禍。

翁濤已經開始部署他的計謀了。

他先着馮驥去照會穆彰阿，也不必跟他說及顛地的密函的內容，馮驥只是假傳翁濤的消息，誤導穆彰阿以為是皇太后的旨意，對中國目前與英國弄僵了的情勢表示極度擔憂。

馮驥給穆彰阿說：

「皇太后的意思是，中堂這陣子可要多辛勞、多關照社稷大事了，看樣子，讓林則徐如此與英人糾纏下去，萬一有甚麼不測的風雲，絕對會釀成生靈塗炭的事。翁濤也老是談起來就嘆息，因為皇太后實實在在的很擔心。坦白說，在宮中，皇帝最聽皇后的話，他們的想法可又跟皇太后不一樣，為了息事寧人，皇太后很多時都不便多説話，倒要靠你們這班敦厚的大臣多出句聲了。」

穆彰阿立即回應，道：

「你有便請公公轉告皇太后，請她不必擔心。斷不會妄開戰役，皇帝就是有此旨意，奴才等自會上奏陳明利害，打仗是何等樣的大事，哪容閒人妄議。」

這最後一句話，穆彰阿是說得太重了。他中了馮驥的計，針對皇后而講了一句不大得體的說話。當然不會有外人聽到，只不過被馮驥利用了，讓翁濤作為武器，攻擊皇后。

翁濤在馮驥跟穆彰阿見過面之後，就找了個皇太后吃完午飯，在園子裏散步消食的時間，給皇太后說：

「就昨天少聰去拜望中堂，有句話他聽回來，不知是不是中堂要他有便轉告太后的？」

皇太后一邊踏着她的花盆底慢慢走路，一邊說：

「且說出來我聽聽。」

翁濤便說：

「說出來了，如果惹主子不高興，請別生氣，奴才自行掌嘴就是。」

皇太后覺得事態好像嚴重了些，便更焦急道：

「且說給我聽吧，別嚕嗦。」

「喳！」翁濤應着：「中堂說林則徐這陣子與英國人對峙，把關係愈弄愈糟，之所以不知道得些好處須回手，原因是有人為林則徐撐腰。」

「誰？」

「奴才該死。」

「說吧！」

「中堂的意思怕是指皇后。」

「嘿。」皇太后冷笑：「我看她還在皇帝跟前再玩些甚麼花樣出來，小事我可不管，若有日牽涉到社稷安危，我就先治她的罪。本朝家法嚴謹，她敢稍稍的干預朝政，就是萬死不得蔽其污。」

聽到皇太后用這麼嚴重的口氣，就知道可以放心多講皇后的壞話了。

「皇太后聖明，中堂的擔心是有根據的，這一點就連奴才都不敢跟中堂回話。」

「甚麼意思？」

「馮驥因為工作上的需要，常從外國商船中買回一些西洋玩意兒，帶到宮裏來或作擺設，或作玩物，他因而跟英國商人談得挺熟的。聽回來的消息是英國人希望林則徐退讓一兩步，好與中國人和談相處。但，林則徐堅持苦戰，就怕是他背後有人撐腰，所以他夠膽為建立個人的功勳，而不惜把國家的名聲與財產作為賭注。英國本土已經嚴重聲明，若然再這樣子下去，免不了要兩國交鋒了。」

皇太后一聽，手震了，腳也有點痠軟，翁濤立即扶她坐下來。

皇太后倒抽了一口氣，才說：

「開國以來，從沒有跟外國正式的開戰，本朝就壞在一個讀過幾年詩書的女人手上嗎？這可怎麼得了。」

「皇太后你看應該怎麼辦？」

皇太后正想開腔，她就止住了，抬高頭來問：

「依你說，該怎麼辦？」

「奴才該死，這是何等樣的大事，奴才不該說。」

「我叫你說的。」皇太后清楚地說。

「奴才認為防範勝於治療，很多事是不能錯，因為補救不來的。」

皇太后點頭，表示同意：

「那麼，你認為我應該插手管一管這件事了？」

「小事可不必勞煩皇太后，只是家國大事，皇帝日理萬機，偶有甚麼看不到的地方，皇太后的懿旨就是靈丹妙藥。」

「這件可不是小事情。」皇太后閉一閉眼睛：「祖宗辛苦創業，可不能敗一點兒在我們這一代的手裏。你看呢，我是跟皇帝先說話，還是直接管一管皇后了？」

「皇太后聖明，皇太后既然是六宮之首，屬於家裏頭的事，就不必跟皇上說了吧。」

這就是說，婆婆管教媳婦，何須告訴兒子。

如此一句提點話，叫皇太后上了心，便說：

「今兒個午後，皇后在做甚麼了，叫她到萬春園來，我得好好的跟她談一次。」

「喳！」

翁濤於是親自到皇后的坤寧宮去，準備傳皇太后的旨，要皇后去覲見皇太后。

才踏進坤寧宮，碰面就遇上了那佳。

「公公，你找皇后？」

翁濤偏不說皇太后要見她，只道：

「皇太后着我來看看皇后這陣子在宮裏忙些甚麼。」

「皇后剛睡下了。」

「剛睡下了？在這個時候？」

「是的，她感染了風寒，人很不舒服。」

「嗯，是這樣嗎？」

才這麼說了，就聽到了一陣孩子的歡笑聲，自遠而至，原來是皇后的親生兒皇四子奕詝，以及靜貴妃所生的皇六子奕訢，小兄弟二人互相追逐，在耍樂。

翁濤說：

「我很久沒有見到四阿哥與六阿哥了，他倆又長高呢。」

那佳說：

「靜貴妃叫他們去吃雞蛋糕餅，本來請皇后也到她宮裏去吃的，皇后不舒服，就只讓四阿哥去了，一鬧就是半天，他們兄弟的感情也真是夠好的，見了面就捨不得分開了。」

那佳忽然又省起了一件事，道：

「既是六阿哥過來了，我也得請示皇后，今兒個晚上是不是讓兩位皇子留在這兒吃晚飯了。」

翁濤道：

「那你就看看皇后醒過來了沒有。醒過來的話，就說翁濤來叩問安好。要是她身體不適，倒不如讓我領兩位皇子到萬春園用晚膳，也給皇太后作個伴，好不好？」

那佳答道：

「好哇！那就請翁公公稍候，我去回了主子再告訴你。」

那佳走了之後，翁濤就逗着兩位小皇子說話。

皇四子奕詝先就扯住了翁濤的袖子說：

「公公，你真要帶我到皇太后跟前去評評理，奕訢他不講道理。」

「怎麼個不講理？是你輸了給我，所以就賴皮。」皇六子忙說。

翁濤笑着蹲下來，一手拉着皇四子奕詝，一手拉着皇六子奕訢，就說：

「來，來，告訴公公究竟甚麼事？好兄弟怎麼會爭執起來了。」

皇四子道：

「我們玩六合同春的拼木板遊戲，隨便檢兩句詩做話題。那兩句是『皇師北定中原日，家祭無忘告乃翁』。奕訢拼頭一句，我拼後一句，他竟說我拼錯了。」

「當然是拼錯了，圖畫裏都沒有一根香，那怎麼算是祭祀呢？公公，你說呢？」

皇六子奕訢天生聰穎，很得皇帝的寵愛，宮中的人暗地裏有個想法，就是皇六子將來會比皇四子成長得更好更適合當天子，但，這個只能是想法，絕不可以講出口來。

翁濤還未為他們分辯，皇四子就說：

「平日皇帝奏稟皇太后也沒有燒香。」

皇六子立即回應：

「那是因為皇太后還在呢，等到皇太后死了，也要上香才能奏稟，這就是家祭。」

這麼一爭吵了，翁濤就靈機一觸，把兩位皇子拉到花棚底下，讓他倆分坐在自己兩旁，給他們說：

「公公不能跟你們評論誰對誰不對，應該讓皇太后去評才見分量。不過，不管誰贏了誰輸了，今兒個晚上到萬春園平息了你們哥兒倆的紛爭之後，公公送給你們一個從西洋人處拿到的得意玩意兒。」

皇四子搶先問：

「甚麼樣的玩意兒？」

翁濤答：

「是一個賽馬機，英國人最喜歡賽馬，每人策一騎，看誰跑得快就贏。我的那個賽馬機，一共有九匹馬，上足了發條，馬兒就會在青草盆上格格格的跑動起來，次次都不同賽果，旁的人可以買哪一匹馬贏。」

皇六子拍起手掌來說：

「我要這個賽馬機。」

「不。」皇四子抗議：「我居長，我要這個賽馬機。」

「居長不一定就說了算。在宮裏說了算的只有皇帝。」

「還有皇額娘，她不是管六宮嗎？」

翁濤陰惻惻地說：

「是皇后告訴你這番道理的是不是？」

「是。」皇四子答得清爽。

「那很好，等會見了皇太后，如果她評判了是誰該得這賽馬機了，記得加問清楚，要不要你們滙報皇額娘一聲，因為皇后囑咐過你們，凡事要由她作主，知道嗎？」

兩個孩子慌忙點了頭。

翁濤於是又說：

「我猜呀，用這兩句詩來玩遊戲，怕又是皇后給你們倆出的主意，對不對？你們都是很聽皇額娘說話的，是不是？」

兩張孩子臉一時間有點茫然。然後皇四子就自作聰明地答：

「是的。等會我們去皇太后跟前評理，該怎麼樣對她說呢？她知道我們這個遊戲是怎樣玩的嗎？公公，以前皇額娘發明這遊戲只是拼字，如今是拼圖了，皇太后未必就懂。」

「她不懂就做不了判官了。」皇六子這樣補充。

「她當然不懂，你們就好好的給她詳細解釋吧。譬如說，皇后怎麼會挑這兩句詩給你們去拼圖呢？」

「我們也不知道呀！」皇六子答。

「在皇太后跟前若說不知道，這場遊戲就定不出勝負來，那賽馬機就不知該獎給誰了。」

皇四子一聽，便說：

「公公，那你就教我們該怎麼樣回皇太后的話，都聽你的吧。」

翁濤點頭，說：

「成。可是我們三個人君子協定，誰也不准說出去是我教你們的，有哪個人問起，你們就說，這都是實情。」

兩個孩子歡天喜地的點了頭，細心地聽清楚了翁濤教他們等下應對的說話，才輪到那佳走回來，給翁濤說：

「皇后仍然覺得累，這陣子宮裏的事實在多，她是忙壞了，所以不起來跟你說話了。公公，你就帶着兩位皇子到萬春園玩樂一陣子吧，如果真在皇太后那兒用飯的話，就差個人回來說一聲，也別忘了通知靜貴妃，免她掛心六阿哥。」

翁濤於是就帶着兩位皇子到萬春園去了。

他先跟皇太后回話。

「皇太后，奴才回來了，帶了四阿哥與六阿哥來看望皇太后。」

皇太后一直是餘怒未息，做好心理準備，要跟皇后見個高下。

她是真的擔心要跟英國人開仗了，軍費之浩大可不是鬧着玩的一回事。好好的太平天子不當，偏輪到這一代，出了個聽老婆教唆的皇帝兒子，是遺臭萬年的事。這件事，她是管定了。

自從皇帝的正后去世，當今皇后就一直趾高氣揚，早就應該抓着她的把柄，好好的教訓她了。

皇太后想，下馬威已經發得太遲了，這兒媳婦正在謀算有日她當上皇太后的日子是怎麼威風地過了。這下子不給她算帳的話，自己在宮裏還有地位了沒有呢？

為此，她板起臉問：

「皇后呢，你不是去傳喚她來見我的嗎？」

翁濤說：

「奴才沒有見着皇后，皇后只讓她的心腹那佳回話。」

翁濤這句話已經是打了皇后毒針了。皇太后派去見皇后的太監，等於代表皇太后，皇后竟然不見，只是派個宮女接見，等於在人前撕了皇太后的臉皮。

皇太后憤怒得聲音都打戰，問：

「她回甚麼話？我是要她到萬春園來呀。」

「那佳回話說，這陣子皇后特別忙累，只因宮裏頭事情多，都要由她來管，皇帝外頭的事也繁雜……」

皇太后沒有聽翁濤說下去，就一下子漲紅了臉，咆哮說：

「那跟她有甚麼關係，她真的在謀算着要一把抓，甚麼宮裏宮外的事都管起來了，是嗎？」

「請皇太后息怒。」

「她人呢？」

「回皇太后的話，皇后說她不舒服，要好好的睡覺，不來了，叫了兩個兒子來陪皇太后說話。」

翁濤這般回話，更是火上加油，熱辣辣的賞了皇太后兩記耳光。皇太后要傳旨皇后來見，就算她病了，無力站起來，也得爬到萬春園來聽候懿旨。

只有皇太后在知悉她病情之後，讓她不必來聽訓，她才可以不來。絕不能倒過頭來，說不來就不來，竟還派兩個小皇子代替她來算交代。

這未免太太太目無宮規法紀了。

只一句話，皇太后認為如今皇后的不可一世已是過分到不可再容忍了。她盛怒得不能作聲。

氣往上衝的緣故，叫她的頭痛得格格作響。

翁濤是看得出來的，偏就佯作不知，不予關心之外，還繼續添鹽加醋。他說：

「皇太后也真應該沉住氣見一見兩位阿哥，他們這麼小小年紀就已受人教唆，若沒有皇太后給他們把思想糾正過來，將來有可能鬧得不成話了。」

「甚麼？」皇太后有些不解：「你說話就別老是吞吞吐吐的，連你都要有事瞞着我的話，不是都要反了嗎？」

翁濤立即跪下來，說：

「奴才該死，奴才這就直說了。皇后怕真是太過分關心朝政了，這陣子弄得朝野上下都以為鴉片銷毀了，天朝就可以鎮懾得住外夷了。皇后連在皇子們跟前都給他們灌輸備戰作戰的思想，皇后發明的宮中拼圖玩意兒，出題也出了『皇師北定中原日，家祭無忘告乃翁』之句，就可見她的心是怎樣個想法了。」

皇太后聽罷，神色莊嚴，立即道：

「把四阿哥與六阿哥帶進來，我有話問他們。」

皇四子與皇六子給皇太后叩了安之後，站起來，等候回話，神態還是沾沾自喜的，因想着回好了話，定了輸贏，那得意的賽馬機就可以拿到手了。

「你們哥兒倆玩的這個遊戲，是你皇額娘發明的，連那詩題都由她給你們出的，是不是？」

皇六子看了他兄長一眼，皇四子就代表答話，大聲說：

「是。」

「那兩句詩，你們明白不明白？皇額娘有沒有給你們解釋清楚了？」

「回皇太后，皇額娘說，現今我們中國不同往日了，皇阿爹聽了皇額娘的話，重用了林則徐，鴉片銷光了，英夷也打垮了。不久將來有誰不臣服天朝，我們都一定要堅持開仗，臣下不怕艱難，宮裏不怕要省吃儉用，皇額娘說更不怕有甚麼人反對，到有日打勝了仗，回來禱告祖宗時，就知道有多威風了。」

皇四子這段話說得流利極了。說完了之後，他還拿眼望望翁濤，向他邀功似。翁濤只對他笑笑，以示鼓勵。

說實在的，就是翁濤回應再多的表情，皇太后都不會注意到。她眼前已被怒火所掩蔽，滿腦子只有一個觀念：皇后是該死的，是罪無可赦的。

皇六子看皇太后聽完了皇四子的話，仍然沒對他們的「遊戲」作出評判，就忍不住對他的祖母說：

「回皇太后的話，皇額娘還說，老一輩的都是要過世的，很快就到我們長大了，就得好好地聽皇額娘的話，才能把江山穩住。到那個時候，把我們的功勳戰績稟告，以慰他們在天之靈。這麼說，拼的圖就必須要上香的，是不是？」

皇太后的牙關打顫，回答說：

「是，怎麼不是！你皇額娘的意思是連我都在上香稟告之列了？」

皇四子點頭，他與皇六子只想着他們那場遊戲，於是道：

「是的，所以我看，如今跟皇太后回話，也沒有上香的規矩呀，所以，我是沒有錯了，請皇太后評判。」

皇太后額上的青筋已經暴跳得下意識地要拿手去掃一掃額頭，回一口氣，才能對兩個孩子道：

「你們剛才說的話，是聽甚麼人教的？」

皇四子立即答：

「都是皇額娘教的，我們有說錯甚麼話嗎？」

「沒有，沒有，說得很好。你們哥兒倆其實都沒有錯，今日誰回皇太后的話都不用上香，因為我還沒有死。可是，生死這回事啊，誰能逆料了，今兒個活得好好的，明天就可能一命嗚呼了，到那時，你們要稟告的話，就的確要先上香了。」皇太后說這番話時，語氣是陰惻惻的：「翁濤，你就拿些好玩的給他們兄弟倆，一起玩樂就好，不要爭。打發了他們，速回我身邊來，我有話要跟你說。」

「喳！」

翁濤領命而去，安頓了兩個皇子之後，很快就已回到皇太后身邊來了。

才不過一陣子的功夫，皇太后那本來被氣得由紅變青的臉孔已經回復了一點兒紅潤，額上的青筋也已平伏下去了。一雙因刺激而瞪得老大的眼睛，完全以另一種形態出現。

她把眼睛瞇成一線地望着翁濤，然後沉沉地說話：

「你剛才是不是說皇后身子不適，對嗎？」

「是的。」翁濤回應，他並不知道皇太后是個甚麼心理，因而回話時也免不了有點戰戰兢兢。

翁濤不是未試過設好了陷阱，要人踩進去，而結果呢，皇太后卻沒有如他的願。

他一直對林則徐得以在廣東把鴉片銷毀之事記在心頭。

所以，他這次要結納顛地，趕快立下汗馬功勞以表示合作誠意，其實只能盡力，但未敢抱百分之一百的把握。

天威不測，這是任誰都知道的事。

在皇權至高無上，皇帝統領天下的時代裏，恩義與責難都掌握在一兩個人手上時，是最最難以逆料的。

照說是非已經種在皇太后最犯忌的範疇之內，她若然忽然的平和下來，不採取任何舉動的話，翁濤也徒呼奈何。

他，不是不從小就習慣與命運拼鬥，而往往又老是栽在命運的手裏的。

不只是他，宮裏頭所有受過殘酷宮刑的太監都明白這個道理。

在他們不得不生存下去的歲月裏，依然奮勇掙扎，心裏頭老是有一個奇怪的願望。如果能令到別人也體會到生命的無奈，發現人生有着各種不同形式的遺憾的話，就可以減省了他們心頭的難堪了。

生命如果在勉力完成這個願望之下持續下去的話，也算是有意義的吧！

如今，除了恭謹地聽皇太后的最後裁決，翁濤是甚麼也無法做的。

皇太后似乎要與他為難，遲遲也沒有把她的打算說出來。

在很多事情上，皇太后都會問翁濤的意見。

反正在她身邊，能說話的人就沒有多少個。

皇太后此刻的沉默，也因為她實實在在的在思考，究竟是否要把自己的想法告訴翁濤，跟他商議。

有些時候，她需要身邊的人說點意見，是的確為了在某件事上，她拿不定主意。

但，這某件事通常都不是大事。

那就由得身邊的人，如翁濤之類出點主意，視之為一份額外的、光榮的賞賜好了。

誰不知道在皇太后跟前説得動話的人是有特殊崇高地位的，這比賞賜他一千一萬両銀子還要受用。

宮裏，有權，就自然有銀子了。

可是，在大事情上呢，皇太后不會沒有主意。

她的主意就是最後的主意。

一個女人爬上了以天下養的地位，不管是命運，還是人力，是先天福蔭，還是後天奮鬥，總之有了這個地位，她的主意是毋須任何人再加肯定，就可以實行的。

如今，皇太后所面對的是大事。

清皇朝的家法，明文規定後宮不可妄參政事。

自皇后及以下的妃嬪宮娥太監，一律受這條家規所約束，不可以些微越軌。

皇后是多年的積犯了，今日不來個了斷的話，將來不知會變成個甚麼局面？皇太后最害怕的就是一個她要撐也撐不住的局面。

就像今日，這可惡的皇后竟敢稱病抗旨，說不來就不來，讓皇太后首次發現她號令不行了。事態已經非常嚴重。

深宮裏的事，別說不用向翁濤聽取意見，就連皇帝，也不過是她的兒子，也可以不必要他過問。

況且，她的決定並不是創舉。

前朝有的是個案，皇后一旦干預政事，就觸犯國法家規，被暗中處死的案例不是沒有過的。

既有先例可援，就更應有恃無恐了。

於是，皇太后開腔了。

她已經決定如何去伸張她手上的皇權，如何去確立她獨一無二的身分，如何去盡用她世上無雙的地位。

皇太后對翁濤說：

「既是皇后身體不適，她不肯來看我，那就由我親自去看看她吧！你好好的給我準備。」

那「親自」兩個字説得特別有意思、有稜角、有內含。翁濤的耳朵又是訓練有數，他很容易就聽出端倪來。

「喳！」他朗聲地應着。然後，他又稍稍移前一步，調低聲浪，問：

「請皇太后的旨，該怎麼個預備法？」

皇太后冷笑，嘴角往右邊扯上去，道：

「還用問我呢，皇后是感染風寒吧，御藥房多的是能『治人』的藥，你在宮內行走這麼多年，難道還不知道一點這方面的知識嗎？何況，前朝有例啊！」

「喳！」翁濤這回是聽懂了：「皇太后是囑咐奴才備了『治人』的藥，給皇后送去。」

「嗯，單你一個人送去，不禮貌，還得由我親自跟你一同送去，才顯得隆重，那她也就不好推辭了。」

嚴冬的北京城，其實已經冰封。

這幾天，雪下得特重。

尤其是深夜，雪飄下來，只一點點燈光就反映得滿城皆白，讓深宮的氣氛凝成蒼涼多於黑暗，憂鬱多於悽惶，無奈多於慘痛。

翁濤小心翼翼地用一個朱漆托盆捧住了一碗藥茶，跟隨着皇太后到了皇后的寢宮。

她的突然而至，不但令皇后覺得駭異，連跟在皇后身邊的那佳，心上也有一份莫可明言的不安。

皇太后對這兒媳婦素來都沒有好顏色，這是人所共知之事。

兩宮的不和，有時連皇帝都覺得煩躁，曾經埋怨過説：

「真沒有想過，只寵一個皇后，也會生這麼多是非來。如果三宮六苑都要吃醋，醋海翻波，怕就有本事把個紫禁城給淹掉了。」

故而，夜深時分，霜寒雪重，皇太后還親自的走這一趟，説是來問病，那就真的令人擔心了。

皇后當然不便說甚麼，她趕緊的爬起床，讓那佳幫她穿戴整齊，然後到皇太后跟前來，與她見面。

皇后向皇太后屈膝行禮，道：

「皇太后吉祥。」

「聽說你身子不舒服，特來看望你了。國家正當多事之秋，你呀，要好好保重才成。」

皇太后這句話說得挺奇怪，也不算得體。

國家有事，跟皇后保重，原本就扯不上邊的。

皇后到底不同於皇帝。

但，皇太后來看望兒媳婦，說了這樣一句話，似乎也無不可。

皇后心裏想，如果她很率直地回答：

「國家之事，與奴才何關？」

那豈不是太掃皇太后的興了。

一個無心裝載別人指責的人，回應自然是發自平常之心，並不在乎針鋒所指。

反倒是站在一旁的那佳，覺得皇太后那句話說得很刺耳。她可沒有想過皇后的回話還是輕鬆的。

皇后說：

「謝謝皇太后關心，奴才只是微恙，相信睡醒過來就好了。」

「對的，能睡醒過來就好了。」皇太后說。

然後，她回望跟着她到皇后宮裏來的人，說：

「你們到外頭等着吧，我還有幾句說話要跟皇后說。」

說罷，那皇太后的儀隊就退到園子裏候命。

皇太后很用心地向那佳上下打量，問：

「你是皇后身邊的人？叫甚麼名字？」

那佳立即行禮，清楚地答說：

「奴才叫那佳。」

「你是哪一年進宮的？」

「道光十一年。」

「好一段日子了，是時候應該出宮了罷。」

皇后答說：

「是這樣的，我打算讓那佳多陪我一些日子，就安排她出宮了。」

「這就好。當你不再需要她陪伴時，就別耽誤了，總要妥為安排才好。」

「是的。」

皇太后又微微笑地對那佳說：

「那佳，你先退下，我還有幾句話要跟皇后單獨說。說完了，再把你叫進來，好好的侍候皇后。」

那佳應命退出去了。

皇后寢宮的門關上了。

外頭，無聲地灑落着重雪。

沒有人能聽到皇太后跟皇后說些甚麼話。

只見皇后忽爾跪倒在地上，在她身旁的那個燒得灼熱的火盆，發放的光芒投射到皇后蒼白如紙的臉上，令她不住掛下來的熱淚成為兩行淚光。

皇太后是泰然自若的，她把她要講的話講完了，就站起身來要走了。

翁濤小心翼翼的把他手捧着的朱漆托盆放在枱面，托盆上有那碗皇太后賜給皇后治病的藥茶。

皇后寢宮的門打開了，皇太后踏着她的花盆底跨過門檻，就坐上了那頂明黃軟轎，浩浩蕩蕩地在雪夜裏踏上她的歸程。

她已經完成了一個行使她最高權力的過程。

這使她完整地感受到身為前朝皇后與本朝皇太后的不會轉易、不能動搖、不可抗拒的至尊地位。

這個地位使她一句話就可以決定一個人的命運。幾乎除了不可以是她的兒子之外，可以是天下間任何一個人的命運。

並不需要太多的解釋，封建皇朝內的皇權是絕對性的，不容挑戰的。

那佳煞地把皇后寢宮的門推開了。

她望住仍跪在地上，一動都不動的皇后。

皇后終於也緩緩地抬起頭來望住了她。

人世間在這一刻好像只剩下她們兩人似。

「皇后！」

那佳驚惶地喊了一聲，就撲到皇后的跟前，不顧身分地緊緊擁抱着她。

當一個人已面臨失去最寶貴的生命時，其他的都顯得不再重要了。

所以，皇后不會怪責那佳此舉是有失禮貌。

她輕輕的拍着那佳的背，安慰着已經泣不成聲的她。

良久，皇后才嘆一口氣，道：

「你都聽到了。」

那佳點頭，她竭力地回一回氣，說話了！

「皇后，你不可以承旨。」

「君要臣死，臣能不死嗎？不死就視為不忠。父要子亡，子不可以不亡，否則就是不孝，你要我做個不忠不孝的人嗎？」

「不，皇后，皇太后並沒有理由要這樣做。」

「她是皇太后，並不需要任何理由。」

「皇后，皇上知道麼？」

「皇上……」

提到了皇帝，皇后心上忽然生了一種極度的痛楚，剛才她是絕對震驚以致有點麻木，如今的痛楚令她慢慢的回復了知覺。

「皇上？對啊，我怎麼沒有想到他，那佳，我捨不得他呢！」皇后這麼說，語調是淒迷的，泰然而又是茫然的。

這令那佳更加傷心，她哀哀地懇求道：

「皇后，現在還不遲呢，趕快去稟告皇帝，現在就去。」

那佳甚至要站起來，這就直奔養心殿去。

「那佳。」

皇后伸手拖住了她。

「甚麼？皇后，這是救命的時候。」

「我們得以社稷為重。」

「皇后，無緣無故地犧牲了一條性命，對國家有甚麼好處？」

「我死了，對國家不會有可見的壞處，極其量是叫皇帝傷心一陣子，可是，我不死，壞處可多了。你叫皇帝何以為君？何以為子？何以為人？」

皇后這幾句話就說到關節兒上去了。

皇太后下的旨意是：

「我給你送來了藥茶，治你的人挺管用的，在天亮之前，你就給我喝掉它吧！」

如果皇后不喝，就是抗旨。

如果皇后不單不喝，還跑去稟告皇帝，就是反動。

如果皇帝知道了，他要救皇后，那就是不孝。

如果皇帝知道了，無法救得了皇后，他就是不義。

每一個可能性都是絕路一條。

君上不孝不義，何以為君？何以為子？何以為人？

這種宮廷的隱秘一旦外揚，引起的後果是何等嚴重呢！

中國自古以來，哪有試過皇太后賜死而不死，反過來要治皇太后的罪？

那佳不是一個全無知識的女人，這些年她跟在皇后身邊讀了很多前朝的后妃故事，她太清楚朝廷內外的陷阱與陰謀了。

「皇后，為甚麼？為甚麼皇太后要這麼忍心？」

皇后嘆一口氣：

「一個人決心去做一件事，尤其是大事，總不會只有一個單純原因。」

那佳扶皇后坐到椅子上，皇后凝望着那碗放在朱漆托盆上的藥茶，她慢慢的伸手揩乾了眼淚。

「那佳，這裏頭的原因，不能在我有生之年知道了。」

那佳忍不住全身顫抖，忍不住不斷哭泣。

皇后沉默了好一陣子，才輕輕拍着那佳的手背，再拿了那條她親手綉成的有一對鴛鴦在戲水的明黃手絹兒，為那佳揩淚。

「那佳，別哭了。聽我說，不要再哭了，哭也是無補於事的，倒不如陪我多說一會兒話吧，天還沒有亮呢，我們有時間。」

皇后的這幾句話，就教那佳傷透了心了。

「那佳，也許你不相信，我對今日早就做了準備。」

那佳是真的不能置信地瞪着眼睛看皇后。

「皇后！」

「在我進宮來的前一個晚上，我母親哭得死去活來。」

皇后開始回憶着：

「你不可能見過一個母親會傷心成那個樣子。

「整個晚上，我陪着她淌淚，母親連一句話也沒法説得出來。

「直到了天色微明，是我要上妝的時候了，我就設法安慰母親説：

「『額娘，你別傷心，不是説過嗎？女兒最終是要出嫁的，嫁了還是額娘的親生兒，總會有機會見面呀。』

「沒想到母親握緊了我的手，連連倒抽了幾口氣，把話斷斷續續的説出來了。

「她説：

「『額娘這把年紀了，就是女兒沒有嫁出去，又能見着你多少時間呢，見與不見倒無所謂了，知道你平安就好。一旦嫁入帝皇家，權握在上，別説富貴，就連生死也是旦夕之事，誰能逆料？誰可把握？誰不驚惶？為甚麼我兒要如此命苦了？』

「額娘是個聰明人，她看得通透，她知道一入侯門深如海的含義。

「那佳，我並不恐懼，我只是捨不得皇帝。

「我是愛他的啊。」

那佳不敢作聲，她看到皇后的臉容莊敬肅穆，當一個女人矢誓忠於愛情時，原來像向上帝祈禱般的虔誠與嚴謹。

無疑，皇后正處於一種自憐自解自慰與自語的狀態之中。

那佳想，就靜靜的聽她把話說下去吧！

這可能是最能幫助她的了。

打擾了她，就好比吵醒了一個在憩睡的孩子，再無法把她哄回安寧的境界了。

「那佳，你等一下，我去拿一件東西給你看。」

皇后站起來，到她床頭側的一個酸枝櫃前，打開了它，從其中拿出了一個桃紅色的織錦盒子來。

再走回那佳的身邊，把盒子打開了，取出了一朵珍珠花來。

「那佳，你拿着，這是留給你的。」皇后這麼說，就把那朵珍珠花放在那佳的手上。

那佳的手是顫抖的。她知道這珍珠花太名貴了。

這不是那佳第一次見到這件皇后的首飾。

久不久，皇后總是會把它拿出來，把玩一下，又放回錦盒裏去。

曾經試過一次，是皇帝萬壽的日子，皇后把珍珠花拿出來，打算別在髻旁去。

但終於又猶豫了。說：

「還是不要了，萬一掉了那麼一顆，便失真了。」

這朵珍珠花當中的一顆極大極圓極光彩，旁邊有九粒稍細的也是極好品質的珍珠圍繞着，鑲得挺精細。

那佳當時服侍在旁，沒敢問皇后為甚麼如此珍惜這朵珍珠花。

事實上，皇后的首飾，説多少有多少，都是名貴至極的紅寶、翡翠，甚至是西洋最流行的金鋼鑽鑲成的飾物。這朵珍珠花肯定不是最最突出的，在皇后的心目中之所以價值連城，必有特別的原因，皇后不説，她就不該問。

到今晚，皇后把這朵她最寶貴的珍珠花交給她了，那意味着她的不久於人世。

那佳眼眶又再度溫熱起來。

那佳一時間自覺受恩深重，竟忘了禮教，有點錯愕地不知所措。

也許那佳並不認為自己有資格承受這份重禮，故此，她也不能一下子就如常地接受這件禮物，尤其令她驚駭的是，皇后竟跟着說：

「那佳，這珍珠花是皇帝送給我的定情信物。」

這麼一說了之後，那佳定一定神，克服了戰慄的情緒，才曉得立即雙膝跪下，把捧着珍珠花的雙手舉起，誠惶誠恐地說：

「皇后請收回珍珠花，這麼貴重的飾物，不能留給奴才。」

皇后嘆氣，一邊用手扶起了那佳，一邊說：

「那佳，我的時間無多了，你還跟我來這一套客氣幹甚麼呢？」

皇后這句話有如鋒利的刀，猛地往那佳的心戳過去似，令她驚痛不已。

不錯，皇太后賞賜的那碗藥茶，依然放在朱漆托盆之上，未作處理。

而終於是要處理的。

處理的時間又有必要在天亮之前。

皇后的時間的確無多了。

夜寒如水，那佳從心裏冷到臉上來。

她站起來了，靜靜地聽皇后説話：

「我進宮的一年後，皇帝就恩寵有加，把我進封為嬪，就在我獲得加封的那一晚，皇帝把我召到養心殿去了。

「他微笑着握住我的手，問：

「『全嬪，你今天高興嗎？』

「我立即屈膝給了皇帝一個雙安，道：

「『奴才承恩深重，太高興了』。

「然後他把我扶起來，我再大膽地加多了一句話：

「『作為一個女人，有甚麼比上承夫寵更開心。作為臣子，有甚麼比獲皇上嘉獎更榮耀。作為一個中國人，有甚麼比能有機會晨昏服侍至尊君上更幸運。』

「皇帝忽然正色道：

「『不，你不能就這樣滿足了。知道嗎？我對你的期望決不止於此。』」

「我當時迷惘了，不知如何回應，只睜着眼看他。

「皇帝於是攜了我的手，放在他的臂彎之內，與我步到窗前，抬頭望着黑漆的長空，皇帝就道：

「『你看這麼多的星星，你是其中之一的話，有甚麼突出呢？轉了一個方位，就不可以認辨出那一顆是那一顆了。所以星星到底不如月亮，月亮只有一個。縱使如今晚的情況，月只是缺月，也還是獨一無二的。你明白我的意思嗎？』

「我當然明白的，皇帝的這番話，有極深的含義。他對我的期望也實在太高了。後宮佳麗三千，盡是爭妍鬥麗，盡放光芒的小星星，但無論怎麼閃亮，在人們的心目中，也只會認為是日月同光。太陽和月亮之所以嬌貴無比，只為他們是唯一的。太陽抖育萬物，月亮暖和大地，主外主內，都是萬民所景仰的。

「皇帝當然不便直說甚麼，他只能作了這麼個比喻，教我感動得無以復加。當時，我甚至受寵若驚得手心不住冒汗。

「連皇帝都察覺到了，就拿了我紮在玉鐲子上的手絹兒為我擦汗，細心地說：

「『你別緊張，總之，你記着，朕的確有這個心，將來的事，也得看你的命運，從來，有心只是人力，有運卻是天命。要二合為一，才能成就大事。明白嗎？』」

「我只能點頭。

「然後皇帝又說：

「『我有一件寶貝東西，就今兒個晚上賞給你，以證明我的心。』

「我當即道：

「『皇上言重了，奴才不敢要皇上證明甚麼。』

「皇帝笑了：

「『你這麼例外嗎？天下間的女人總愛想盡辦法要自己的男人向她證明心跡呢！』

「這麼一說，連我都逗笑了。

「然後皇帝就跟我走進龍榻，雙雙坐了下來，他從枕邊摸出了一朵珍珠花來，交到我手上去。

「『這朵珍珠花是廣東的貢品，原產地在南方的一個叫香港的漁港，這漁港有一個大步港，是中國產珠勝地。所產的珍珠品質極優，在國內是數一數二的。』

「皇帝非常悉心地向我解釋。這個『大步』，是採珠重鎮。古時這地區林木茂密，羣獸集居，但凡經過的人都心驚膽戰，三步撥成兩步，步步為營地走過，以免遭虎噬狼吻。大步之名是清朝中葉就有的，古時，大步也叫『珍珠池』，到今日大步也有寫成大埔的。大步港幾乎是眾山環抱，東北部只有一個狹窄的赤門海峽作為出口，一向顯得風平浪靜，加上天氣暖和，最適合珠蚌生長。

「皇帝給我說，其實中國珍珠最著名的產區，是廣西的合浦縣，故而有『合浦珠還』的成語流傳，而這香港大步港所產的珍珠，名氣僅次於合浦。

「『採珠其實是相當殘酷與危險的工作。』皇帝握着我的手，這樣對我說：『這大步港自南漢劉鋹登基開始，就成為向歷朝帝王奉獻珍珠的重要地方。幾千採珠人不斷採珠，也有枯竭的一日。清皇朝建立之初，這大步港已沒有多少遺珠了。』

「我當時奇怪的問：

「『這朵珍珠花呢？是甚麼時候出產的珍珠呢？』」

「『那是明崇禎年代的，大步港有個三代採珠的珠人叫潘成，在採珠業已式微時，竟然找到了這珍珠花中間那一顆色澤鮮明，且現微紅光彩的大珍珠。平日珠人下海採珠，是身繫重石，以便身體沉向海底，採珠完畢，就牽動綑於身上的繩索，讓船上的夥伴把他拉上來。這天，守衛珠人的艇家久久未見潘成的繩索搖動，最後不得已，強把他拉上來，人到水面，已經氣絕，可是左手還是緊緊握着這顆既大又圓的明珠不肯放。潘成也算是犧牲得有價值了，說到底他採的這顆特異明珠，配齊了質量上乘的九顆較小的珍珠，鑲成了這朵稀世奇珍的珍珠花，獻給皇帝作貢品。據調查，這是中國所產的珍珠之中，最完美、最光彩、最潤澤、最大，也最色高的一顆珍珠。傳至康熙爺特別喜歡這朵珍珠花，給起了個名字叫『東方之珠』。康熙爺甚至一輩子未曾把這珍珠花送過給他的妃嬪。傳說康熙爺曾說過：有福的女人被形容為珠圓玉潤，這是對的，但只有表面的華彩而缺內涵，到底還不是完美的女人。無形中就隱喻了要遇上了才貌品德都具備的后妃才配得上用這東方之珠。』」

「聽了這番話，我當即跪了下來道：

「『奴才不敢領受這份至尊至貴的禮品，實在沒有資格。』」

皇帝扶起了我，溫柔地對我說：

「『我說你有資格的話，誰敢說不是了。如果你敢說的話，就未免太辜負我了。』」

「『奴才不敢。』」

皇帝見我還是一臉的驚惶，就安慰我道：

「『別怕，朕有信心終會有日，你證明你有足夠資格佩戴這朵珍珠花。』」

「所以，那佳，皇帝對我的愛護、寵幸、期望、栽培，我是今生今世也無以為報的。只要不讓他為難，我一死又有何不可？」

這麼一說，那佳的眼淚又忍不住汨汨而下。

「皇后……」

話實在卡在喉嚨再說不下去了。

「那佳，」皇后說：「你且聽我說下去。」

那佳點頭，強抑着內心那一陣陣的痺痛，留神聽皇后的話。

「這珍珠花當中一顆明珠之所以能夠面世，就是為了那採珠人潘成一份無比的堅忍。據皇帝告訴我，潘成平日老是覺得大步港的地理環境優秀，產珠的成績應該比合浦更強，他就曾不只一次地說道：

「『總有一天，我們會採到中國最光亮的明珠獻給我們的皇帝。』

「終於是有志者事竟成，估計他在海底發現這顆明珠時，呼吸已經有問題，如果他肯放棄，立即牽動綑身的繩子，讓艇家把他及時拉上水面，就不至於生命不保。但，他堅持不放棄這個達成理想的機會，寧願犧牲自己的性命。

「一個採珠人尚且有為自己理想而冒險的勇氣，尚且有為故鄉故土爭取光榮的豪情，有為效力皇朝崇敬皇上的忠耿，何況是我？」

那佳衝動地說：

「皇后真是賢良淑德，深明大義。」

「那佳，中國的隱憂其實很重。一個人的生命算不了甚麼，怎麼順遂也無非是幾十年的光景，我能有這個為理想、為國家、為皇上而犧牲的機會，實在是我的命好。

「那佳，你剛才在外頭偷聽到皇太后的話，你也許能洞悉到她一點的心意。其中一個殺我的原因怕是為了我主張與英夷對抗。單是為了這個原因，我就死而無憾。今時今日，中國還不曉得團結起來抵禦外侮，將來列強聯手來犯我邦的可能更大。英夷是野心最大最兇的先頭部隊。」

那佳急問：

「若如是，皇后不在了，皇上身邊就少了一把聲音給他提點了。」

皇后嘆息：

「皇上因寵如果不衰，我的話也許可以供他思考，否則，也是徒然。」

那佳沒想到皇后的體會竟如此深刻。

單是她清醒的理智，沒有被皇帝愛寵的洪流所淹沒，就值得當年皇帝賞她那朵珍珠花。

哪一個女人敢擔保一輩子夫寵不衰。

任何人能夠在自己最能呼風喚雨的全盛時期毅然全身引退，真是至為聰明豁達的。

皇后把自己的畢生成就在此刻劃上休止符，既能保有一個完整的被受皇帝寵信的光榮紀錄，而且她的死必能為她在皇帝心目中的功績造成錦上添花的效應。

皇后抿一抿嘴唇，決斷地說：

「我相信我的死是會有回報的。

「在公，我盼望我的死能予皇上一個深刻的印記，他想起我，必然會想起我的志願。於是，他會奮勇面對外頭世界那股侵略我邦的惡勢力。我相信中國千秋萬世也都不會淪落到夷人的制肘之中。

「在私，如果皇上有日想起我，他會更痛愛四阿哥多一點，只這一點點有異於其他阿哥的感情，就算要以我的生命來交換，就也是千肯萬願的了。那佳，你明白嗎？」

那佳點頭。

悲哀地點頭。

皇后的這番話真是最坦率不過的肺腑之言。

如何保有夫寵永久不衰？如何保護愛子權位？對於一個紫禁城內的女人，竟是一番巨大的學問，需要以不怕喪失生命來予以成全和交換。

當然，在皇后有生之年，她不可能看到自己期盼的效果是否真正達到。然而，以後研讀清史者，都相信道光皇帝在紐祜祿氏暴斃之後，再不曾立后，是因為對這位皇后有牢不可破的感情與承諾。甚至道光皇帝其實最欣賞靜貴妃所出的皇六子奕訴的才具，最終還是傳位給紐祜祿氏的親生兒皇四子奕詝，是為咸豐皇帝。這多少也是為了對這位道光皇朝最後一位皇后的尊敬與懷念。

那佳雖是極之佩服皇后的長遠眼光、寬廣胸襟和超人勇氣，但面臨生離死別，她還是有着揮之不去，凝壓心頭的不忍不捨與不堪。

「那佳，現在你知道珍珠花對我的意義和重要了。之所以要把這珍珠花交給你而不留在宮中，是為了兩個原因。」

那佳留心地聽着。

「其一，我去世之後，珍珠花未必能安全交到四阿哥手上去。給不相干的人要了去，豈不糟糕？四阿哥他年紀太少了，不懂事，也無法令他明白這朵珍珠花的故事。

「其二，把這『東方之珠』的珍珠花故事流傳於世，是為我昭雪沉冤的一個最好的辦法。

「現世人對我如何看法、如何殘害，有甚麼關係呢?他們不能動搖我今日之前的所有榮耀與功績。在今日之後，『東方之珠』的故事更不會封鎖於深宮內苑，而會傳遍天涯海角，讓千秋萬世之後代人來評價。

「我相信天下有公論。

「公論不在於帝皇之家罷了。」

那佳的眼淚稍稍乾了，回應道：

「皇后如此看重奴才，奴才當天發誓，有日出宮的話，必把這『東方之珠』的故事傳揚四海，以慰報皇后。」

「不，你計算錯了。」皇后斷然地說。

那佳有點愕然了，望住皇后，不知自己說錯了甚麼話。

「那佳，不能等待出宮的一天，你現在就必須走。」皇后說。

那佳一聽，驚了。

她連禮教也忘掉，問：

「甚麼？」

皇后立即認真而帶緊張的回應：

「你不能在我歸天之後出宮，現在就立即離開紫禁城。聽清楚了沒有？」

皇后也不等那佳回答，便又匆匆地在床頭的樟木櫃內翻了幾碇金子出來，塞到那佳手上去：

「不但要出宮，而且要離開京城，往南邊逃去。宮中也沒有多少金子，你就省着用吧！我的首飾可不能讓你帶在身邊作盆川，一旦拿出來變賣，就會引起思疑，他們必會派人追殺你。」

這段話有如旱天之雷，震耳欲聾，那佳不及掩耳，於是錯愕得無法站穩。還是皇后一把的抓住她的手，才教她定下神來。

皇后說：

「那佳，萬春園必不會放過你，知道嗎？因為明天出事了，他們估計你會知道這個殺我的秘密，怎能讓你繼續活下去，非殺你滅口不可。」

那佳渾身的血液像在這一刻凝結似，連呼吸都有點閉塞。紫禁城，果然是草木皆兵，殺機四伏。

皇后的顧慮是絕對正確的。

宮闈隱秘不可外揚，誰知道秘密，誰就是死罪。

天明之後，皇后暴斃的原因在歷史上只可以是清室疑案，絕不能遺留蜘絲馬跡，讓真相有大白的一天。

皇太后是何等樣厲害的一個人物，她會想不到留那佳在世的危險嗎？如果那佳在世，皇帝向她查問，結果會如何？

皇太后並不害怕兒子會來到自己跟前大興問罪之師，但，從此有了個母親殺害他寵兒的實例在，皇帝心上會怎麼想？

皇帝說到底是皇帝。

母子之情不可以為了剷除這眼中之釘而有明顯裂痕，否則，眼前會為皇太后添很多麻煩，要皇太后費心去交代，日後也會影響萬春園的威信，削減了她在六宮之內的權勢。

那佳區區一個宮女，殺她是事在必然，毋須為這麼一條生命，冒億萬分之一的風險。

之所以不與皇后同時賜死，是怕兩個垂死的人會聯手來掙扎，就壞了大事。

「皇后，我該逃到哪兒去？」那佳終於明白自己的處境了。

皇后細想，道：

「往南，逃到香港。」

那佳問：

「就是那朵珍珠花的原產地？」

「對了。因為香港最安全。」

「為甚麼香港最安全？」

「英夷經過林則徐禁煙之後，依然盆據在香港，香港與葡國強行借用的澳門相鄰，互相呼應，必不肯輕易放棄這個與中國周旋的據點。

「你看，林維喜事件就是很明顯的例子了。

「英夷的勢力所在，對萬春園是一重顧慮。而且廣東之南的一個小漁港，離京城也真是太遠了，他們未必會窮追若此。

「況且……」

皇后嘆了一口氣再說：

「我相信，那採珠人潘成的英靈會保祐珍珠花，一定會沿途默默護着『東方之珠』，把它平安帶返故鄉。那佳，你放心走吧，我也會保祐你。」

「皇后！」

那佳雙膝跪下，重新泣不成聲。

皇后雙手扶起那佳：

「別哭了，答應我，以後不再流眼淚，中國人只可以為國家民族流血，我們不輕易流淚。」

那佳立即揩了淚，道：

「奴才會謹記。」

「那佳，你也答應我，將來皇帝成就了大事業，你就面向北京，給我禱告，以慰我在天之靈。」

那佳的回答很清楚：

「奴才永遠不會忘記皇后的囑咐。」

「好，天亮之前必須出宮，你拿我的手諭去吧！」

於是那佳火速磨墨，皇后速寫了條子，蓋上了皇后的寶鑑，交給那佳。

「凡事早計算一步，就贏了。萬春園早計算了我一步，你也早計算他們一步。」

那佳接過那頁輕輕的手諭，手上竟如承受着千斤重擔，跪了下去道：

「奴才叩謝皇后。」

皇后面容莊重，把眼神望向那碗靜靜地仍放在朱漆盆上的藥茶，道：

「你就服侍我最後一次，待我服下了藥茶，躺下來之後，不必等我歸天，你就走吧！」

那佳戰戰兢兢地以雙手捧了藥茶，跪到皇后跟前去。

在這一刻，她自覺是行刑的劊子手。

受刑者竟是個忠君愛國的至尊女子。

受刑者也是一直破格地栽培她、愛護她的一國之后。

甚而，受刑者不折不扣是她的救命恩人。

那佳體內的熱血奔流，全湧到眼眶來，成了一股熱浪，淚水在打滾了。

但，那佳告訴自己，不要哭。

這是她對皇后的承諾。

每一個皇后的意願，都必須從這一刻開始獲得實踐。

就放開心懷，成全皇后光輝的一生吧！

「請皇后用茶。」

那佳這樣平和地說了。

皇后也就毫不猶豫地捧起了明黃色瓷碗，把藥茶一飲而盡。

只要想着一條至完美的生命結束是最終的勝利，就不應是婉惜或恐懼，而是喜悅了。

皇后雍容地把碗交給那佳，再伸手讓那佳扶她站起來，依然卓約多姿地踩着她的花盆底，步向鳳床。

皇后躺到床上去了。

那佳為她蓋好了那張綉着龍飛鳳舞的錦被。

皇后閉上眼，道：

「那佳，你去吧，不必等了。」

那佳退下來，直挺挺地跪下，向皇后叩了三個頭，道：

「奴才承旨。」

然後她就頭也不回地立即走離坤寧宮。

紫禁城內，一宮一院要走上很久，才到平日宮娥太監出外的後宮門。

這夜守衛的叫添福，原本在敬事房當差，跟大總管交情好，這最近就調了職，算是宮裏的小兵領了。他跟那佳是認識的，因而見到寅夜要出宮的那佳，也不覺得太突兀，只問：

「還有一會就天亮了，急着出去幹甚麼呢？」

那佳故作莊嚴地說道：

「皇后身體不適，徹夜睡不好，心上好像有塊鉛壓住了似的，實在熬不過去了，因而要我出宮趕去玉佛庵堂的老主持處，求一服神茶，帶回來給她治這個病。這是老毛病呢，我還記得上回發作是九月初七，連御醫開的方都不管用，就是服了神茶，半個時辰的功夫，心上就輕鬆了。」

添福信以為真，因為誰都知道那佳是皇后身邊的大紅人。

但，為了慎重起見，添福仍問：

「你有手諭沒有？」

那佳料到有此一問，慌忙把皇后的手諭拿出來交給對方，道：

「怎麼沒有呢？沒有怎麼能出宮了？」

添福看了手諭，滿意了，便道：

「成了，快去快回，免皇后辛苦呀。你備了車子嗎？」

那佳點頭：

「備了，備了。」

添福準備把手諭還給那佳，那佳一想，道：

「手諭就存在你這兒，我回頭再取回，免得急起來，顧得辦事，在途中掉了皇后的手諭，可不是鬧着玩的。反正我等下回宮，也必經過這兒，再向你取回吧！」

「成。」添福答應着，就讓那佳出宮了。

那佳之所以要把手諭留給添福，是不要連累了他。

等下皇太后的人發現她逃脱了，必然降罪於添福，但如果添福出示皇后手諭，就變成了有證據是皇后放的人，估量皇太后也不會強加添福以罪，否則，把事情弄大了，對她本身也不會有利。

加上，那佳出宮的藉口，等於為皇后的暴斃留了線索，讓人知道皇后忽染急病，來不及等到神茶御藥就猝然撒手塵寰，這也算是説得過去的。

唯其皇后的暴斃有理由解釋得來，這個宮闈大秘密保得住了，她才會比較平安。

宮門終於踏出了。

那佳回頭望了紫禁城一眼，巍峨宮殿之內竟是九重恩怨，十面埋伏，真令人觸目驚心。

那佳想起了進宮之時的興奮好奇心情，想起了這些年來在宮裏千奇百怪的生活，想起了皇帝，想起了皇后……

她的眼眶又重新溫熱了。

皇后曾説道：

「中國人為國家民族只可以流血，不可以流淚。」

對的，國族富強，人人有責。

自今日始，那佳肩上的責任是屬於自己的，也是屬於皇后的。

她尊敬平和地朝宮殿跪下來，三叩首。然後站起來，開始逃亡之旅。

幸好那佳有的是武藝根底，走路比平常人輕快，天才剛泛魚肚白，那佳已混在出城的人羣中，正式踏出北京城了。

出城的一刻，那佳有着鎚胸的劇痛。

有着刺骨的憂傷。

有着銘心的難堪。

有着鑄髓的悲哀。

她捨不得皇城，捨不得皇城代表的天朝，捨不得天朝內所有的人物。

那佳回過頭來，自語道：

「再見了，北京城。」

再見雖是如此遙遙無期，但，那佳深信總有一天她會回來，且是帶着懷裏那顆「東方之珠」回來。

帶着「東方之珠」回來北京城，就象徵着冤屈獲得昭雪，正義獲得伸張，公平獲得維護。

「東方之珠」再見北京城時，必是民裕物豐，國富家強的。

（全文完）

親愛的讀者們：

《歸航》第一卷《再見北京城》寫成於九六年七月七日晚上十一時半。

這一卷的故事只講林則徐禁煙成功，男主人公顧力和女主人公那佳各自在困境中表現中國人的勇敢堅毅性格和愛國愛民精神。在《歸航》第二卷《籬下的歲月》裏，道光皇帝簽訂中國第一個不平等條約，香港開始受英國人統治。代表着香港第一代的顧力和那佳，如何在香港開始艱苦的奮鬥，如何應付寄人籬下的悲哀與壓力，都會有所交代。

盼望讀者們能鼓勵支持我一卷一卷的把香港一百五十年來的故事寫下去，並予我指正。敬祝安康！

梁鳳儀上

一九九六年七月七日

親愛的讀者：

近幾年忙於開拓中國大陸圖書市場，減少了與你們通信及見面的機會，很是抱歉。拙作在中國大陸的銷售成績出乎意料地好，除了是我的運氣之外，更是由於你們一直以來給予的支持，爲我帶來信心，鼓勵我不斷努力所致，現把我在國內的成績向你們簡報如下，容我再一次向你們道謝。

一九九六年七月一日

梁鳳儀二十二項成績：

①直至九六年四月，全球銷量達八百萬冊。
②一九九三年 SRH 調查報告全香港書局公認三大暢銷作家之一。
③榮獲香港政府市政局及藝術家聯盟一九九二年度作家年獎。
④首位獲人民文學出版社出版系列作品之香港作家。
⑤海峽兩岸電視台破天荒逐本小說改編拍製長篇電視劇，於全國及台灣播映。到目前爲止，中港台開拍梁鳳儀作品在一年內超過十三本小說。
⑥梁鳳儀作品在國內出版之消息由新華社及中國新聞社發布全球。
⑦中央電視台七點新聞聯播報道梁鳳儀作品在國內出版。
⑧榮獲九二年四川舉行之全國書市最暢銷書獎狀。
⑨作品在北京新華書店一天銷售三千冊，在上海新華書店一天銷售四千冊。

⑪一九九三年獲國內「今古傳奇長篇小說創作大獎」，代表作爲《九重恩怨》。

⑫榮獲中央文學研究所及人民文學出版社於九三年三月三日在北京聯合舉辦全國性「梁鳳儀作品研討會」，超過一百位國內著名書評家、作家及文化前輩等參加評論。

⑬中國大陸各省紛紛主辦研討會研究梁鳳儀財經小說，並出版評論集。梁鳳儀是第一位香港作家獲人民文學出版社出版《梁鳳儀現象》評論集。此外，上海及四川分別推出《上海人眼中的梁鳳儀》評論集及《梁鳳儀評論集》，而廣東、福建、內蒙、敦煌等地之評論集亦相繼推出。

⑭自作品在大陸面世後，曾接獲北京、上海、天津、廣州、成都、武漢、無錫、南京、杭州、青島、長沙、福州等地新華書店邀請，與當地讀者見面，簽名售書情況熱鬧。九三至九四年又接獲其他多個省市之訪問邀請。

⑮一九九四年香港東方影業有限公司宣布把梁鳳儀小說拍成電影，徇廣大讀者要求，改編《昨夜長風》成爲電影。一九九五年再接再勵，改編爲慶祝於北京舉行的第四屆世界婦女大會而寫的《我要活下去》。

⑯獲華僑大學、中國人民大學、同濟大學及廈門大學聘請爲客座教授。

⑰梁鳳儀旋風席捲大陸，被北京《人民政協報》選爲九三年文壇十大新聞之一。

⑱在九四年第七屆首都圖書交易會上，人民文學出版社以一千二百多萬碼洋的銷售額，居全國出版社之首，梁鳳儀則以三百多萬訂購碼洋成爲該屆全國個人最暢銷圖書之冠。跟着九五年第八屆與九六年第九屆首都圖書交易會，均保持總銷量冠軍之紀錄。

⑲全國共二十多間省級新華書店於九四年同時集體宣布設立梁鳳儀作品專櫃，爲破天荒之舉。

⑳中央電視台「東方之子」往青島拍攝梁鳳儀專訪、日本國家電視台拍攝梁鳳儀在香港及國內活動專訪。《中華英才》及《人民日報》分別刊登專訪，且廣州電視台破天荒專題拍攝梁鳳儀之回新會故鄉行，於全國各電視台播映。

㉑一九九五年榮獲中央人民廣播電台主辦之「海峽情」特別獎，得獎散文〈情懷家國〉。

㉒中央電視台、香港東方影業有限公司和銀都機構有限公司破天荒攜手改編梁鳳儀作品《花幟》爲電視連續劇，並安排在中央電視台晚上黃金時段播出，創香港電視劇先河。

梁鳳儀決心抽空多從事公益活動，尤其關心中國兒童的教育。

梁鳳儀參觀新建成的山區學校課室，喜形於色。

梁鳳儀所著散文〈情懷家國〉榮獲九五年中央人民廣播電台主辦之「海峽情」特別獎

情懷家國

梁鳳儀

今年在北京，年三十晚過得別饒趣味，也很有意義。一班朋友分乘車子在北京城內亂逛。全城的店子早在下午就收工過年了，只有一些專賣水果以及爆竹煙花的小店，仍然忙着做生意。

晚飯後，街頭巷尾就開始熱鬧起來，家家戶戶的孩子都跑出門外放鞭炮，到處噼噼啪啪響着。抬頭一看，黑漆的長空，久不久就是萬度光華，各式煙花閃得人眼花繚亂；平時，大酒店與大公司負責發放的煙花更是色彩紛繽，炫目迷人。

大夥兒往民間的胡同鑽，把買來的一大串、一大串爆竹，紮在樹幹或人家晾衣服的竹枝上，燃燒個夠。

情景多似舊時模樣。孩童時，每逢過年，父親必在年三十晚，吃過團年飯後，把我帶到街上去，就在家居海傍的高士打道上，讓我放鞭炮。父親又老是不放心由我點引子，因為小時候我肥肥胖胖，動作緩慢，生怕我走避不及，會出意外，故而總是他燃放爆竹，然後急步走過來緊緊拖着我一同觀賞。

三十多年後的這年除夕，在祖國京城的街頭，同樣有人怕我手腳不靈，不許我燃點爆竹引子，只緊緊的拖着我的手，在旁湊熱鬧。那人是宜弘，他問：

「你在想甚麼？」

我答：

「想父母，想國家，如果爸媽還在世，能跟我們一起來京度歲，那有多好。」

然後我問：

「你呢，你想甚麼？」

宜弘答：

「想兒子。我此生唯一難過的是下一代長居海外，難有濃郁的國家觀念、民族情懷，徒呼奈何。」

人生總有憾焉！

我怎樣與寫作結緣

梁鳳儀

一九八九年開始，堅決盡用餘暇寫作，有系統地計劃出版。

我告訴自己，必須以業餘時間、以專業精神努力筆耕。

至今已四年半，成績確是喜出望外。不單爲已順利地出版了六十種小說與散文，更爲得到中、港、台廣大讀者的接受和鼓勵，使我在興奮之餘，不忘感恩。

不能說我現在的情況是夢想成眞，因爲在寫作之初，我從沒有夢想自己的作品會在香港名列最暢銷的書榜之上，更從不敢奢求能在祖國國土上，以半年的發行日子可以賣出近二百萬册我的拙作，並因此而引起了海峽兩岸的多個電視台爭相開拍我的小說爲長篇電視劇。

如果四年前有預言家向我說出了今日的成果，我反而會以爲對方在說夢話。

從沒有奢望，就不會失望。因此，可以說我是在沒有甚麼壓力的狀況下從事寫作的。

一般的作家，壓力可能來自幾方面。其一是藉寫作以謀生。「筆停」有可能導致「口停」。其二是對自己的創作才華抱有期望，在質或量上（尤其是前者），都堅持要達到某一個高水平。其三是緊張坊間種種評論對作品的褒貶。其四是擔心銷路，心目中不自覺有一個銷售的底數。其五是不習慣推廣自己的作品，憂慮自我宣傳會影響文士聲望。其六是盼望能寫出傳世之作，千古留名，萬世稱頌。

既是身為作家，有以上的希望是非常合情合理的。可是，一旦有了以上的顧慮，自然產生心理壓力，對寫作的速率與品質可能會形成一定程度的無形障礙。

我是比較幸運的。

其一，我的正職是商務，從商所帶來的經濟效益，足以對並不過分地苛求物質享受的我，帶來相當程度的生活保障。寫作的收入是錦上添花，有則固佳，缺則無礙。

其二，我的先天條件並非才華橫溢，而只是對做事勤奮與做人誠懇的執着。我的後天條件亦非學問淵博，而是多姿多采的都市生活與傳奇曲折的社會經驗。二者配合得宜，極其量是把我孕育成人才，而不是天才。既如是，在文藝創作的成績上必有局限，自不待言。對此，我處之泰然，絕不苛求力所不逮的成果。

其三，對待評論，一貫以客觀態度處理。且深信能有人肯批評，姑勿論褒貶，已是一重關注的表現，等於是成績的認可，只有高興的份兒，絕無擔憂埋怨之理。再加上個性相當樂觀，素來秉承「做事盡心、成績隨緣」的宗旨幹活。在理智上，我歡迎且珍惜任何善意的批評；在情感上，最能影響我情緒的只是親人對我的看法。

其四，對我，寫作最基本的責任，是寫出來以及將之出版面世。能夠成功地做到以上兩點，已是合格的成績，無愧於己。所有超乎這個目的底線的成就，都宛似年底的獎金花紅。只宜悉心盡力爭取，不會造成生存的威脅。得到了，哈哈大笑，樂不可支；得不到，沒關係。

其五，從來沒有忘記自己是商家人身分，亦深染商場特質，對於所有手上生產的東西，能推銷到市場去出售的，一律視爲商品。在資訊浩繁、物資豐盛的今日，沒有一個商界人會忽視宣傳商品的效能。換言之，在我最經常接觸的商場中，文藝作品亦應被視爲商品，非常心安理得的認爲應盡本分，努力推介。

其六，我從不在作品能否千古留芳一事上動過腦筋。一方面，自知沒有這番資格，另一方面，實在不太注重歿後之名。現世的責任現世負擔，今生的成績今生享用就好了。

為此，我是在一種目的嚴肅、態度認真而卻是精神輕鬆之下從事創作的。

所謂目的嚴肅與態度認眞這兩點，還是需要解釋一下。

我說過寫作最基本的責任只是寫出來並將之出版。

因為天生我對寫作有興趣、有能力，我如果不寫，就是沒有把握機會把這份潛質好好發揮利用，辜負天賦條件，至為可惜。

後天環境使我更不能不寫，自覺這是一重個人的人生責任。

生活在二十世紀末的香港，在這國際知名的金融中心工作經年，我經驗到現代商業的知識、技巧、手段和成效，更體會到社會內事物的賢愚美醜、人性的忠奸善惡、生活的悲歡離合。香港這個舉世馳名的機會之城，同時是公認壓力最大的都會，生活在其間的我們，既享受着物質的極度文明，也承擔着精神的無比困惑。單是數之不盡的商場風起雲湧，你虞我詐，刀光劍影之下，一個個從零到億，三更窮五更富的傳奇故事，已是很有戲劇衝突、引人入勝的小說素材。

在大都會如此複雜神奇的環境內，必然仍有人生不能或缺的愛情故事。在現代人的愛情童話之外，教我們應付得人仰馬翻、筋疲力竭的，還有種種人情事理，往往就是滄桑之所在，無奈的泉源。在香港，流淚的人少，嘆息感慨之餘繼續掙扎奮鬥的人多。我們有我們的文窮而後工。

作爲女性，上承傳統的保守思想，下接現代的開放精神，構成了新的衝擊。在文明躍進、金錢掛帥的社會上，女性得着了發揮才能的機會。爲家庭帶來經濟援助的同時，依舊要兼顧主婦職責。對外，人們不會因爲我們是穿裙子的而予以遷就、讓步與通融，女性一樣要面對江湖風險，倦勤不得。對內，人們亦不會因爲我們要到社會上拼搏營生，而放過對女性的種種傳統要求。現代女性要建立自己，在獨立之中尋求依傍，好好掌握幸福，比從前更艱巨、更困難、更委屈、更無奈、更不能不奮鬥到底。

身爲女性，我認爲不必與天下知己同聲一哭，但不妨寫出我們血淚交融的種種故事，以引起共鳴，好舒一口氣。

更令我不能不寫的原因，在於今日香港，正值回歸祖國的過渡期，所見所聞所遇所感所知，喚起了我的民族良知與愛國情懷，不吐不快。

一九九七年，祖國收回香港主權，是中國人極之光彩的事。在張開雙臂迎接這份榮耀之同時，我們面對的困難與騷擾不是不多不大的。

衆所周知，香港今時今日仍是米字國旗飄揚下的英國殖民地，統治了一百五十年的英國從沒有給過我們民主，直至鐵定把香港雙手奉還中國，才以種種方式和渠道去鼓勵香港人爭取民主。於是跟那些立心安居樂業，覺得民主不是生活必需品的市民產生衝擊，形成分化。

中英聯合聲明貫徹一國兩制的構思，確定香港自一九九七年開始五十年不變。可是，從一九八五年開始，香港的很多個重要行業、社團、政府機構等等的制度已在漸變或劇變，在九七未來臨之前，務求變到英國人與英國資金，統稱之爲英國勢力，可以在已變的制度下得以在香港生存發展下去。誰打算在一九九七年把這些陰謀部署推翻，就有人可以站起來大聲疾呼的質問：爲甚麼說好了五十年不變，一下子到了九七年就急變？啞子食黃連還是事小，危害了一國兩制的構思成功推行，影響祖國統一大業就是事大。再下來，使香港的繁榮與發達讓予不應再有權益分享的人去分一杯羹，更是太不值得了。

面對這種種的英國人退出殖民地之前的一應手段與部署，香港固然有人挺身而出，爲爭取平穩過渡，光榮回歸，民族自尊與民生安定，不斷拼搏努力。也還有一些人盲目依仗英國權勢，爲了在香港攫取這殖民地最後階段的權益時，不惜犧牲國家尊嚴、民族氣節與香港利益。

一個個不同嘴臉與心腸的臉譜在後過渡期的香港政壇商界中不住湧現，既有很多令人痛心疾首，損家害國的劣行，也有不少同仇敵愾、忠肝義膽的善舉，實在值得一一記錄下來。

小說也是傳媒的工具，更是記載史實的途徑。史有正史稗史之分，小說可以是稗史的一種，這個概念來自我的博士論文〈晚清小說之思想傳播功能〉的啓迪。

晚淸小說多至幾百種，能廣泛流傳坊間的不多，衆所周知的有《官場現形記》、《孽海花》、《文明小史》、《老殘遊記》等。從文學角度看晚淸小說，除極小數（如上述的幾種）有研讀價值之外，其餘均非上品。但從歷史角度着眼，則晚清所有的小說都在朝一個目標進發，就是通過各種故事，把當時的政治環境、社會習俗、民生狀況等，具體而有趣地報道出來。讀晚清小說，很容易理解到滿清末期政府的貪污腐敗無能，西方國家的文明開放進步，以及人民的夢幻理想追求。這在瞭解晚清歷史的功能上，晚清小說是有肯定分量的。

小說可以載道、可以傳理、可以怡情、可以養志、可以啓蒙、可以勵志。我無疑是深受晚清小說思想傳播作用所啓發而寫我的小說。

我儘量的寫、竭力的寫、全心全意的寫、廢寢忘餐的寫、日以繼夜的寫，就是要把一個個盛載着今日香港人情事理的故事寫出來，使之面世，我就盡了責任了。

至於能否達到一個拓大影響，傳世言志的境地，那就不是「勤」的範圍，而是「緣」的領域了。前者是我所能控制的，後者則不然。

姑勿論我寫作的最高理想是否可以達到，寫了四年多，我仍努力不懈，孜孜不倦，只爲我認爲可以通過小說，利用消閒娛樂，達到教化功能的責任依然存在。

老實說，我是有三重身分的人。其一是在商場上幹活的生意人，其二是搖筆桿爬格子的動物，其三是既要入得廚房又要出得廳堂的家庭主婦。三份都是全職，要稱職合格，唯一的辦法就是榨取自己的休息與娛樂時間。我的一天並沒有二十五小時，我的一個星期也只得七日，故此，我已放棄了很多嗜好與娛樂，諸如：閱讀、旅行、跳舞、看電影、電視、與朋友暢聚等，已漸漸與我疏離，而成爲我生活上的奢侈品。

這陣子我應邀到國內重點城市去與讀者見面。十分慚愧，老給接待單位聲明，到埗後除了爲讀者簽名售書，與文化新聞界友好見面，接受訪問之外，其餘一概應酬吃飯、遊山玩水都必須辭謝，因爲每天還要挑燈面壁埋頭苦寫，把文章與故事傳眞回香港去。結果，到杭州沒有遊西湖，到武漢沒有攀黃鶴樓，到南京沒有看中山陵，到天津、成都、廣州、上海等等，全都是從酒店到書店，再從書店返回酒店，沿途風光多少，欣賞多少，如此而已。

怎麼會不愛山明水秀的祖國名城？奈何事有輕重緩急，這幾年，還是集中精神，寫出九七之前香港這個財經重鎭的種種面貌心態，以完成我的責任爲上。相信在以後幾年，總有我日間遨遊名山大川，夜裏與友好剪燭談心，再沉沉大睡，尋找好夢的機會。

最後要給各位一談的是我的寫作習慣。很多人問我，是不是要靜下心來才能寫，我的答案是：對的。但必須補充，我是在任何情況之下都可以靜心寫作的，周末周日，如果在香港，多在家中宴客，好使宜弘有假日節目，同時達到娛樂與應酬的目的。我就很習慣爲客人預備好麻雀與橋牌牌局，或安排他們聽音樂，看電視錄像帶，我就在一旁邊寫作邊陪客。麻將噼噼啪啪，搓得震天價響，電視音樂熱鬧嘈吵，鼓樂喧天，我依然運筆如飛，寫我那些財經小說與散文。

一般情況下，我非常善於運用時間空隙，譬如在路上塞車，我立即攤開紙筆苦寫。在餐館候人，朋友未出現，我又馬上爭取寫十分鐘。在飛機上，別人怕睡不着，我剛相反，怕睡着了就不能寫作。總之，隨時隨地，我都能寫，願寫。而且，從來沒有大綱，沒有草稿，也不改稿，想到就寫便是！

當然，要達到一小時寫四千字。不停苦寫十三小時多而能完成三萬五千字的最高紀錄，是必須躲到寧靜的書房內，無人騷擾才行。

寫得多不等於寫得好。

這是我經常記得、承認，以及掛在嘴邊的話。並非設法原諒自己寫得不好，但寫得好，在天，是緣。寫得多呢，在我，是勤。人算不如天算，人力不能勝天。爲此，我是明知自己寫得不夠好，還是會繼續拼命寫。

作爲一個生長在二十世紀末香港的中國人，我要盡我先天與後天的條件去做一個無愧於民族、祖國與家鄉（香港）的中國人。

但願文化前輩、長輩好友以及我的讀者，不斷給我支持，助我完成責任。

最後，我眞心誠意地說幾句感謝話。拙作在祖國出版，繼人民文學出版社的新聞發佈會後，國內各個極有分量的文化單位，包括中國文化研究所、上海作家協會、廣東當代文壇報、天津作家協會以及各個省份的新華書店及外文書店等都相繼爲我舉行書展及討論拙作的研討會，在會上給予意見的很多都是在文壇上有很大影響力的前輩。又各個傳播媒介都積極報道有關拙作的出版情況，上海電視台、陝西電視台與廣東電視台與其他多間電視台對我的宣傳幫助，包括籌拍特輯與電視劇不遺餘力，我謹在此深深致謝。

記得我在九三年三月三日到北京參加人民文學出版社與中央文化研究所聯合舉辦的「梁鳳儀作品研討會」前，在港的長輩朋友不停地給我說：

「你必須要有心理準備，不會只有歌頌讚揚和掌聲，你必須接受嚴格的文學批評。」

我的心理準備是太足夠了。

不但願意接受嚴厲的批評，而且對一總的眞誠與善意的評論，都表示至深的感謝。我完全明白眞誠並不等於讚美，善意是指說出眞心話。

我們既嚮往一個公平的世界，必須要先予人公平的機會，尊重別人自由發揮意見當然是公平的一種現象。何況，評論是好是壞，是褒是貶都是一種對我關注與對文學認眞的具體表示，必可讓我從所有評論之中獲得啓發與收益。

我何只有充足的心理準備，有人在看到拙作之長處時會讚，看到拙作的短處時會彈，而且我更有充足的心理準備，如果有一天我眞的「熱」起來，從那「熱」的一天開始，極其量維持三年，熱度就會漸退，以致於既沒有人讚亦沒有人彈，基本上到了不必將梁鳳儀與其作品掛齒的地步。因爲沒有熱度是不退的。花無百日紅，人無一世運。還是老話，以我的才識能有今日的成績，已是重重不絕的運氣，當我在文化出版界內的運氣淡出時，我仍會懷着感動與信心，另闖我生活上的新境界，正如前幾年我勇敢地叩了文壇的大門一樣。值得回顧與永遠謹記的，是廣大讀者對我的愛護，文壇前輩予我的批評以及人民文學出版社給我的栽培。

一九九四年

做一個中國人的自豪

——觀《花幟》電視連續劇有感

賀升

中央電視台第一套節目最近在八點黃金時間播放的電視連續劇《花幟》，是根據香港著名作家梁鳳儀的同名小說改編的。梁鳳儀的財經系列小說近幾年來一直風靡中國和香港地區，這部《花幟》一上映，受到觀衆注意是能理解的。

我在廣州看了中央電視台的播出，又繼而看亞洲電視播《花幟》。《花幟》留給我印象最深的是劇中香港富豪榮俊傑的一番話，榮俊傑的這番話是用來勸說女主人公杜晚晴的。杜晚晴因爲不滿另一個企業巨子喬繼琛巴結英國人大賺昧心錢的行徑，決心與喬分手，而喬曾經在晚晴困難的時候幫助過她，作爲回報，杜晚晴就成了喬繼琛的情人，所以杜晚晴非常矛盾，她怕自己與喬分手被別人認爲「過河拆橋」。榮俊傑沒有直接表示對這件事的態度，他打了一比方。他說其實就好像香港，今天成爲與東京、倫敦、紐約齊名的四大國際金融中心之一，有些站在英國人身邊說話的人認爲是得力於英國的殖民統治，請問，英國在全世界曾經有過那麼多的殖民地，可找得出第二個香港來？香港在全世界是獨一無二的。香港的繁榮，是它的得天獨厚的地理位置和香港的中國人努力奮鬥的結果。如果說報答，在這一百五十年英國從香港得到的許許多多的財富及好處已經是最好的報答，這種不平等的關係應該結束了，回歸祖國是公平而且應該的。這個比方打得很好，也就解決了女主人公杜晚晴心中的疑慮。

榮俊傑的這番話深深震撼着我的心，這不是政治宣言，也並非宣傳口號，而是發自一個愛國的香港人內心的表白。的確，香港能有今天，是居住在香港這塊土地上的世世代代中國人勤奮努力的結果，是中國人的光榮。作爲一個在香港的中國人，說出這番話，令人激動，令人鼓舞。

由於一百五十年的殖民統治，不是每一個香港人都能意識到這一點的，民族感不強，就連中國的一些人，也總覺得外國甚麼都比中國好，似乎中國人低人一截。

聽聽榮俊傑的這番話吧，它使人感到自豪，做一個中國人是光榮的！這應該是香港絕大多數炎黃子孫的共同心聲。

《花幟》是一部具有民族感的電視劇，但它不是說教，愛國愛港之心在於劇情，它不矯揉造作，比如一開始的中資集團聯手成功地教訓了英資機構，比如杜晚晴在長城上仰天長嘯，都給人揚眉吐氣，盪氣迴腸之感，一股民族正氣油然而從心底升起。

看了電視劇《花幟》，很想看一遍《花幟》這本書，但到處都買不到。從這部電視劇，我能理解作者的苦心孤詣，也能推想到《花幟》中所表現出的大多數香港同胞企盼回歸的殷殷之情，我相信，無論是中國大陸還是香港地區的人，都會越來越具有一個共同的信念！

——做一個中國人是自豪的！

我想，這也就是《花幟》所要告訴我們的主題吧！

原載於《大公報》一九九六年六月十五日

《花幟》電視劇與原着之較量

郭明

從來把文學作品改編成電影與電視劇，都是相當難討好讀者的。讀過原著的人，對故事與人物各有不同的要求和理想，個人的想法自由度很大。到原著改爲電影及電視劇，就是反故事情節與主人翁具體化、畫面化、形象化，自然會跟萬千讀者的想像產生很大的距離。

我讀過《花幟》原著，在電台收聽了訪問梁鳳儀的節目，當時她是對另一部作品《昨夜長風》拍成電影作出回應，記者問她電影與原著哪一個作品比較好？梁鳳儀表示文字作品與影視作品基本上是不能比較的，例如同是女人，一個是母親，一個是妻子，兩個身分不同，職責不同，都應該以本身的表現看成績。換言之，比較一個好母親與一個好妻子是不公平的。

我是因爲這段訪問有趣而去看了《昨夜長風》，發覺原著比電影好看，無論如何排除不了偏愛原著而不滿電視的心理。我看《花幟》電視劇時，情況不同了。但仍認爲《花幟》原著的情節更好更具戲劇效果，想像中的女主人公杜晚晴更有個性，更美麗。但我發覺《花幟》電視劇有它優勝於原著的地方，也可以說優勝於梁鳳儀部分小說之處（注：我沒有看全梁氏作品）。以獨立眼光去看《花幟》電視劇，滿足感很大。《花幟》的畫面效果與節奏控制相當快，觀衆看起來不會悶，不像一般電視劇，可以一邊看，一邊吃飯或其他事情。只一個不留神，就會忽略了一些交代與情節。好處是緊湊，絕不沉悶；壞處是對觀衆有壓力，要全神投入。《花幟》全劇提供的現代人感情訊息與關係重整，跟梁氏其他小說是相同的，梁鳳儀的愛情是貼近現實甚至是反映現實的，不同於瓊瑤的愛情，老是抵死纏綿，是屬幻夢式的，以爲天下人間只有戀愛這回事最重要的少男少女會喜歡，引起成熟讀者共鳴就不如梁氏作品了。

這種男女私情的成熟處理很配合《花幟》的基調和風格。

《花幟》電視劇提供了不少的財經知識與資料，使我看後的一個滿足是，《花幟》電視劇更名正言順是改編財經小說的，在這個切題的層面上，《花幟》電視劇比《昨夜長風》電影做的工夫好很多，也把整個影視作品的檔次提高了。

《花幟》電視劇提供的社會的商業情況，甚至比原著更深刻，亦更廣泛。原著內只認眞地揭示了銀行倒閉所引起的香港平民百姓之疑慮，但電視劇除了包含銀行倒閉事件外，以一開始就有華資與英資投地競爭看得出商場層層陷阱的部署，亦有英資機構騙取股民血汗錢，再設法公開調離資金至外國，還有外滙升降的內幕消息造成知情者發達、不知情者損失的事實。這都是震撼觀衆的情節以及非常新鮮的資料。

我國經濟開放之後，很多人盲目下海，看《花幟》電視連續劇對那些以爲從商一定發達的人有很大幫助和啓示。它反映出不安分守已的人，其實是把辛苦積蓄的錢送進控制市場的一些不良分子手中。

《花幟》能在輸送大量財經訊息的同時，很淸楚地確立從商的定位，這個關口把握得相當好。

《花幟》原著中的民族氣節也在電視劇中充分地發揮了。總的一句話，《花幟》電視劇是少有的令看了原著的讀者也表滿意，同時使觀衆比看原著獲得更多反省與得益的一部電視劇。

節錄自《港台信息報》一九九六年六月十二日

梁鳳儀財經小說對香港文學的貢獻

四川大學副教授　易明善

由於梁鳳儀的財經小說創作，正處於方興未艾，深化發展的階段，現在來探討她的財經小說對香港文學的貢獻和意義，或許爲時稍早。但是，考慮到梁鳳儀財經小說所取得的實績，聯繫到這些作品近年來在香港和大陸引起的「旋風效應」，對這一饒具興味的課題試作研討，應該說還是必要的、有益的。因爲，如實地揭示梁鳳儀財經小說對香港文學的貢獻和意義，不僅可以從宏觀的視角充分認識它所獨具的特色和總體成就，而且或許還有助於它的深化發展和更臻完善，進一步爲香港文學，乃至整個中國當代文學作出更多的貢獻。

一

梁鳳儀的財經小說對香港文學的貢獻之一，是彌補了香港文學創作對香港商界缺少反映這一薄弱環節。

香港，是一個高度發達的現代化大都市，是國際貿易、世界金融的一個中心。香港的經濟領域，無論是財經界還是工商界，都得到了充分的發展和高度的繁榮；而在繁榮、發展中，始終存在着錯綜複雜的矛盾和尖銳激烈競爭。眞實而深刻地反映香港經濟領域的風雲變幻和複雜鬥爭，是香港文學創作的一個重要任務。然而遺憾的是，香港文學創作的歷史和現狀表明，對香港經濟領域的現實狀況和矛盾衝突的描寫，歷來是香港文學創作的一個相當薄弱的環節。

從六十年代到八十年代，香港社會進入轉型期，經濟迅速發展、高度繁榮，而在香港文學創作中，卻很少有相當深入而又較具規模地反映香港這一時期經濟領域的現實狀況和風雲變幻的作品。儘管香港文壇也曾經出現了像白洛的《暝色入高樓》這樣的作品，它比較眞實地描寫了七十年代末、八十年代初，香港地產市道和股票市場及某些財團之間勾心鬥角的矛盾衝突，然而這類作品，不僅數量太少，而且質量亦未達到應有的水準。香港文學創作對香港經濟領域缺少反映，這種狀況清楚地表明了香港文學創作與香港高度繁榮發展的社會經濟生活極不相稱，形成了明顯的反差。這一現象，一直到八十年代末、九十年代初，梁鳳儀陸續推出財經小說系列以後，才出現了令人欣喜的改觀和引人注目的突破。無論是就梁鳳儀財經小說系列的總體成就看，還是就其中的優秀之作的綜合水準說，這些作品都相當眞實地展現了香港過渡時期的社會生活，特別是對香港商界的複雜矛盾和尖銳鬥爭，進行了多角度、多側面的反映，從而在相當的程度上彌補了香港文學創作以往的缺憾。

梁鳳儀的財經小說，對香港商界風雲的描繪，其基本特點和成就，概括地說主要體現在以下兩個方面：

其一、是從富商與高官相互勾結的描寫中，深刻地揭示了商界廣泛的關係網和多重的複雜性。《花幟》、《今晨無淚》等小說，由於其中矛盾衝突具有相當的尖銳性和一定的揭秘性，這就達到了比就事論事地作一般性描寫更爲深刻的程度。這些小說大膽地揭露了香港經濟活動中官商勾結、狼狽爲奸的內幕，以及高官富商的如何運用手中的權力與財才，來達到其不可告人的目的。

其二、是從商場與情場相互交織的描寫中，深入地挖掘了商界某些代表人物的深層心態和內在世界。梁鳳儀的財經小說有多部作品，在商場錯綜複雜的矛盾衝突的描寫中，巧妙地融入了情場曲折纏綿的愛情故事，這不僅使她的財經小說具有迥異於一般言情小說的獨特魅力，而更爲重要的是拓寬了對商界描寫和愛情描寫的層面，深化了對香港社會現實的反映。

梁鳳儀財經小說系列對香港商界的描寫，並不是每一部都達到了相當深刻的程度和具有鮮明的特色，但是，就其主要作品及其總體成就、基本素質和實際水準來說，確實彌補了香港文學創作對香港經濟領域，特別是對商界活動缺少反映這一薄弱環節，爲香港文學增添了具有一定創造性的新成果，爲香港文學眞實地反映香港過渡時期的社會生活，特別是經濟領域的矛盾鬥爭，作出了值得稱道的貢獻。

二

梁鳳儀的財經小說對香港文學的貢獻之二，是塑造了一系列頗有特色的女強人形象，豐富了香港文學的人物畫廊。

香港女性文學取得了相當突出的創作實績，塑造了不少各具風采的女性形象：

然而，令人遺憾的是，惟獨缺少意氣風發的商界女強人形象，這與香港現實生活中女強人的不斷湧現是不協調的。這種情形，也是一直到梁鳳儀財經小說系列相繼出版問世，才出現了轉機。

梁鳳儀財經小說對香港商界女強人的描寫，有着相當鮮明的特徵，並提供了十分有益的經驗：

其一，是在複雜的矛盾中充分展示其生存環境和存在狀態。

梁鳳儀筆下的女強人，往往置身於複雜的環境，面臨尖銳的鬥爭，既有商場的角逐，又有家族的紛爭；還有個人身心受到的各種衝擊，通過這方方面面的描寫，集中反映了女強人們艱難的現實處境和曲折的奮鬥經歷。《豪門驚夢》中的顧長基，是商場競爭中的女強人，儘管她曾經在激烈角逐中遭遇敗績，但是她不畏艱險、再戰商場，先是全力挽救顧氏物業於既倒，後又悉心振興喬氏產業於危難；尤爲可貴的是，小說還在爾虞我詐、勾心鬥角的商場競爭中，相當深刻地展現了她的存在狀態和情感經歷，充分顯示了她重眞情、有理智，拿得起、放得下，有魄力、有決斷的女強人本色。

其二，是在商場實戰中強化自主意識，實現自我價值。

梁鳳儀筆下的女強人，在錯綜複雜的商場競爭中，不僅增強了經濟實力和提高了財經能力，而更爲重要的是，小說着意突出了她們在商場實戰中，深化了自尊自信、自立自強的自主意識，堅定了獨立人格，實現了自我價值。《花魁劫》通過描寫女主人公容璧怡，從豪門望族中備受欺凌的小妾，成長爲商場競爭中運籌帷幄的女強人，從而出色地展示了她先後扮演這兩個角色的生存狀態，以及演變轉化中極其複雜的心靈歷程。她在家族內部紛擾和個人感情創傷的雙重壓力下，備嘗艱辛、歷經磨難，終於擺脫了去世的丈夫的陰影，以及過去的生活軌道和道德規範的束縛，逐漸克服了世俗羈絆的自卑心理，在商場實戰中成爲了一個有着自主意識的獨立女性、實現了自我價值的女強人。

其三，是在商場角逐和情場轇轕緊密結合的描寫中，深刻揭示了女強人的人生處境和心路歷程。

梁鳳儀筆下的女強人，她們儘管有着不盡相同的背景和經歷，但是都在商場經過一番拼搏、奮鬥，終於成爲了自給自強的獨立女性、事業有成的女強人。這些女強人們，並不是只知道工作、事業而無個人感情生活，甚至把愛情、婚姻視之爲羈絆、枷鎖的獨身女人，她們也如同一般的女性一樣，有自己的情感世界和婚戀追求。不過，梁鳳儀並沒有孤立地去描寫這些女強人的感情經歷和婚戀遭遇，而是把她們的愛情婚姻和事業發展緊密地結合起來描寫。梁鳳儀的財經小說在商場與情場的廣闊天地中，通過對尖銳的角逐搏殺和複雜的人際關係的描寫、比較和交滙、互補，深刻地展現了她們嚴峻的人生處境和艱辛的心路歷程。無論是《醉紅塵》、《今晨無淚》、《千堆雪》、《九重恩怨》等小說，對豪門望族中的恩怨情仇與商場惡鬥相互交織的描寫，還是《昨夜長風》等小說對女主人公在情場受挫和商場奮鬥這兩者交叉的描繪，都眞實地揭示了女強人們各自的生存環境和複雜的內心世界，爲展現人生百態和透視人性內涵，開拓了廣闊的視野和廣泛的途徑。

梁鳳儀的財經小說塑造女強人形象取得的成就，不僅豐富了香港文學的人物畫廊，而且提供了刻畫人物形象的新鮮經驗，從而爲香港文學創作對商界描寫的進一步提高和突破，作出了富於啓迪意義的貢獻。

三

梁鳳儀的財經小說對香港文學的貢獻之三，是成功地創造了香港文學一個頗具特色的新品種。其基本特質在於：

其一，可貴的現實品格和鮮明的時代特徵。

梁鳳儀財經小說的基本內容，是反映香港回歸祖國的過渡時期的社會生活，着重描寫的是香港這一特定時期商界錯綜複雜的矛盾和尖銳激烈的競爭。這些財經小說所描繪的香港商界的風雲變幻、各種人物和故事，一般都具有充實的社會內容，眞實地反映了時代的風貌，具有貼近現實的眞實性和意味深長的歷史感。

其二，重視思想內涵的開掘和哲理意蘊的闡釋。

梁鳳儀的財經小說，善於在對經濟風雲、商界角逐廣泛而深入的描寫中，發掘現實的底蘊，闡釋人生的哲理。那些錯綜複雜的商場競爭、形形色色的傳奇故事，蘊藏着愛國熱忱和民族尊嚴；那些穿插在形象描寫中言簡意賅的議論和精當深刻的評點，寄寓着對人生體驗的抒發和哲理意蘊的開掘。在小說的具體描寫中蘊藏的這些思想內涵和哲理思考，是小說的人物和故事的靈魂，是小說藝術素質和審美價值的核心。

其三，通俗易解的藝術形式和雅俗共賞的接受效果。

梁鳳儀財經小說深刻而豐富的內容，通過通俗樸素的藝術形式和易於理解的藝術手法而得到了充分的表現。這些小說是貼近現實的思想、引人入勝的情節、巧妙的懸念、傳奇的色彩、明快的節奏、簡潔的語言等多種因素共同作用的結果，使小說形成了深入淺出的藝術境界、富於特色的整體風貌和廣泛的暢銷效應。

梁鳳儀財經小說的出現，是香港特定的社會現實和文化背景的產物。香港的嚴肅文學與通俗文學這兩大文類，有着各自的發展道路和現實處境。其中嚴肅文學創作，無論是重視反映現實生活的，還是着意於藝術探索的作品，都面臨嚴峻的挑戰和激烈的競爭，處於極其艱難的生存困境；而通俗文學創作，雖然發展順利、持久不衰，但是商品化消費傾向日益突出，文學素質越來越淡薄、貧乏。而梁鳳儀的財經小說既擺脫了香港嚴肅文學與通俗文學的兩極發展而形成的兩難處境，又發揮了嚴肅文學與通俗文學這兩大文類各自的優勢，博采眾長、綜合熔鑄，從而創造了能夠較好地適應香港社會的現實狀況和適合香港公衆的閱讀需求的新形式。這充分反映出作家明智的創作取向和文體選擇，顯示了作家可貴的主體意識和文體意識。

因此也可以說，梁鳳儀財經小說發揮了通俗文學的優勢，提高了通俗文學的品位。這主要表現在它既加強了一般通俗文學所缺乏的嚴肅的社會內容和鮮明思想意蘊，又採納了優秀通俗文學所具有使人喜聞樂見的藝術形式並取得雅俗共賞的藝術效果，從而爲香港文學創作的類型拓展和文體探索作出了值得重視的貢獻。

以上通過對梁鳳儀財經小說的整體觀照，對其總體成就進行了粗略的分析；同時，又聯繫香港文學創作的某些情況作爲必要的參照和比較，進而就梁鳳儀財經小說對香港文學的貢獻和意義進行了初步的探討。我們有理由相信，梁鳳儀女士在今後的財經小說創作中，只要繼續保持和發揮優勢，就一定會取得更大的成就，也一定會對香港文學乃至整個中國當代文學作出更多的貢獻。

（原文載於人民文學出版社《梁鳳儀現象》一書內）

三毛、梁鳳儀‧灑脫及其他

李潔

三毛是浪漫的，不過也許三毛的浪漫獨特得唯有她本人才能使之光彩奪目，一旦離開三毛個體的選擇，沙漠的生活方式、荷西的平易深情在我們眼裏都變得遙遠輕淡普通。讀三毛的書，我們最深刻學到的是三毛的情懷，浪漫的情懷，超脫的情懷。

然而情懷的力量終究是脆弱的，除非一個人甘願放棄現實生活，並快樂地承擔這種放棄。對越來越趨於忙碌奮鬥的辛勞的現代人來說，浪漫的情懷只能是夜深時的音樂，僅僅佔據我們短暫的生活時空，而不能代替我們去處理生活。因而三毛的孤旅人生與超脫情感終究也是形而上、陽春白雪的了。

梁鳳儀不同。梁鳳儀是一個與我們同處於現實生活的人，她面臨的現實世界和利害關係與我們幾近一致。在奔波奮鬥之後，她站在生活中告訴我們她的認知、她處理生活的經驗，這些認知與經驗眞的讓我們豁然開朗，她的書因而呈現出眞正現實的力量與智慧的吸引。

更可貴的是，梁鳳儀具備並倡導的女性自尊、自愛、平等、獨立和自主的精神，她的人物因之閃爍着眞正灑脫的光彩。梁鳳儀毫不避諱長期歷史沉積造成的現實社會對女性生命、情感、事業的諸多壓力和不公，但她並未因此強烈呼籲改變女性的地位，她只是從女性自身的角度出發，揭示女性自我進步與完善的現實需要和強大力量。在梁鳳儀筆下，女性的命運一波三折。然而這些女性大都是在最困難的時候，沒有放棄，沒有妥協，而是面對現實，以眞摯灑脫的情感、自主自強的精神、不屈不撓的爭鬥重新開始，重新站立。這樣的選擇，在她們面臨愛情悲劇時體現得尤爲突出。

儘管人物的「豪門環境」很難是我們的生活環境，但梁鳳儀筆下人物的愛同樣是普通人的愛，是植根於現代社會的愛，或者反映着現實的衝突，或者揭示着人性的無奈。梁鳳儀並不否認愛情的存在，她只是不由自主慨嘆着現代社會情感的脆弱與虛僞。不過，梁鳳儀同樣沒有夾擊現代人的情感，或者呼籲重建人類情感。相反，她認同這種情感現實，並以自尊自強自愛的精神幫助她筆下的人物，從這種情感的壓力與傷害中灑脫地走出來，這便爲無數現代人提供了啓發。

面對感情的眞正灑脫與面對生活的無畏勇氣，不是單純浪漫超脫的情懷能夠帶來的，它需要在現實磨礪中建立起命運自主的行動與精神。所以我們說三毛是心靈的，而梁鳳儀是現實的，並且是勇猛的。

一個是浪漫的遊子，一個是現實的強人，對待生活的態度與觀念迥異，也許本就不能拿她們比較，不過常常想：如果三毛與梁鳳儀一起在撒哈拉沙漠迷路了，缺水缺食，生命面臨種種威脅，也許三毛會安然地躺於沙漠，並將這種死亡視爲她最美麗最永恒的歸宿；但梁鳳儀卻不會善罷干休，她千方百計也要擺脫困境，走出沙漠，甚至爬出沙漠，最終回到我們這個雖醜陋卻必須也應該面對並戰勝的霓虹都市來。

（原載《四川新書報》）

梁鳳儀效應

中國作家協會理事、天津分會會長　蔣子龍

對當今中國大陸文壇的議論很多。可說是一人一套見解，一人一個主意。大致歸納一下：指責的多，抱怨的多，不滿意的多，認爲當代文學陷入窘境、徘徊於低俗、失去了轟動效應、面臨無法逾越的臨界點，甚至還有人詰問：當代文學還能支持多久？

總之是一片不景氣。

就在這時候，梁鳳儀來了。

帶着一股旋風，一種強大的衝擊力，使許多人感到疑惑，感到震驚。

有中國的「皇家出版社」之稱的人民文學出版社，推出她的三部小說，第一版十八萬册，二十天後再版十萬册。九三年繼續出版她十本書。天津一家出版社的幾位頭面人物，在飯桌上輪番向梁鳳儀「進攻」，希望能拿到她的書稿，最後也未能如願。

她在王府井書店一個多小時簽名售書七百多冊。在上海一天簽名售出四千多冊，在天津兩個小時簽名售書四千多冊，許多人一買就是好幾本。動用二十多名警察維持秩序，最後不得不請梁鳳儀到書店後面的一間絕對安全可靠又便於控制的大廳裏去簽字。書店大門口還有兩輛警車瞭陣。連續三天，電台、電視台、日報、晚報、公共場所、文學界、企業界都在談論梁鳳儀。她下榻的利順德飯店，是天津最老的賓館，曾接待過孫中山、袁世凱、蔡鍔、美國前總統胡佛等中外名人，不能說他們沒見過世面。爲接待梁鳳儀卻專門開了會，制定出詳細的接持要求和計劃，下發到各部門。

在四年多的時間裏她出版了五十一本書，合計約七百萬字。截至九二年底發行一百萬冊，是香港三大暢銷作家之一，曾榮獲九二年度香港最佳作家的殊榮……

舞文弄墨的人都知道七百萬字是多大分量。不消說用四、五年的時間，許多人奮鬥一生也達不到這類數量。有人說寫得多不一定就好。但寫得少更不一定就好。

梁鳳儀的出現是一個奇蹟。

以往也有港台作家在大陸輪番轟動過，如金庸、古龍、瓊瑤等。但他們並未對大陸的嚴肅文學隊伍構成多麼大的衝擊。

梁鳳儀則實實在在地震撼了中國的這支嚴肅文學隊伍。各地參加她的作品討論會的多是從事嚴肅文學創作的老前輩及當前較爲活躍的人物。

梁鳳儀現象帶來強大的信息，帶來一種生氣，讓人不能不思索很多——

原來作家還可以這樣當，能夠這樣當。

面對梁鳳儀，中國的文學市場爲甚麼不「疲軟」不「下滑了」呢？梁旋風所到之處文壇的死氣、悶氣、晦氣，一掃而光。

梁鳳儀的成功得益於她在實業界獲得的實戰經驗和成功。堂堂正正、大家氣派地宣傳經銷自己的作品。眞誠地對待自己，充滿自信和勇氣。相比之下，那種所謂的「偉大謙虛」，滿心想多賣幾本自己的著作又不敢宣傳自己，想宣傳又怕被人說是自我吹捧——則顯得既小家子氣又不合時宜。

當然，作家成功的主要因素還是靠作品本身。

梁鳳儀的作品能引起如此強烈的社會轟動效應，跟她所表現的題材有很大關係。作家的經歷在很大程度上決定了她對生活的感覺，成了她創作題材的主要來源。她所熟悉所表現的正好是當今社會的熱點。

世界已進入商品時代，金融家、實業家主宰、領導着時代潮流。透過其間的風雲變化、激烈廝殺，能看到一個時代的高度和感受到社會的本質。梁鳳儀的小說境界開闊，不同於一般言情小說拘泥於中下層人物的隱秘而平淡的個人生活瑣事，她筆下描繪了許多上流社會的一流人物，其矛盾的性質和氣勢自然非純言情小說所能比了。她講述的眞正是屬於香港的故事、香港夢、香港的一種神話。

中國由於剛剛進入商品社會，更是「財經熱」。有越來越多的年輕人把經商、幹實業視為通往成功的主要途徑，把發財視為成功的標誌，梁鳳儀的「財經小說」可謂佔盡「天時、地利、人和」。

她的小說表現了商業社會的人生百態和人性深度。即情＋錢——「在商場上我要你血肉橫飛，在情場上我要你生不如死」。尋求商業生活和人生眞諦的契合點。有情者從她的小說裏看見情，商家在她的小說裏尋找為商之道，社會學家在書裏看見社會，道德家在書裏看見道德……所以梁鳳儀的小說覆蓋面很大。

梁鳳儀小說的成功宣告了故事的回歸。

人類最關心的是自己的命運。每個人的命運都是一個謎，都有一定的神秘感——沒有人能對自己未來的命運瞭如指掌。各種各樣的命運就構成了各種各種的故事。梁鳳儀是布設人物命運謎局的巧手、快手。懸念迭生，環環相扣，因果聯繫，最後達到羣衆喜歡接受的良性結局。

她的故事明快、緊湊。沒有冗長、複雜、多餘的細節。貼近現實，切入人生，又富於戲劇性事件。對生活充滿了一種積極健康的熱情——所以她的小說能引起大衆讀者的興趣。

有好的故事就有市場。

梁鳳儀的語言也富有一種便於暢銷的特點。流暢但不粗淺，平易但不浮滑。感情激盪，色彩繽紛，順流而瀉，曲折如意。雖然來得很快但不失巧慧，富有切近生命本能的感情力量，滿足人們感性的需求，跟她的故事渾然一體，形成梁氏文化流層——這便是梁鳳儀的文學王國。

儘管這個王國也許還有許多問題，乃至缺陷，但沒有人能忽視她或假裝看不見她了。梁鳳儀目前要做的就是把自己的優勢推向極致，然後再考慮變。一個作家的小說世界不必是完美的，只要強大，富有魅力就夠了。福克納有言：「藝術家都想達到完美，而完美是永遠達不到的，藝術家終歸失敗。但是誰失敗的最輝煌，誰的成就就最大。」

社會對梁鳳儀的小說還處在好奇和興奮的階段。一個作家如果能讓讀者對自己永遠保持好奇和興奮，就是非常了不起的——好的小說家似乎都是世界的一個謎。

文學作品分三類：一類是具有長期效應，如經典著作；第二類是有過轟動效應或起過短期效應；第三類是無效應。當今世界充滿了鉛字，引起過轟動效應的作品，或有過短期效應的作品，才有機會成爲具有長效應的作品。發表時無效應，幻想將來進入長效應的寶庫——從前有過這樣的神話。今後不敢說絕對不會發生，但的確很玄。

讓我們且看：梁鳳儀效應……

（原文載於人民文學出版社《梁鳳儀現象》一書內）

埏埴以爲器

——《心濤》賞析

我們一直在試圖尋找着一種可能，讓文學的界定成爲拯救現實於危命的良方，但我們總是飲憾而歸。

這種拯救的艱難與延擱是不言自明的。文學經過幾次衝鋒和迂迴卻仍一直處於兩難境地：一方面要提高文化品位，一方面又不能喪失生活實感；一方面要擴大作品的內向性，一方面又要保持故事的可讀性。特別是改革開放以後的叙事文學，由於商品經濟的衝擊，更使它含有越來越多的異質成份，小說開始打破了英雄神話的幻覺，從而向平民化、個性化、平實化靠攏，於是任何固定、傳統的觀念和價值都變得可疑起來，小說家們着手創造與以前時代迥異的言說方式爲自己的存在辯護。

梁鳳儀的財經小說系列正是這種文學自身調整的典型代表。應該承認，義利之辯是中國社會轉軌時期的一個重要課題。「君子喻以義，小人喻以利」，中國人的人生哲學以及由此而產生的思維方式、行爲方式，一直是以這種對義利的注釋爲核心，長期以來，我們所執着的是一個「人皆君子，言必稱義」的時代，以義所代表的審美的、倫理的人生態度常常遮蔽了以利爲代表的功利的人生態度。「溫、良、恭、儉、讓以得之」，這是幾千年來中國人所嚮往的傳統理念與人性人倫合一所達到的高度寫意的大手筆。然而，步入現代社會，當商品信息和經濟關係被納入到我們日常生活的議事日程中時，傳統理念與新的意識形態的衝撞，使得我們的價值觀念發生了很大的變化，倫理觀念不再作爲終極價值。「時間就有金錢」以及其中所隱含的商品意識成爲我們無可否認的座右銘，於是——商品精神取代了人生智慧；於是——連帶人本身的一切附庸也成爲商品，生活架構簡單明瞭，人際關係也成爲一個市場，在這種背景下，文學也接受了商業意識的融合，並將它變爲一個強大的精神同盟，這種意識形態的相互滲透終於使文學作爲一個獨立的個體，並保持其原有的獨立思考的純粹性不再可能。這正如梁鳳儀在《心濤》中所感慨的：

「現代人需要生活眞實感。」

我們應該思考的是，何以梁鳳儀的小說在兩種生活模式的接軌中，既能保持傳統倫理觀念的基本特質，而又能夠不違背新的生活精神？作爲一個女作家，是甚麼使得她從感性直觀、甜美浪漫的女性風格中走出來，並賦予自己以冷靜地直面現實的勇氣？又是甚麼使她能夠寫出一個普通的現代人在現實生活中的憂慮、挫折、煩惱以及在這種生活中顯示出來的堅韌性格？這正是我們在考察梁鳳儀作品中所應該關注和不能迴避的。

《心濤》所力圖表述的是平常生活中的平常事實，這是一個被人們重複多次而又爛熟於心的故事。梁鳳儀的機智不在於給這個故事以一個現代的背景，而在於她所表達的是怎樣在這個現代背景下重新思考我們已有過的故事。唯一與傳統敘述方式不同的是，作爲作品中的女主人公，沈希凡擁有一個具有強烈現代社會色彩的身分——一個成功的職業女性，這種身分的背景，使得她所遭受的種種誤解、拋棄、指責、背叛、徬徨、悲悽、幽怨顯得更爲深刻和扣人心弦。

沈希凡，這是一個在現代身分中保留着傳統品格的女性，她善良、眞誠、多情、寬容、無私、無恨、樂於助人，沒有絲毫現代社會中人的冷漠、無情——當社會處於大變動時期，各種社會關係在流動、更新、重組時，文化不再有其他純粹性，人格的混亂狀態是無法避免的。因此，作者對沈希凡那種日趨減少的優秀品質的描寫，表明了某種寶貴的傳統倫理精神在現代文化背景中的喪失以及人們對它的深深眷戀，然而，沈希凡們畢竟是少數，社會的大變動更多地帶來的是穩定感的喪失和人們的人格錯位，沈希凡和周圍的環境遲遲難以融合，雖然表面上她有一雙活潑聰穎的兒女，有一個雙宿雙飛的丈夫，但平和而平靜的生活下面隱藏着種種矛盾，這首先表現在她和婆婆的衝突上，尤其是她們對待孩子教育的不同方式上。偏執、狹隘、尖酸刻薄的婆婆對孫兒孫女過於溺愛，滿足和縱容孩子們的一切虛榮、攀比心理，沈希凡則對這種教育方式大不以爲然。她認爲「小孩子判別正邪的力量是有限的」，她告誡兒女：

「如果你每樣事都要跟別人比較，你會辛苦一輩子。」

「不一定是要人有我有，也不應該以此去定奪本身的矜貴品質。」

她要求孩子們盡忠職守，清廉自持，不能出賣人格，出賣良知。在這種爭執中，孩子們過多地依賴於祖母的祖護而跟她疏遠了。

湯閱生作爲一個女強人的丈夫，顯得信心不足。與沈希凡如日中天的事業相比，他的公司規模小，前景並不一定看好，家裏的大部分經濟來源以及房、車的開支都要由沈希凡支付。身爲一個男人，湯閱生的自尊心可以忍受初創業時兩個人艱苦的生活，但無法容忍在妻子的羽翼下生活，夫妻生活開始出現了裂痕。因而當某一天，沈希凡工作至深夜而被總經理開車送回家時，湯閱生開始懷疑妻子不貞。丈夫的敏感多疑使得爲工作日夜奔波、身心交瘁的沈希凡大爲反感，爭吵不可避免地發生了，第一次的爭吵兩人以表面和解而告終。但當第二次爭吵以同樣的理由爆發時，問題就不那麼簡單了，夫妻關係江河日下，湯閱生惡語相加：

「通中環有一半的女人要往上爬，願意跟上司睡覺。」

他並不相信妻子的辯白，一怒之下離家出走，而善良並過於依仗自己的清白和夫妻和睦的沈希凡並未深以爲意，但丈夫兩天的徹底未歸終於使她意識到事態的嚴重。就在她焦急地尋找丈夫下落，她偶然得知，湯閱生已經和他的女秘書曾慧住在一起，這對她不啻是個晴天霹靂，彷佛遭遇了一場車禍，從那被撞得碎爛不堪的汽車殘骸中爬出來，駭異地發現身上竟無傷痕，但震碎大腦思維，震裂五臟六腑，渾身內出血而不外露。十多年的婚姻，就這樣在刹那間煙消雲散。在這種情境下，湯閔生的辯白就更顯得自然、虛僞：

「希凡，你從來有你的主張，你的世界，你的理想，完全的獨立，既不依傍我，也不扶助我。事業上，我走上孤獨無告的道路，目睹你工作上的暢順，我的精神壓力更大。我的貿易公司不是大企業，每一樁生意都要擔風險，經常遇到的商業困難與憂慮，只有曾慧知道，且由她來扶助我。」

「我在你身上沒有得到保障，你身邊有的是很夠條件的男人，你接觸的都是非富則貴，非財則才，就如你這一陣子跟你上司走得那麼近，我心裏非常、非常不舒服。」

面對一掌把自己的當然責任推開，反手把罪名硬加在妻子肩膀上，並且以千百種理由去解釋婚外情並覺得自己理直氣壯的丈夫，沈希凡感覺可笑、荒謬。她突然看到丈夫在變故中的卑劣的人品及低下的心理承受力：

「我竟然愛着這麼一個男人，且還愛了他那麼多年，爲他生兒育女，爲他持家理務，為他侍奉老母，為他支付房產的分期按揭……」

沈希凡感覺畢生的期望、信心、幸福、愛戀、淸白都被湯閱生一手在瞬間毀掉，但她是一個不肯向現實低頭的人，她的尊嚴讓她縱使粉身碎骨，也不再對這種「絕情絕義的男人，再有半分憐惜依戀」。

壓力不僅來自於家庭，沈希凡的好友阮凱薇同時也出於誤會而跟她分道揚鑣。就在沈希凡身心極度交瘁時，她的上司歸慕農帶着熾熱的、眞誠的、關愛的感情走進了她蒼白的生活。他是一個成熟而自信的男人，他的出現和湯閱生是一個強烈的對比，「他溫文、沉默、肅靜，他的嘴永遠抿緊，沒有像閱生不停地開開合合，講上幾車子的話，且是毫不合理，相當囂張的話」，他的關懷和責備都是無聲的，不怒而威。許多個日子以來，沈希凡承受的誤會太多了，丈夫不以她為妻，兒女不以她為母，婆婆不以她為媳，好友不以她為友，本應對她寄予關懷的人都反目為仇，反而是一個默默地站在她身邊的人給予她一個公平的評價。這迫使她在山窮水盡，窮途末路之際接納了歸慕農。在沈希凡一個疲累、驚悸的夜晚，歸慕農終於在她半夢半醒之際走進了她的世界，她遂成為他的情婦。

然而，這畢竟是感情的畸型發展，沈希凡不能容忍「陌生的情誼和密切的關係，成了精神和肉體的分野」，她希望和歸慕農有正常的夫妻關係。可對於歸慕農來說，他也不過是另一個自私的湯閱生而已，他只希望與沈希凡保持一種隱秘的情人關係，以維持自己的名聲、家庭。他和沈希凡的事情已經驚動了董事會，爲了防止影響進一步的擴大，他認爲「一個像我這樣白手起家的人，幾經艱難才熬出頭來，怎麼可能就爲一個女人，幾夕歡愉，就把整個江山斷送？愛情如果是你的一切，你爲了保存你的一切，而去犧牲我的一切，這公平嗎？我不可能冒這個惡險，再讓你在德盛瘋狂胡鬧下去，我要保護自己。」

歸慕農採取的保護自己的手段是無情的，既然世界並非黑白分明的世界，人間更不是愚勇就能得有的人間，那麼在他看來，任何白白的犧牲都是沒有價值的。在董事會的默許和援手下，他設計了一個陷阱：用偷改文件的複印件存本的辦法，汚陷沈希凡將集團和附屬公司的兩筆支出重複報繳，迫使無辜的沈希凡因「專業操守有了瑕疵」的理由被調離原職。這種事態的發展使沈希凡措手不及，更無招架之力，至此，她才相信，所謂她一廂情願地跟歸慕農的「偉大的愛情」，不過是她在感情困惑歧路上的一個假象。正在這時，阮凱薇提供了她手中那份早已被沈希凡忘卻的報告及會議附本。但沈希凡並沒有把附本交給董事會以澄清自己的清白並報復歸慕農，而是把附本無條件地交還給歸慕農。她相信一切的恩恩怨怨應該了結，既然雙方都已爲自己的錯誤付出了代價，那麼就更有理由好好的生活下去。她是寬容的，不論對生活還是對命運，這不是她作爲一個平凡人的偉大之處。值得欣慰的是，沈希凡以她的卓越能力和性格，任何曲折傷挫都不會阻礙她的發展和前進，這正是社會對一切美好和善良的人的回報。

《心濤》不是豪門爭鬥的傳奇故事，它的可貴就在於它眞實地記錄了普遍地存在於大都會的屬於大多數人的平凡故事，正因爲這樣，相同的感情、相同的遭際才使我們心有悽悽焉。

對於今天的社會，普遍的工業化、現代化使得我們更多地壓抑了一些支離破碎的感情，而這正是我們日常情感中的絕大部分。壓抑、逃避和粉飾都未必等於化解，因此我們就更需要那些時時握緊的手，對於「大同小異殊途同歸的委屈、爲難、幽怨、悽傷與徬徨，我們未必需要同聲一哭，但要互相鼓勵，貴相知心」。忙碌、庸腫的日常生活常常帶來錯覺和遺憾，潮起潮落般的人生已使現代人的心靈有了太多的創傷，與其相互攻擊、相互傷害、相互躲閃，不如相吻以濕、相濡以沫，這正是《心濤》作者所眞誠和固執地相信着的：

「這個信條會令我們心裏激起的洶湧波濤變得壯觀瑰麗，使我們平凡的生活始終會得到深刻的以及豐盛的酬報。」

這是一種執着的靈魂，生息於斯，歌哭於斯，不妨說，梁鳳儀以及沈希凡們有意無意地繼承了中國傳統的人文品格。

在梁鳳儀的衆多小說中，她所深切關注的不是生命個體的悲劇原因，而是芸芸衆生的生存苦相。生活是嚴竣的，它的嚴竣使我們一天天走向成熟，雖然成熟也意味着某種程度的遺忘和喪失。梁鳳儀巧妙地抓住生活中一些富有深意的劇劇性細節作爲藝術細節，從而把生活還給了藝術。

梁鳳儀財經系列小說的問世，還包含着文學對於時代生活中芸雜事物的心理承受力的增加。社會生活無時無刻不滲透到一切意識形態領域中，文學是現實生活的晴雨表，不論它走出多遠，回眸處它永遠對它的生活軀殼留戀不已。在這種背景下，商品經濟意識對文學的滲透既是必然的、持久的，又是遲緩的，就在多數人執力排斥雜質，保持文學純潔性的同時，少數作家以清醒的敏感抓住了時代變化的神經。梁鳳儀是敏感的。新事物在舊舞台上的出現常常不得不以變質變態的形象出現，梁鳳儀的優秀就在於她首先看到這種假象背後的特質以及由它將要挾裹而來的新的社會背景。在商品社會，經濟關係已成爲制約藝術發展的最重要因素，因此文學不僅承擔着改變藝術現實的關係的任務，也承擔着彌補着精神和物質的巨大鴻溝的任務。這樣，文學的探索和實驗雖在某種程度上加劇了，但在更多的成份上是挽救了文化的失衡。在這個意義上，梁鳳儀的作品和《心濤》中的沈希凡一樣是寬容而不斤斤計較的。面對紛紜登場的各種社會現象，許多作家亂了陣腳甚至是全軍覆沒，梁鳳儀的沉着和鎮定是值得回味的。

那麼，這裏我們想要追問的是：文學是甚麼？文學究竟想要表達些甚麼？是一些甚麼樣的力量在那裏造就和毀滅着文學？此時此刻，我們不能不想到原型批評的創始人弗萊的那句名言：

「有一個故事而且只有一個故事，眞正值得你細細地訴說。」

文學所要記錄的，已不再僅僅是那些被認爲是値得一提的重大社會事件，也包括在社會各個角落裏發生的事情，也許它想證明的，正是它已給暴露而常常被我們忽視的那些。人心不死，文學不亡。人的巨大的承受能力和心理張力都能夠促使文學完成對自身危機的自覺。因此，冷靜地面對任何一種新的文學現象而不急於將它進行模式化定型，以至於將許多有機因素排斥在外，把它放到人類歷史的演進過程，使其表面的假象紛紛剝落，這正是梁鳳儀給我們的批評態度提供的啓示。

挻埴以爲器，當其無，有器之用。

（原文載於中國國際廣播出版社出版之《回歸情》一書內）

勤十緣出版社書目

衛斯理科幻系列

1 電王
2 黃金故事
3 從陰間來
4 到陰間去
5 遊戲
6 陰差陽錯
7 禍根
8 生死鎖
9 陰魂不散
10 許願
11 還陽
12 運氣
13 開心
14 將來
15 改變
16 闖禍
17 解脫
18 遺傳
19 爆炸
20 水晶宮
21 前世
22 新武器
23 病毒
24 算帳
25 原形
26 活路
27 雙程
28 洪荒

倪匡科幻系列

1 消失女神
2 離魂奇遇
3 困獸
4 夜光
5 神話世界
6 妖偶
7 四條金龍
8 飛焰
9 魔像
10 鬼鐘
11 通神
12 蛇神
13 火鳳
14 異人
15 怪頭
16 蜂后
17 巨龍
18 解開死結
19 死結
20 遊魂
21 天敵
22 夜歸
23 神機
24 暗算

奇幻系列

△1 轉世　余過著
2 隔世冤　寬齋著
△3 殘酷蜜月　余過著
4 陰陽證　寬齋著
△5 重返前生　余過著
6 鬼惑　商魂布著
7 公主墳　史國良著
8 追魂劫　商魂布著
9 血誘　寬齋著
□10 血雨艷桃紅　張宇著
□11 十世仇　張宇著
12 老床　史國良著
13 電話追命　商魂布著
14 鬼太郎　寬齋著
15 鬼日記　余無語著
16 寡婦咒　靈子著
17 屋邨猛鬼錄　李大幫著
18 鬼拳王　余無語著
19 鬼爺爺　商魂布著
20 卜命　寬齋著
21 鬧房　史國良著
22 鬼妾　寬齋著
23 最後的化粧　高青著
24 蘭桂坊夜話　余無語著
25 屍戀　靈子著
26 腐屍還陽　寬齋著
27 不歸門　寬齋著
28 義莊夜驚情　余無語著
29 屋邨猛鬼錄(2)　李大幫著
30 新棺舊魂　寬齋著
31 勾魂女　寬齋著
32 秋墳　余無語著
33 輪迴恨　寬齋著
34 還淚井　寬齋著
35 出爐異聞　余無語著
36 不離人　寬齋著
37 屋邨猛鬼錄(3)　李大幫著
38 小魔煞　寬齋著
39 死劫難逃　寬齋著
40 鬼影幢幢　余無語著
41 人間地獄　寬齋著
42 十大猛鬼公園　李大幫著
43 斷魂崖　余無語著
44 屋邨猛鬼錄(4)　李大幫著
45 鬼迷心竅　寬齋著
46 洪水凶靈　余無語著
47 貓魂祭　寬齋著
48 撕魂裂魄　寬齋著
49 午夜迷蹤　余無語著
50 螻蟻肉衣　寬齋著
51 種孽　寬齋著
52 猛鬼燈塔　余無語著
53 雪山艷魂　寬齋著
54 魂約黃昏後　余無語著

＊ 即將出版　△ 見余過四人夜話系列　□ 見張宇玄幻系列

55 石澳夜驚情　余無語著
56 校園猛鬼錄—大專版　李大幫著
57 攝魂大法　寬　齋著
58 怒海屠鯊　余無語著
59 怪杖賀年宵　余無語著
60 酒店猛鬼錄　李大幫著
61 山火驚魂錄　余無語著

張宇玄幻系列

1 血雨艷桃紅
2 十世仇
3 鬼媒
4 摸骨
5 戲班
6 馬季開鑼
7 鬼臉
8 色鬼
9 母夜叉
10 趕鬼入窮巷
11 破法
12 脫胎換骨
13 胎痣
14 尋仇
15 收腳印
16 落髮記
17 燒衣
18 裝瘋扮傻
19 獨腳戲
20 非法房客
21 趕投胎

余過四人夜話系列

1 轉世
2 殘酷蜜月
3 重返前生
4 偷魂
5 枕邊魔劫
6 殺頭遊戲
7 沒有腳的女人
8 蝶妻
9 變形
10 命運奇談
11 天際骷髏船
12 蠍女
13 色魔

多情系列

▲1 三生石　孔　昭著
2 今夜沒有約　嚴　沁 梁鳳儀等著
3 絕對討厭的女孩　羅穎思著
4 鬼城　賈平凹 梁鳳儀等著
5 女兒經　程乃珊著
6 雲水依依　夏小詩著
7 道是無情　汪曾祺 羅美榮等著 梁鳳儀

▲8 燃燒彩虹　孔　昭著
9 魔少年　吳敬子著
▲10 月夜傳奇　孔　昭著
▲11 再見茉莉　孔　昭著
▲12 紫女　孔　昭著
13 過把癮就死　王　朔著
14 金融家　程乃珊著
15 今夜，我們試婚　毋碧芳著
16 今夜沒有雨（修訂本）梁荔玲著

嚴沁浪漫系列

1 夏之迷惑
2 無情谷
3 也是重逢
4 盈雪
5 長街
6 沉沉黑夜
7 燈火闌珊處
8 不死的夢
9 餘情未了
10 玻璃命
11 此岸彼岸
12 該不該讓他知道
13 有月亮的早晨
14 午夜陌生人
15 沒有愛情的故事
16 雨樹
17 風裡人
18 折翼的天使
19 愛情第二號
20 流星的眼淚在飛
21 夢裡夢外
22 獨奏心曲
23 變奏
24 笑在淚中
25 未寒時
26 眸
27 渺渺情
28 風也悄悄

寫眞小說系列

1 還似無情　張寶兒著
2 嫁後　張寶兒著
3 撲蝶　張寶兒著
4 回首已三生　張寶兒著
5 塵緣　張寶兒著
6 婚姻大事　張寶兒著
7 又是曾經　張寶兒著
8 花不迷人　張寶兒著
9 晚來天欲雪　張寶兒著
10 多夢　張寶兒著

孔昭驚情小說系列

1 三生石

＊即將出版　▲見孔昭驚情小說系列

2 燃燒彩虹
3 月夜傳奇
4 再見茉莉
5 紫女
6 捕月

奇案系列

1 撕票　林蔭著
2 千里追兇　捍衛者著
3 城市戰爭　捍衛者著
4 重案傳眞　捍衛者著

推理系列

1 重殺　施雨著
2 噬人　笹澤左保著　林敏生譯
3 丸之岬奇案　吳民民著
4 山下藏金之謎　吳民民著
5 世紀末的挽鐘　吳民民著
6 太陽帝國的八十四小時　吳民民著

實用系列

1 兩餸一湯(一)　李曾鵬展著
◇2 居室風水　芳草軒著
◎3 風水新講場　宋韶光著
4 兩餸一湯(二)　李曾鵬展著
5 家庭實用療方　李南著
6 家事錦囊　李陳雅賢著
7 職業婦女三餐樂　蔡麗容著
◎8 斗換星移說命運　戴添祥著
9 法律八寶飯　毛錫強著
◎10 猴年運程　蔡興華著
11 生意經　李寶光著
12 名廚巧手菜　陳東著
◎13 靈測玄機　阿樂著
14 兩餸一湯(三)　李曾鵬展著
15 九二年加國移民指引　霍子孟著
◎16 鐵板神數趣談　阿樂著
17 吃雞百變法　蔡麗容著
18 清潤湯水　李南著
19 實用抗癌藥膳　常敏毅著
20 法律小錦囊　毛錫強著
21 滋補粥品　戴麗嫦著
22 改變生命的密法　邱彰著
23 家事萬靈通　李陳雅賢著
24 豆腐百變法　蔡麗容著
25 保健素食精選　丁元義編　王龍驥等著
26 涼拌美食　戴麗嫦著
27 吃蛋百變法　蔡麗嫦著
28 親親孩子心　初子著
◎29 風水百答　宋韶光著
30 瓜類百變法　蔡麗容著
31 調味料妙用法　戴麗嫦著
32 做個大方女人　張瑪莉著
◎33 教你睇風水　正翁著　余無語編訂
34 一味三食　馮金陵著
35 滋味海鮮餐　戴麗嫦著
36 淡水魚百變法　蔡麗容著
37 妙語連珠　宋韶光著
◎38 鷄年運程　蔡興華著
39 秋冬火鍋煲仔菜　馮金陵著
40 親親孩子心(二)　初子著
◎41 名人命理　盧恆立著
42 甜品百變法　蔡麗容著
43 改變婚姻的密法　邱彰著
◎44 三元九運論風水　盧恒立著
45 懷舊菜譜　馮金陵著
46 Keep Fit 甜品　戴麗嫦著
◎47 命轉乾坤話風水　戴添祥著
48 新意家常菜　李曾鵬展著
49 情場衆生相　林淑霞著
◎50 四柱八字話名人　盧恆立著
51 養顏妙品　戴麗嫦著
52 自學美髮術　戚其光著
◎53 家居好風水(合訂本)　宋韶光著
◎54 術數縱橫—揭鐵板、紫微、子平等秘奧　正翁著　余無語編訂
◎55 王亭之談斗數與玄空　王亭之著
56 常見病飲茶療法　譚眞著
◎57 現代建築與風水　蔣匡文著
58 名廚滋補美食　陳東著
59 新一代健康飲食　瑪麗連戴蒙著　CY譯
60 親親孩子心(三)　初子著
61 法律傳訊站　毛錫強著
◎62 奇人奇事奇風水　正翁著　余無語編訂
◎63 風水八字考奇案　盧恆立著
◎64 洩漏天機　正翁著　余無語編訂
65 引人入性　蘭茜著
66 養生百忌　姚香雄著
67 香水蜜語—女人香　歐惠芳著

梁媽媽快樂家庭系列

1 Fit到盡

＊即將出版　◇見芳草軒系列　◎見術數系列

2 辣到跳
3 兒童麵點

梁荔玲健康系列

1 十足靚女人
2 內在外在一百分
3 美容院內外
4 美容師實用英語——與美容問題百解

電視日報
勤+緣出版社　聯合出版

娛樂叢書

1 Top 星收入榜　宇文穎著
2 擁抱黎明　文晞著
3 眞情流露　文晞著
4 冷艷的背後—鞏俐　蒲莉著
5 鐵幕誘惑郭富城　彭令德著
*6 笑看星色　馮美基著

經濟日報
勤+緣出版社　聯合出版

經濟日報叢書

1 高官厚祿　陳毓祥等訪問錄

---

2 力爭上游　姜趙玉蓮著
3 人生網絡　麥華章著
4 自強不息　姜趙玉蓮著

壹出版有限公司
勤+緣出版社　聯合出版

開卷一族叢書

1 壹盤生意　壹週刊主編
2 壹笑集　壹週刊主編
3 富豪密室　壹週刊主編
4 IQ挑戰站　壹週刊主編
5 事實與偏見　黎智英著
6 壹手興家　壹週刊主編

三思傳播有限公司
勤+緣出版社　聯合出版

資本家顧問叢書

1 世界華人富豪列傳
2 Forbes 華人富豪榜
3 世家大族

中信出版社
勤+緣出版社　聯合出版

中信企管系列

1 中國投資手册　初保泰著
2 中外合營投資效益分析　蒲明書著
3 中國投資稅收顧問　馬國賢 張華國編著
4 防範貿易欺詐指南　孫丁傑著
5 怎樣開拓中國大陸市場　杜定平 張建平主編
6 中國對外經濟貿易實務問答　汪堯田主編
7 中外合作經營企業　初保泰 董薇園編著
8 中國股份制及證券交易實務問答　吳世亮 李書強編著
9 中外合資經營企業的驗資與審計　錢鏘 張克編著
10 中國企業與証券的資信評估　吳晶妹著
11 中國公司法實務問答　袁勝華 胡微波編著 鄭導

香港管理專業協會
勤+緣出版社　聯合出版

香港管理專業協會叢書

①–④現代市場管理——
1 市場拓展策略
2 廣告策略
3 推銷管理策略
4 公共關係策略
5 辦公室行政策略
6 致勝投資錦囊
7 最新國內商業信札
8 保險實務基本法
9 管理心理學

---

* 即將出版

術數系列

1. 風水新講場　宋韶光著
2. 斗換星移說命運　戴添祥著
3. 猴年運程　蔡興華著
4. 靈測玄機　阿　樂著
5. 鐵板神數趣談　阿　樂著
6. 風水百答　宋韶光著
7. 教你睇風水　正　翁著　余無語編訂
8. 鷄年運程　蔡興華著
9. 名人命理　盧恆立著
10. 三元九運論風水　盧恆立著
11. 命轉乾坤話風水　戴添祥著
12. 四柱八字話名人　盧恆立著
13. 家居好風水(合訂本)　宋韶光著
14. 術數縱橫——揭鐵板、紫微、子平等秘奧　正　翁著　余無語編訂
15. 王亭之談斗數與玄空　王亭之著
16. 現代建築與風水　蔣匡文著
17. 奇人奇事奇風水　正　翁著　余無語編訂
18. 風水八字考奇案　盧恆立著
19. 洩漏天機　正　翁著　余無語編訂
20. 風水基本法　戴添祥著
21. 術數揭秘　正　翁著　余無語編訂
22. 十分鐘周易(一)　雷　鐸著
23. 術數面面觀　正　翁著　余無語編訂
24. 先天易　于東輝著
25. 測命測字測風水　正　翁著　余無語編訂

芳草軒系列

1. 居室風水
2. 室內風水禁忌

投資企管系列

1. 香港股票投資勝着　譚廣流著
2. ■ 炒蚊股致勝術　思　敏著　古鎮煌編
3. 股票入門　鄧曾瑞紛著
4. ● 中國投資手册　初保泰著
5. ■ 九十年代推銷術　燕　多著　古鎮煌編
6. ■ 賺錢與花錢　古鎮煌著
7. ■ 英國地產投資指南　燕　多著　古鎮煌編
8. 小國投資創富　任枝明著
9. 東歐投資先鋒　張志誠著
10. 投資啓示錄　錢炳恩著
11. ● 中外合營投資效益分析　蒲明書著
12. 中國外銷樓盤大全　韋昌汶著
13. ■ 外滙投資致勝術　思　敏著　古鎮煌編
14. ● 中國投資稅收顧問　馬國賢　張華國編著
15. ■ 錢眼看世界　思　敏著　古鎮煌編
16. 開拓中國市場廣告促銷法　韋昌汶著
17. 投資中國企業股秘笈　黃戴潔瑩著
18. 開創銷售新路向　高培新著
19. 私有產權的疑惑　黎偉聰著
20. 中國熱門經濟開發區投資指南　商報資料組

古鎮煌系列

1. 炒蚊股致勝術　思　敏著　古鎮煌編
2. 九十年代推銷術　燕　多著　古鎮煌編
3. 賺錢與花錢　古鎮煌著
4. 英國地產投資指南　燕　多著　古鎮煌編
5. 外滙投資致勝術　思　敏著　古鎮煌編
6. 錢眼看世界　思　敏著　古鎮煌編
7. 上班族投資指南　古鎮煌著
8. 旅行者的故事　古鎮煌著
9. 生活經濟學　古鎮煌著
10. 辦公室政治概論　古鎮煌著
11. 經濟生活放大鏡　古鎮煌著
12. 精明消費者　古鎮煌著
13. 藍籌股投資致勝術　思　敏著　古鎮煌編
14. 期貨期權致勝之道　郭鎮楚著　古鎮煌編
15. 九十年代炒股技術　古鎮煌著

名家系列

1. 冬雨　王　蒙著
2. 男男女女　王安憶　張辛欣等著
3. 小人物自述　老　舍著　舒　乙編
4. 風過耳　劉心武著
5. 冰心九旬文選　冰　心著

* 即將出版　■ 見古鎮煌系列　● 見中信企管系列

6 表姐　王蒙著
7 藍夜叉　劉心武著
8 裸雪　從維熙著
9 小販世家　陸文夫著
10 活佛　高澍著
11 柏克萊傳眞　陳若曦著
12 走出細雨濛濛　陳若曦著
13 關於女人　冰心著
14 關於男人　冰心著
15 老舍英文書信集　老舍著　舒悅譯註
16 說眞話的文學　巴金等著
17 情知不是伴　蔣子龍著
18 世故人情　張愛玲 賈平凹等著
19 空巢　從維熙著
○20 川端康成散文選　川端康成著
21 炮打雙燈　馮驥才著
22 殺星　劉心武著

名門望族系列

1 列根夫人與星象學　秋紅著
2 香港女富豪列傳　方曉雲著
3 富豪第二代　韋昌汶著
4 世紀婚姻和它們的結局　秋紅著
5 名人初戀故事　錢進 楊國慶編著
6 五十年代香港足球　區志賢著
7 港澳名人風采　王寅城等著

智慧系列

1 墨趣　謝宏中著
2 箴言精選(增訂版)　何文滙著
3 王子復仇記　何文滙著
4 論道德的起源　尼采著　周紅譯
5 藍田日暖　蔡炎培著
6 藝壇藝談　徐子雄著
7 軍人干政　蕭弘著

漫畫系列

1 六韜　王宣銘著
2 智囊　王宣銘著
3 三十六計　王宣銘著
4 黃石公三略　王宣銘著

散文系列

1 不甘寂寞　邵國華著
2 八方羣英　岑逸飛著
3 廣告高興坊　潘啓迪著
4 過眼雲烟　林洵著
5 兩談食性　王亭之 姚香雄著
6 倪震的心　倪震著
7 你不是我最好的朋友　鄭世安 林竺霓著
8 彷彿是昨天　黃霑著
9 妙不可言　朱維德著
10 奇聞異錄　可飛著
11 兩重腳跡　王亭之著
12 二水集　梁鳳儀 舒非 林洵著
13 外交趣聞　徐行舟編著
14 芳草遍地　陳佐洱著
15 曠古的印記　彥火著
16 龍景集　黃英琦著
17 遊蹤寄語　吳康民著
18 潘虹獨語　潘虹著
*19 笑看人生　馮美基著

世紀末趣智系列

1 警告男男女女　周洪著
2 九七年前—大陸財路　周洪著
3 警告夫妻　周洪著
4 九七年前—大陸私情　周洪著

世界翻譯叢書

1 情牽一線　芭芭拉卡特蘭著
2 仙人掌下的戀曲　芭芭拉卡特蘭著
3 戀戀落日城　芭芭拉卡特蘭著
4 愛在浪漫之鄉　芭芭拉卡特蘭著
5 假夢眞情　芭芭拉卡特蘭著

電影電視小說系列

1 昨夜長風　梁鳳儀著
2 夜半歌聲　木青著
3 我要活下去　梁鳳儀著
4 花幟　梁鳳儀著

* 即將出版　○ 與百花文藝出版社聯合出版

梁鳳儀散文系列

1 財來自有方
2 誰可叮嚀
3 再戰江湖
4 不記當年
5 心想事成
6 勝者爲王
7 一言驚醒夢中人
8 行政秘笈
9 這就是梁鳳儀
10 在商言商
11 海峽兩岸的梁鳳儀
12 辦公室手册
13 先下手爲强
14 人人有淚不輕彈
15 有錢萬事足
16 梁鳳儀談情——散文精選
17 强中自有强中手
18 明天會更好
19 勇者無敵
20 萬綠叢中一點紅
21 我結婚了
*22 梁鳳儀談生意——散文精選
*23 大男人與小女人

梁鳳儀財經小說系列

1 醉紅塵
2 九重恩怨
3 花魁劫
4 信是有緣
5 鎖清秋
6 惆悵還依舊
7 飛越滄桑
8 異邦紅葉夢
9 笑春風
△10 昨夜長風
11 誓不言悔
12 激情三百日
△13 花幟
14 强人淚
15 今晨無淚
16 誰憐落日
17 抱擁朝陽
18 紅塵無淚
19 世紀末的童話
20 洒金箋
21 裸情恨
22 心濤
23 大家族
24 當時已惘然
25 殺戮情緣
26 情霸天下
27 又見深秋
28 弄雪
△29 我要活下去
30 歸航——再見北京城
*31 歸航——籬下的歲月
*32 曇戀
*33 天債
*34 有鳳來儀
*35 大風暴
*36 還我公平
*37 灩藍天
*38 西風逐晚霞
*39 夢蝶記
*40 今夕門煙花
*41 好女十八嫁
*42 一代大亨
*43 焚情錄
*44 尋夢園
*45 愛你在明天
*46 無情歲月有情天
*47 千億個吻
*48 衝上雲霄
*49 峰火柔情
*50 太陽浴血記
*51 名城血淚
*52 錯愛
*53 剪夢
*54 禁止狂戀

梁鳳儀實用工具叢書

1 商場致勝法寶
2 小本經營大禁忌
3 秘書必讀
4 打工仔通勝
5 節約時間妙方
6 外快路路通
7 如何賺女人錢
8 小富由儉基本法
9 做個有魅力的女人
10 如何成爲老闆的寵兒
11 一本萬利錦囊
12 晚做事不如晚做人
13 無往不利公關術
14 如何戰勝自己

* 即將出版　△ 見電影電視小說系列

梁鳳儀作品

已出版之財經小說：

1 盡在不言中
2 芳草無情
3 風雲變
4 豪門驚夢
5 我心換你心
6 千堆雪
7 驕陽不再
8 白雲無盡時
（以上由明窗出版社出版）
9 醉紅塵
10 九重恩怨
11 花魁劫
12 信是有緣
13 鎖清秋
14 惆悵還依舊
15 飛越滄桑
16 異邦紅葉夢
17 笑春風
18 昨夜長風
19 誓不言悔
20 激情三百日
21 花幟
22 強人淚
23 今晨無淚
24 誰憐落日
25 抱擁朝陽
26 紅塵無淚
27 世紀末的童話
28 洒金箋
29 裸情恨
30 心濤
31 大家族
32 當時已惘然
33 殺戮情緣
34 情霸天下
35 又見深秋
36 弄雪
37 我要活下去
38 歸航之再見北京城
（以上由勤＋緣出版社出版）

已出版之散文：

1 勤＋緣
2 重出江湖
3 婦女理財
4 老土親情
5 是是非非
6 小女人小文章
7 一樣米養百樣人
8 精打細算
9 一馬當先
10 各自修行
11 大城小品
12 兵來將擋
13 人算天算
14 暢所欲言
（以上由明窗出版社出版）
15 財來自有方
16 誰可叮嚀
17 再戰江湖
18 不記當年
19 心想事成
20 勝者爲王
21 一言驚醒夢中人
22 行政秘笈
23 這就是梁鳳儀
24 在商言商
25 海峽兩岸的梁鳳儀
26 辦公室手册
27 先下手爲強
28 人人有淚不輕彈
29 有錢萬事足
30 梁鳳儀談情——散文精選
31 強中自有強中手
32 明天會更好
33 勇者無敵
34 萬綠叢中一點紅
35 我結婚了
（以上由勤＋緣出版社出版）

已出版之實用工具叢書：

1 商場致勝法寶
2 小本經營大禁忌
3 秘書必讀
4 打工仔通勝
5 節約時間妙方
6 外快路路通
7 如何賺女人錢
8 小富由儉基本法
9 做個有魅力的女人
10 如何成爲老闆的寵兒
11 一本萬利錦囊
12 曉做事不如曉做人
13 無往不利公關術
14 如何戰勝自己